KB245970

견군기

국립중앙도서관 출판시도서목록(CIP)

견군기 : 김청 소설집 / 지은이: 김청.
-- 서울 : 창, 2013   p. ;   cm
ISBN 978-89-7453-215-4 03810 : ₩12000
한국 현대 소설[韓國現代小說]
813.7-KDC5
895.735-DDC21   CIP2013028334

견군기

2013년 12월 20일 · 1쇄 인쇄
2013년 12월 25일 · 1쇄 발행

지은이 · 김 청
펴낸이 · 이규인
펴낸곳 · 도서출판 **창**
등록번호 · 제15-454호
등록일자 · 2004년 3월 25일

주소 · 서울특별시 마포구 합정동 388-28번지 합정빌딩 3층
전화 · 322-2686, 2687 / 팩시밀리 · 326-3218
홈페이지 · http://www.changbook.co.kr
e-mail · changbook1@hanmail.net

ISBN 978-89-7453-215-4   03810

정가 12,000원

김청 소설집

견군기

창
Chang Books

문학을 좋아하니?

영근 보리밭 걷노라면
멀리 간 누나 생각나네
풋풋한 내음 가득 번지면
몰래간 누나가 그립네

아마도 중학교 갓 들어갔을 때인가. 나를 퍽 귀여워 해주던 사촌누나를 그리워하며 지은 습작 시인데 어렴풋이 기억나는 대로 적어봤다.

그 무렵 나는 옆자리 단짝과 종종 시랄 수도 없는 시를 써서 공책을 책자처럼 엮어 서로 보여 주곤 했다. 그 재미는 실로 단감 맛이었다.

그러던 여름방학 때였다. 서울서 대학을 다니는 형의 친구가 우리 집으로 놀러 오곤 했는데 어느 날 그가 나를 조용히 부르더니

"너 문학 좋아하니?"

하며 소위 나의 시작 노트를 내놓았다. 책상에 딩구는 것을 발견하여 읽어 본 게 틀림없었다. 나는 대답을 못하고 어물거렸다.

그날 이후로 그는 형과 어울리기 보다는 나와 함께 있기를 즐거워했다. 그리고 보들레르니 카프카, 소월의 시 세계 등 소위 문학 특별 강의에 열 올렸다. 한데 나는 그와의 대화가 결코 즐겁지만은 않았다. 친구들과 한창 뛰어 놀 때고, 그의 얘기가 따분하고 이해도 되지 않아 지겹

기만 했다.

그러나 그는 끈질기게 나를 만날 때마다 문학 강의를 했고 어느새 나는 그에게 세뇌당해 결국 문학의 길로 들어서게 되었다. 분명 그는 내가 문학의 눈을 싹트게 한 분이었다.

십 오 육년 지나 나는 인간의 속성과 개의 속성을 비유해가며 개보다 낫지 못한 인간들의 횡포를 그린 작품으로 문단에 등단했다.

그 뒤 연이어 이런 풍자적인 작품을 발표했고, 작가 프로필에선 '동물의 세계를 의인화하여 인간의 권위, 비정함을 파헤치는 작업을 한다'는 소개를 하곤 했다.

착하고 온순한 개가 도둑을 지키지 못해 주인의 학대를 받으며 실추된 위신을 회복하기위해 몸부림치다 미친개로 몰리는 개. 쥐를 통해 인간의 오만과 인간에 동조한 동물들의 간교함을 풍자하고, 이(슬보)를 통해 인간의 추한 단면을 들추어내어 미물보다도 나을 데가 없는 인간을 조소했다. 우리에게 사탄이라고 저주받는 뱀을 통해 인간의 간악한 음모와 모략을 그렸다. 이것들이 동물의 세계를 들여다보며 인간의 우스꽝스런 모습을 읽는 길이기도 했다.

한데 동물들을 내세워 인간을 고발하는 수법이 때론 의도적이어서 내심 불만이었다. 이에 회의를 느끼면서 가끔씩 반항하듯 다른 방향의 소설 쓰기를 꾀해 보기도 했다.

하지만 우화소설이든 아니든, 인간의 성장 과정에서부터 사회에 진입하여 하나의 사회적 인간으로서 살아가기까지 겪을 수 있었던 정신적 상흔은 너무도 우울했고 그 현장을 표현하는 나의 마음은 마냥 스산하기만 했다. 이쯤에서 나는

인간을 속박하는 것은 무엇인가.

우리 삶의 자유를 으깨는 것은 무엇일까.

인간이 터무니없이 왜곡되어 평가받고 있는 것에 어떻게 발버둥쳐야

하는가.

인간끼리 부딪치며 서로를 마멸시키는 것들을 어떻게 조명할 것인가.

이러한 것들을 추적하고 우리를 두렵게 하는 것들에 대한 확인에 나는 잔뜩 주눅이 들어 있다.

이제 새삼 형의 친구를 만나고 싶다. 그리고 그로부터

"너 문학 좋아하니?"

지겨운 말을 듣고 싶다.

지금껏 좋은 책 출간에 전념해 온 '창'에서 과감히 등단 이후 발표한 졸작들 일부를 뽑아 엮어주었다. 이 책이 나오기까지 도움을 주신 여러분들에게 감사함을 표한다.

2013년 12월

김　청

차 례

견군기

간밤에 도둑이 다녀갔다.

주인아주머니의 신경질로 보아 어지간히 쓸어간 모양이다.

참 억울한 일일 게다. 어떻게 장만한 살림들이라고…. 참 안됐다.

한데 나도 마찬가지다. 그러잖아도 조금쯤은 내 탓이라고 생각하는데, 온통 공범자나 되는 것처럼 ‘존 놈이…. 저놈의 존 놈이…’ 하며 곧장 보신탕집으로 보낼 듯 보는 눈이 심상찮다. 그런 아주머니에게 나는 반쯤은 억울하다.

간밤이다.

좀 개운치 않은 꿈에서 깨었을 때, 왠지 섬뜩한 기분이 들었다. 그때 하품하는 셈치고 한마디 으르렁거렸다면 이런 일은 당하지 않았을 것이다. 그랬다면 도둑놈은 오금이 저려 날 잡아 잡수하고 냉큼 부틈을 꿇었을지도 모른다.

그런데 놈은 요즘의 나를 꽤나 아는 모양이다. 나의 허점을 교묘히 이용한 게 분명하다. 간사스럽고 음흉한 놈이다. 기막힌 일이다.

하긴 나도 좀 얼뜬 놈이다. 뭐가 대단하다고 그랬는지 모르겠다.

실은 주인에게 미안한 점이 바로 그것이다. 며칠 전 이사 온 메리 고것 때문이다.

 메리는 제법 귀엽게 생겼다. 여태껏 보아 온 중에 가장 솜털이 우아하고 목소리가 쏠쏠하다. 깜찍스런 눈에 버선코는 입 바로 위에서 퍽 매력적이다. 과연 내가 홀딱하고 얼뜰 만도 한 애다.

 메리를 처음 보던 날이다.

 때마침 꽃샘 함박눈이 펄펄 날렸다. 나는 그야말로 다정한 친구 센과 동네 골목길을 달리고 있었다. 뭐 무작정 뛴 것이 아니다. 골목길 돌아 돌담길, 돌담길 돌아 무슨 길… 읊조리며 우리들 나름의 코스를 질주했다. 날랜 폼으로 말이다.

 그렇게 앞서거니 뒤서거니 돌다 반환점에서 우리는 기권을 해야만 했다. 거기 반환점인 막바지 청대문집에 메리가 있었기 때문이다. 메리는 이삿짐이 어수선한 집 앞에서 꼬마 애를 졸랑거리며 따라다니고 있었다. 그것을 본 나의 심장은 그만 멎어버렸다.

 그 뒤로 나는 충실하지 못했다. 틈만 있으면 나갈 생각, 짬만 나면 그녀 생각이었다. 나를 제일로 치는 이집 막내딸의 귀여움도 별로 달갑지 않았고 다정함은 오히려 역겨웠다. 가끔 이래선 안 된다고 애써 마음 고쳐먹곤 했으나 그게 생각대로 되지 않았다. 며칠을 두고 곰곰이 생각하던 나는 뒷담 구석에 수챗구멍 격의 통로를 만들었다.

 그 구멍은 몇 년 전 도둑이 든 후 주인이 가시철망으로 슬쩍 치고 흙을 돋아 놓은 곳이다. 주인은 도둑이 그 구멍으로 들어온 줄 믿는 모양이었다. 그러나 나는 소위 만물의 영장이요, 온갖 체통이나 권위만을 찾는 고등동물인 사람이, 설마 체면 불구하고 감히 우리 같은 하급 짐승들이나 드나드는 그런 구멍으로야 들어왔다고는 보지 않는다. 설사 그랬다면 그놈은 사람의 탈을 쓴 짐승일 것이다.

아무튼 힘 안들이고 간단히 통로를 만든 나는 적당히 개구멍치기를 했다.

이 행차는 창피할 것도 부끄러울 것도 없는 당당한 것이다. 그런데 좀 쑥스런 나들이다. 그건 그렇게 당당히 개구멍으로 기어 나와 겨우 그녀의 집 앞에서 서성대다 오기 때문이다. 하긴 어쩌다 '껑 꺼이잉!' 매혹적인 그녀의 목소리를 듣는 때도 있다. 하지만 그것 가지고 만족할 수 있나? 속상한 일이다.

그런 중 나에게 꺼림칙한 일이 생겼다. 셴이다. 그놈의 주제에 허튼 수작이지. 분명 꼴값도 못하는 놈이 글쎄 메리에게 추파를 던지고 있었다. 한심한 놈. 그놈은 따져 볼 것도 없이 지저분한 놈이다.

출신이 그렇다. 똥개다. 물론 나도 대단한 출신은 아니다. 그래도 나는 증조부 정도에서 영국의 무슨 종이라든가, 하여튼 실낱같은 핏줄이나마 있는 놈으로 그런대로 내놓을만한 떳떳한 출신이다. 아니 그게 생거짓말이더라도 내 성격의 됨됨이나 행동이나 풍채로 봐서 어디 셴 놈에게 견주겠는가.

그놈은 정말 형편없는 꼬락서니다. 하잘 것 없는 놈이다. 그놈은 판잣집 구멍가게에서 일 년 내내 보리밥? 그렇지! 잘해야 쌀 쉬인 보리밥 정도지. 아니다. 그건 과분하다. 명절 때, 그것도 딱 한 끼면 족하고 나머지는 라면 찌꺼기를 죽어라 핥는 분식파이다. 집도 그렇다, 나는 어엿한 독립 주택인데다 놈은 무허가 판잣집에 무허가 가마때기이다.

생김생김도 무허가이다. 코니 귀, 턱이나 볼때기가 막 생겨먹어 아무리 눈 씻고 봐도 정이 가지 않는 모양새다. 거기에 목욕은커녕 세수조차도 않는지 고름 같은 눈곱에 궁둥짝은 누덕누덕 오물로 흉물스럽다. 입안에서는 구역질이 나는 퀴퀴한 냄새가 열 발짝 밖에서도 코를 찌른다. 정말 경멸도 하기 싫은 놈이다.

이런 놈이 메리를? 가히 가관이다. 그렇다면 다정한 친구입네 하고 떠들 때는 언제고 지금 욕지거리에 흉보는 건 뭐냐고 묻는다면……. 글쎄, 사실은 솔직히 말해 그놈이 메리에게 관심이 있다는 것을 알고부터는 놈은 나에게 지극히 추악해졌다. 내가 이렇게 단정한 것은 바로 어제였다. 메리의 집 앞에서 어슬렁거리고 있는데, 놈이 염치도 없이 비실비실 나에게로 오는 것이었다. 오랜만이었다. 메리를 본 이후 나는 놈과 놀지 않고 있었다. 한데 놈이 다가오는데도 전처럼 반갑지도 않고 오히려 짜증이 났다.

그놈은 내 기분은 아랑곳하지 않고 싱글싱글 웃어주었다. 이때 나는 놈의 이빨이 형편없이 누런 것을 처음 알았고 거기서 풍기는 지독한 냄새를 처음 맡았다. 나는 이 더러운 놈에게 갑자기 으쓱한 기분이 들었다.

"야, 임마. 내 색시 구경시켜 줄까?"

왜 이런 엉뚱한 말이 튀어나왔는지 모른다. 그저 으스대는 꼴에 말이다.

"해봐라. 어느 잡년을 물어와 지랄이냐?"

그놈의 말이 정말 천하게 들려왔다. 말투가 전보다 훨씬 고상한 편인데도 그랬다.

"잡년? 흥!"

나는 청대문집을 곁눈질하며 여전히 으쓱거렸다. 저 집을 보란 말이야. 이 병신아. 그 안에 누가 있는지 생각이나 해봤어? 이 병신아. 나는 이제 그놈을 병신으로 경멸하고 들었다. 그런데 놈은 내 행동을 비웃기나 하듯 나를 빤히 보다가 씩 웃었다.

나는 그놈의 웃음에 와락 겁이 났다. 처음의 기세가 약간 꺾였다. 퍼뜩 생각난 것이 있었기 때문이다. 메리를 처음 보던 날, 그놈과 함께 있었다는 사실이 머리에 떠오른 것이다. 저놈의 흐리멍덩한 눈알이 메리를 그냥 돌려보내지 않았을 게다. 그리고 나없는 새 얼마나 궁상을 떨었을까.

나는 가슴이 활활 타올랐다. 저놈은 분명 무슨 짓을 저지르고 엉큼을 떨고 있는 것이다. 원래 그런 일에 재빠른 놈이니 알조 아니냐.

나는 더 이상 말을 안했다. 그놈은 나를 놀리려는지 씩씩 웃기만 하다가 그 더러운 궁둥이를 아니 이제 보니 어느 틈에 깨끗이 소제가 된 궁둥이를 씰룩거리며 사라져 버렸다.

그날 밤 도둑이 들었다.

비가 추적추적 내리고 있다. 간밤에 실로 잡다한 꿈 때문에 잠만 설쳤다.

도둑이 다녀간 그날로 끼니를 걸러서인지 속은 말할 것도 없이 머릿속까지 쓰렸다. 밥은 주인 쪽에서 별 성의 없이 내주었다. 그렇다고 내 쪽에서도 애써 밥을 찾지 않았다.

이 비가 걷히면 봄이 올게다. 갑자기 얼굴도 모르는 부모 생각이 났다. 이 집에 처음 왔을 때 나를 귀여워해 주던 늙은 조오의 모습이 떠올랐다.

조오는 재빠른 데가 있어 항상 주인의 사랑을 받았다. 조오는 도둑도 잘 지켰다. 세 놈의 도둑이 들어오던 날이다. 두 놈은 안에서 한바탕하고 한 놈은 조오를 달래고 있었다. 나는 잠결에 구수한 냄새가 나 눈을 떴다. 낯선 냄새가 나는 웬 놈이 눈앞에다 잘잘 볶은 고기로 조오를 유혹하고 있었다. 조오는 약간의 저음으로 으르렁거렸다. 그러다 서서히 목청을 높이더니 드디어 애절하게 조오를 꾀는 그놈에게 덤벼들었다. 그들은 금세 한 덩어리가 되어 뒹굴었다.

방에 불이 켜졌다. 그리고 앙칼진 주인아주머니의 고함 소리와 함께 두 놈이 문을 박차고 나왔다. 그제서 나는 가늘게 짖었다. 놈들은 나 같은 것은 거들떠보지도 않고 대문 밖으로 튀어 나갔다.

나도 쫓아 나갔다. 가로등이 희미한 밖, 어느새 센 놈이 달려왔다. "가자. 이 멍청아!"

센 놈은 소리 지르며 앞장을 섰다. 나는 기분이 상했지만 뛸 수 없었다. 컴컴한 골목으로 사라지는 그들을 감히 쫓을 용기가 나지 않는 터였다.

나는 마지못해 센 놈의 뒤를 따랐다. 놈은 나보다 훨씬 빨랐다. 그놈은 금세 골목을 달리는 한 놈을 바짝 따랐다. 나는 숨이 차서 헐떡대기만 했다.

얼마 안 가 센은 그 놈의 바짓가랑이를 물고 늘어졌다. 내가 그놈에게로 달려갔을 때는 그 실랑이가 끝난 뒤였다. 경찰관들이 그놈에게 수갑을 채웠고 센 놈의 머리를 쓰다듬고 있었다. 그 광경을 본 나는

14

부러운 생각에 시기심이 났다.

 나는 다시 뛰었다. 남은 한 놈을 잡겠다는 각오에서였다. 전부가 도둑과 싸웠는데 신발 한 짝도 물어오지 못하다니 체면이 말이 아니다. 내처 달렸다. 그러나 그놈은 흔적조차 없이 사라졌다. 도대체 날개라도 달린 놈인가. 제발 나타나다오. 이 세 놈 중에 가장 못된 도둑놈아. 나는 울부짖었다.

 내가 기진맥진하여 집으로 털털거리고 왔을 때, 주인아저씨는 조오의 상처를 치료하고 있었다. 나는 와락 조오에게로 달려갔다. 그러자 주인아주머니가 냅다 나를 걷어차며 마구 퍼부었다.

 "이 놈의 개새끼야. 어딜 빨빨거리고 다녀! 이 똥개야!"

 채인 옆구리가 저렸다. 그러나 그쯤은 아무 것도 아니다. 왠지 똥개 취급받는 내 자신이 서글펐다. 바람처럼 사라진 도둑놈이 한없이 원망스러웠다.

 며칠 후 조오는 죽었다. 가슴을 도둑의 발길에 심하게 채였는지 답답하다면서 시름시름 앓다가 죽어갔다. 웬 사람이 조오를 가마니에 둘둘 말아 가버렸다.

 추적추적 오던 비가 멎었다. 앞뜰에는 개나리가 활짝 피었다.

 나는 하루 사이로 부쩍 는 개나리꽃을 보면서 달갑잖은 태도의 주인과 어떻게 밀접한 관계를 맺어야 할지를 곰곰이 생각했다. 그 때마다 귀여움을 받는 개, 영특한 개, 충성심이 지극한 개가 되어야 하겠다고 굳게 다짐하곤 했다.

 결국 나는 결단을 내렸다. 메리를 잊는 것이다. 센 놈이 비록 메리와 그렇다고 해도 아무렇지 않기로 마음먹었다. 오직 주인을 위한 충성심만을 생각키로 했다. 이 길이 내 본연의 자세요, 얼마나 숭고한 의무냐. 어떤 속된 짓에 휩쓸리지 말고, 좀 버젓해 보자고 단단히 자세를 가다듬었다.

한편 도둑이 한 번 더 왔으면 하는 생각을 했다. 이번엔 한 입에 작살을 내겠다고 벼르기까지 했다. 그러나 도둑은 쉽사리 나타나지 않았다. 하기야 놈들이 이미 내 심경의 변화를 눈치 채고 냉큼 나타나지 않는 것을 알고 있다. 너무 한 놈들이다. 동정하는 셈치고 나타날 만도 한 일인데. 고약한 놈들이다. 그러니 도둑질이나 하지. 별수없는 놈들이다.

나는 은근히 화가 났다. 그래 지나가는 발짝 소리만 나도 도둑으로 보고 껑껑 짖어댔다. 손님이 오면 꼬리를 흔들거나, 아예 못 본 척 잠이나 처 자던 전과는 달리 무조건 으르렁거리며 악을 썼다.

나는 표독해졌다. 물론 주인에게선 아무런 반응이 없었다. 그럴수록 더욱 난폭하게 굴었다. 한번은 온밤을 짖어댄 적도 있었다. 주인 아저씨가 나와 집을 한 바퀴 둘러보고는 들어갔다. 나는 신이 났다. 비록 내 머리를 쓰다듬지는 안 했어도 나를 의식하는 듯싶어 신이 났다.

힘도 났다. 그러나 여전히 할 일은 없다. 도둑이 와야지. 그놈들은 나를 비웃기만 하고 마는 걸까. 더욱이 센 마저 분통을 터지게 하고 있었다. 그놈은 내가 껑껑 멜때마다 와서는 낑낑(사실은 껑껑대지만) 거리다 가버리는 것이다. 나는 '야, 이 빌어먹을 새끼야. 어서 꺼져버려. 네놈이 무슨 꿍꿍이속이 있어 그러지는 몰라도 난 네깐

놈들과는 달라졌어' 하고 소리를 질렀다. 그래도 그놈은 나를 비웃는 듯 여전히 낑낑거렸다. 정말 더러운 놈이다.

그렇게 기회를 엿보며 난폭해진 나에게 드디어 행운이 왔다. 기다리던 도둑이 나타난 것이다. 그것도 대낮에 말이다.

집엔 식모애만 있었다. 잠결에 발짝 소리를 잽싸게 들은 내가 눈을 떠보니 웬 놈이 현관문을 여는 중이었다. 아직 겨울 점퍼를 입은 늙은 도둑이었다. 차림이 초라하니 이런 소시민이 사는 집이나 터는 좀도둑이었다. 그것도 구두나 슬쩍 집어가는 놈이었다.

나는 쾌재를 불렀다. 더구나 늙은 놈이라 자신만만했다. 그놈이 젊은 놈이었다면 아마 나는 겁에 질려 센 놈이라도 와 주었으면 했을지도 모른다. 하지만 저런 놈쯤이야 그야말로 몸 푸는데 안성맞춤이다.

나는 여유를 두고 천천히 일어났다. 조용히 아주 태연하게 일어났다. 그리고 그놈을 놀리기나 하듯 꼬리를 슬슬 흔들며 그놈에게 다가갔다.

그놈은 문을 열다 말고 나를 보고는 손을 들었다. 그렇지, 아예 항복을 하는 거다. 그러나 안 된다. 그렇게 되면 너무 싱겁단 말이다. 이 도둑놈아. 그러지 말고 좀 대들란 말이야. 좀도둑이라 꼴값하는 거냐. 비록 좀도둑일망정 깡다귀를 부려 보란 말이야. 결국 사지가 갈기갈기 찢어질지라도 한번 악을 써보란 말이야. 그래야 한바탕 하잖겠는가.

나는 계속 꼬리를 흔들며 다가갔다. 그러자 그놈은 내 앞으로 손을 내밀며 혀를 늘름거렸다. 어럽쇼, 이놈이 나를 놀리려 들다니 기가 찰 일이다. 이놈도 전번 놈들과 한패인가. 그래서 나를 알고, 나를 겁쟁이로 비웃는가. 이 요사스럽게 늙은 놈아. 나는 그런 오산은 하지 말라고 그놈을 비웃었다. 지금은 메리도 잊은 지 오래고 오직 네 놈을 물어 잡을 생각뿐이라고 험상궂게 표정을 지었다.

그런데 놈은 한술 더 떠 나보고 오라는 손짓을 했다. 아주 태연자약하게, 거기에 미소까지 잔뜩 머금고 말이다. 나는 기가 찼다. 아니 두려웠다. 센 놈이라도 왔으면 좋겠다. 이거 임자 잘못 만난 게 아닌가 하는 공포감이 들기도 했다.

나는 주춤했다. 갑자기 앞다리가 후들거리고 숨이 막혀왔다. 그러자 머리에 주인 아주머니의 앙칼진 모습이 떠오르고, 귀로는 '이 똥개야' 하는 소리가 메아리치듯 울려왔다.

나는 퍼뜩 정신을 차리고 증오와 두려움이 일고 있는 그놈에게 온 힘을 다해 달려들었다. 하얀 이빨을 딱 드러내고 말이다.

"사람 살려… 이놈이…."

그놈은 이 한마디뿐으로 조용히 나가떨어졌다. 나는 너무 싱겁게 일이 끝나 오히려 화가 났다. 꿈틀대는 그놈을 타고 잔인하게 물어 제쳤다.

"아이고 사람 살려."

그놈이 악을 썼다. 이때 식모애가 뛰어나왔다. 나는 그녀를 보고 씽긋 웃으며 오늘은 묵직한 갈비 한 점쯤 담아 달라고 눈짓했다. 그러나 식모애는

"존! 존, 아서… 가만히 있어. 저게 미쳤나. 아이고 이게 웬일이야. 야! 이 개새끼야. 그만 해."

부리나케 달려와 나를 걷어찼다.

그날 나는 주인아저씨에게 끌려가 적당히 맞았다. 아주머니에게도 당했다. 딸한테도 매정하게 당했다. 식모애한테도 당했다. 몹시 당했다.

그 늙은 도둑놈은 주인아주머니의 아버지였다.

그 뒤 나는 꼼짝을 못했다. 조오는 도둑놈에게 채여 죽었지만 나는 주인에게 채여 죽을 판이었다.

그런 실수가 어디 있을까. 그놈의 할아버지도 어지간하지. 내가 이 집 장인이라고 한마디만 했어도 되는 걸. 늙은이가 주착이지. 원망스러웠다.

여기 옆구리는 왜 이렇게 쑤시는지. 콧등은 왜 이렇게 부어 가라앉지 않을까. 메리는커녕 똥개년도 거들떠보지 않게 묵사발이 되어 버렸다.

나는 굵은 쇠사슬에 매어졌다. 그건 그래도 좋다. 주인의 구박이 이루 말할 수 없다. 그건 그런대로 좋다. 딸의 싹 변한 쌀쌀한 태도는 못 견딜 지경이다.

그녀는 대학생으로 제법 미인이다. 그녀의 향긋한 살내음엔 오히려 밥맛을 잃을 정도이다.

그녀는 죽은 조오 못지않게 나를 무척 위해 주었다. 처음 이십에 왔을 때 나는 그녀의 방에서 첫날밤을 보냈다. 그때 그녀는 여고생이었다. 칭얼거리는 나를 꼭 안고 잤다. 그리고 입안에 잘잘 녹는 과자를 주었다. 일요일이면 종일 안아주었다. 그녀의 가슴은 어떻게나 말랑거렸는지 가끔 파고들어 어미젖을 찾듯 하면 '요게, 아이 간지러

위, 요게' 내 궁둥이를 살살 때려주기도 했다. 물론 처음의 도둑사건 때나 전번 도둑 때도 그녀는 퍽 동정적이었다.

그런 그녀가 매몰차져 주인아주머니처럼 변해버렸다. 이젠 살맛이 없어졌다. 여자의 마음은 갈대와 같다더니 과연 그런가 보았다. 참 믿을 수 없는 마음이다.

역시 사람의 마음이란 남자가 최고다. 나에게 물린 할아버지가 웬일로 나를 측은히 보아주었다.

할아버지는 가끔 나를 찾아와 주었다. 나에게 물려 절뚝거리면서도 '쯔쯔! 불쌍한 것이…. 공연히 나 때문에….' 하고 머리를 쓰다듬고 다리를 주물러 주었다. 그때마다 나는 할아버지께 죄스럽고 고마워 눈물을 쏟곤 했다. 아주머니가 '아버진 그놈의 개새끼 밉지도 않아요? 버려두세요' 했다. 그러면 할아버지는 '미워도 어쩌니. 저게 뭐 알아서 그랬을라구' 하며 나를 두둔했다. 사실 그 말이 옳다. 내가 뭐 알아 그 짓했을까. 새삼 표내고 싶지는 않지만 다 주인을 위해하 느라 한 것이 그렇게 된 걸. 아무튼 고마운 할아버지. 마치 조오처럼 인자한 할아버지다.

우리가 가까이 지내면서 나와 할아버지의 상처도 아물었다. 이제 제법 움직일 수 있게 되었다. 그러자 할아버지는 나를 데리고 산책을 하였다. 내 쇠사슬이 할아버지의 손에 의해 풀린 것이다. 그때쯤 주인아주머니나 딸은 나를 관용하는 듯싶었다. 물론 다정한 맛은 없지만 할아버지가 하는 대로 내버려두었다. 또 내 쪽에서는 할아버지에게 충성을 다해 과거의 잘못을 용서받겠다는 일념으로 할아버지를 위했다.

나와 할아버지는 아침이면 근처 공원엘 갔다. 며칠 새로 밖은 완연히 변했다. 벌써 푸른 잎이 무성해졌다. 이런 바깥세상을 맛보던 나는 다시 엉뚱한 생각이 들기 시작했다.

메리의 생각이었다.

한번은 공원에서 메리를 보았다. 가슴이 흔들렸다. 그런데 더 큰일 날 일이 생겼다. 메리가 센 놈과 같이 있었기 때문이다. 아마 센 놈만 아니었다면 가슴이 흔들리는 정도로 끝났을지 모른다. 하필이면 그놈이…. 그 동안에 그놈이….

메리는 늘 제 주인할아버지와 산책을 나오는 모양이었다. 긴 수염을 점잖게 늘어뜨린 할아버지를, 그 고운 솜털을 자랑하며 따랐다. 그 뒤를 센 놈이 슬금슬금 따라가다가 메리의 궁둥이를 툭 치고 도망가곤 했다. 그때마다 '예끼 놈, 저리 가' 하고 메리의 할아버지가 센 놈을 나무랐다. 하지만 내가 알기로 센 놈이 그런데 체면 차릴 놈이 아니다. 들은 척도 않고 메리를 집적거렸다. 한데 메리도 과히 싫지 않은지 곱게 눈을 흘겨주는 것이었다.

나는 이 광경에 눈에서 불이 붙고 머리가 띵했다. 주인에게 맞던 것보다 더 가슴이 아팠다. 딸한테 당한 것보다 몇 배 가슴이 쓰렸다. 센 놈은 그런 나를 보더니 어깨를 으쓱거리며 다시 한 번 메리에게로 달려가 건드렸다. '보아라 이 병신아' 하는 태도였다. 정말 치사스럽고 더러운 놈이다. 오랜만의 친구를 그렇게 맞아 주다니 설사 메리와 그런 사이일지라도 첫날만은 안부 인사를 해야지. 그렇게 잔인하게, 그렇게 속되게 놀아? 개만도 못한 놈. 메리야 제발 저놈에게 넘어가지마…. 그러나 메리는 나 같은 것은 본 척도 않고 센 놈이 달려오는

데에만 정신을 두고 힐끔거렸다.

다음 날도, 또 다음 날도, 메리와 센 놈은 놀고 있었다. 날이 갈수록 노는 꼴은 눈꼴이 시었다. 이렇게 되자 나는 주인에 대한 충성심의 초조에서 이제는 사랑에 대한 초조로 불안해지고 우울해졌다.

나는 처음과 달리 밖으로 나오면 될 수 있는 대로 할아버지와 떨어지기를 원했다. 할아버지는 그걸 원하지 않는지 내가 조금만 앞장을 서거나 뒤떨어지면 '존아! 존, 이리 온' 불러댔다. 이 노인 나를 눈치챈 것이 아닌가. 그럴 때마다 늙고 추하고 음흉스런 인간에 증오의 불길이 일곤 했다.

그러나 나는 할아버지를 따르지 않을 수 없었다. 나를 이렇게끔 해준 것이 바로 할아버지요, 이 노인이 아니었다면 나는 여전히 쇠사슬의 신세를 면하지 못했을 것이기 때문이다. 아니 그보다 나는 할아버지의 말에 복종을 해야 될 것이라고 생각하고 있었다.

한데 얼마 후 할아버지는 나에게 방심해졌다. 그것은 할아버지와 메리의 할아버지가 인사를 나누었기 때문이다.

그 두 늙은이들은 인사를 나눈 후 바로 친해졌다. 인사를 나눈 날 나는 처음으로 메리와 가깝게 설 수가 있었는데 과연 메리는 먼발치에서 보던 것 이상으로 멋쟁이였다. 메리는 나를 보고는 생긋 웃어주었다. 물론 센 놈도 옆에 있었는데 그놈의 눈에서 불똥이 튀는 것을 나는 보았다. 그게 어떻게나 천하고 가련하게 보이는지 약간은 미안한 생각이 들었다.

이렇게 해서 우리는 종종 한데 어울렸다. 어울린다고 해서 대단한 것은 아니다. 아주 가깝게 함께 있다는 것뿐이다. 센 놈이 웬일로 내 앞에서는 점잖아졌고, 메리는 말할 것 없이 나는 뜻밖에 의젓해졌다. 어떤 가능성을 물색하는 괴로움에서 말이다.

그런대로 평온이 계속되고 있었다. 그런데 이 괴로움에서 나는 서서히 지루함을, 그리고는 짜증을 느끼게 되었고 급기야 메리를 미워하게 되었다. 그것은 단순한 일 때문이었다.

하루는 할아버지가 딸에게 물었다.

"애야. 저 건너 청대문집 개가, 거 굉장히 비싼 거란다. 개 값이 그런 건 처음 들었다."

"그럼요. 비싼 건 대단해요. 무슨 종이래요?"

딸애가 흥미 있다는 듯 대꾸했다. 저 갈대와 같이 마음 잘 변하는 것이. 그래 너도 메리와 같은 좋은 종이라서 그런 모양이지. 나는 눈을 흘겼다.

"뭐더라. 영국이라던가. 무슨 종이라고 했는데…."

"뭔지는 몰라도. 종자가 괜찮은 모양이죠?"

그녀는 나를 힐끔 보며 말했다.

"그래 우리 존은 얼마 가는 거냐?"

우리 존 좋아하네. 뭐 얼마냐고? 이 할아버지가 망령들었나.

"글쎄요. 우리 존은 싼 거예요. 트기예요."

잘도 지껄인다. 정말 그녀의 말은 버르장이가 없다. 그 말을 듣고 보니 갑자기 억울한 기분이 들었다. 여태껏 구박을 받았을망정 하느라 했는데…. 한다는 짓들이 겨우 개 값이나 따지고 있어? 이럴 수가 있담. 도대체 제깐 것들이 뭔데. 저는 얼마나 값나가는데. 나는 아무 말 없이 그 자리를 떴다.

‘말귀는 알아들어서’ 혀를 차는 소리가 들렸다.

그 뒤 나는 주인과 메리에게 증오감을 갖게 되었다. 메리를 간헐적으로 미워했다. 막상 모습을 보면 그렇지 않은데 가문이니 혈통이니를 따져대는 꼴을 생각하면 울컥 화가 치밀었다. 충실하고 착실하면되는 거지 혈통을 찾다니. 그게 트기면 어떻고 개구멍받이면 어떠냐. 사람들은 뭐냐. 저희들도 혈통을 따지기에 역겨워하면서 개새끼가뭐 대단하다고 그러지. 싫도록 이용이나 해먹고 걷어차는 인간들. 개 값 따지지 말고 저희들 값이나 따져 봐라. 도대체 인간이란 얼마나 나가는 물건이지 말이다. 저울눈을 속이지 말고 말이야.
 다시 죽은 조오의 모습이 떠올랐다. 죄 없이 죽어간 조오. 억울하게죽은 조오. 가마때기에 둘둘 말려 어디론가 가버린 불쌍한 조오. 조오뿐만 아니라 숱하게 죽어간 개들도 불쌍하다. 하느님은 하필이면우리에게 꼬리를 주어 흔들지 않으면 못 견디게 창조했는지 모르겠다. 개여, 탈피하라. 꼬리를 흔들어야 속이 후련한 습성에서 용감히탈피해라. 나는 부르짖었다.
 그리고 뭇사람들이 감싸고 도는, 또 거기에 편승하여 기고만장한소위 혈통 좋은 개의 얄팍한 권위를 짓밟아 버리겠다고 마음먹었다. 해서 나는 우선 메리에게 하나의 행동을 취했다. 그것은 좀 쑥스럽지만 겁탈이었다. 메리에 대한 육감적인 충동과 사람에 대한 증오가한데 얼려 어쩔 수 없이 취한 행위였다.
 메리를 동네 골목길로 유혹한 나는 덮쳐 버렸다. 그 길은 온 동네사람들이 나다니는 대로였다. 몇 명 꼬마와 센 놈이 보는 앞에서 시작을 했다. 그리고 시간이 흘렀다. 낯익은 얼굴들이 몽롱한 속에 비쳤다.

휘청거리며 집에 온 나는 그야말로 오랜만에 평온한 마음으로 푹 잠을 잤다.

그러나 잠에서 깨었을 때, 나는 주인아주머니가 퍼붓는 지독스런 욕설로 두려움과 공포 속에 휩싸이게 되었다.

"똥개새끼가. 아이고 저놈의 개새끼 때문에 낯도 못 들고 다녀. 나가 돼져 버려. 잘 한다. 뭐가 신난다고 늘어져 처자지?"

메리의 주인집에서 굉장한 항의가 왔고, 그런 뒤 아낙네들이 대판 입씨름을 벌였다는 것이다.

"이 놈의 개새끼. 똥개면 똥개 값이나 하지. 어디다대고…."

주인아주머니는 더 이상 말을 못했다. 할 수가 없었다. 딸이 있고, 식모애가 있고, 할아버지가 있는데 그 이야길 어떻게 해. 듣는 나도 쑥스러운데.

"에잇 이것아!"

말이 막히자 드디어 폭력으로 나왔다. 사실 나는 이것이 제일 두렵다. 정말 개 패듯(?) 팬다. 지겹다. 제발 그런 짓은… 이게 한두 번 아니잖아. 개쯤은 죽여도 상관없다는 거냐. 이 세상엔 법도 없나. 개병원은 있어도 개법원은 없단 말인가.

주인은 떡 치듯 철썩철썩 두들겼다. 메리 주인아주머니에게 당한 치욕을 푸는 것이다. 다른 때보다 매섭게 군다. 허리께가 시큰하다. 다리는 바수어졌는지 제대로 설 수가 없다. 머리통은 박살이 나서 피가 철철 흘러내린다. 주둥이는 몽둥이가 닿을 때마다 매큼하다.

나는 늘어지고 말았다. 꼼짝을 할 수가 없다. 그러나 여기서 쓰러지면 끝장이다. 조오보다 더 억울하게 되고 만다. 정신을 차리자. 이렇게 쉽게 죽어서는 안 된다. 살자. 나는 살고 싶다.

나는 온 힘을 다해 바둥거리며 일어섰다. 몇 차례 얻어맞고 쓰러졌다가는 다시 일어서곤 했다. 이렇게 발버둥치던 나는 몸을 두들기는 둔탁한 몽둥이의 소리를 들으며 기절을 했다.

얼마의 시간이 흘렀는지 눈을 떴을 땐, 주위엔 아무도 없고 따뜻한 햇살이 비쳐오고 있었다.

몸을 움직여 보았다. 구석구석이 아프다. 그러나 다행이다. 살았으니 말이다. 다시 한 번 몸을 움직였다. 나는 살았다. 용케도 살았다. 나는 악을 써 일어났다. 그리고 엉금엉금 기었다. 집을 나가는 것이다. 숱한 사연을 두고 나는 간다. 골목에 나서자 갑자기 아픔이 몰려왔다. 그러나 참았다. 조금만 힘을 더 내자.

집 앞을 떠나 완전히 골목을 벗어 날 때다.

"애. 존, 존아."

부르는 놀란 목소리에 걸음을 멈추었다. 막내딸의 목소리였다. 나는 뒤돌아 멍하니 딸을 쳐다보았다. 딸은 팔을 벌리고 나에게로 달려왔다. 나는 그저 잠자코 서 있었다.

"어머나, 상처투성이네. 어서 가자. 치료해야지."

딸은 내 다리를 만지며 아양을 떨었다. 나는 이 변덕쟁이 여자에게 곤혹을 느꼈다. 아딜 가자고? 집엘? 그래 집에 끌고 가 어쩌자는 건가. 병원에 입원시켜 치료해주고, 닭털 침대에 잠을 재우고, 상전 모시듯 해주겠다는 거냐. 아니면 메리와 정식으로 결혼시켜 씨나 받겠다는 거냐. 그러다 심통이 나면 언제 봤냐는 식으로 두들겨 패려고? 개 값이 어떠니, 종자가 어떠니 하며 멸시하려고? 그 알량스런 마음보 가지고 개 웃기지 마라. 이젠 사람이라면 신물이 난다. 그 쌍통만 봐도 구역질이 나. 이 앙큼하기 짝이 없는 변덕쟁이들아.

그러나 딸은 연상 '불쌍한 것, 얼마나 아플까' 하며 표정마저 슬프게 지었다. 네가 아무리 그래봤자 어차피 개새끼인데 잠자코 있어, 가면 어딜 가, 이 똥개 새끼야, 난 사람이야, 내 말 잘 들어, 뭐니 뭐니 해도 난 사람이란 말이야 하는 음모가 가득 찬 표정을 억지로 감추고 말이다.

나는 이 음모에 넘어가지 않겠다고 다짐을 했다. 자칫 잘못해 넘어 간다면 정말 개 팔자 될 대로 되고 말 것이다. 아무리 연극을 해도 난 안 넘어 간다. 변덕쟁이인 주제에 날 어떻게 보고 이러느냐. 정말 한번 본때를 보여주어야 속 차리겠니? 그래야 본성을 드러내겠니? 에잇 이 더러운 년아.

나는 참다못해 다리를 쓰다듬는 그 하얗게 포동포동 살이 찐 그녀의 손을 왈칵 물어 제쳤다.

나는 간밤에 도둑질을 했다.

주인은 도둑놈에게 어지간히 욕을 퍼부을 것이다.

한데 내가 한 짓인 줄 안다면 아마도 발을 동동 구르며 억울해할 게다. 그리고 멍청히 잠만 처잔 그놈을 꽤나 들볶을 것이다. 이 똥개 새끼야. 사람도 아닌 개 도둑놈을 못 지켜? 아이고 저런 걸 라면도 아닌 쌀밥을 먹였으니. 진작 보신탕집에다 팔아 치워버릴걸. 그리고 혹시 도둑놈과 짜고 그러지 않았느냐 다그칠 것이다. 그러면 이 어리 뜩한 개새끼는 몸 둘 바 몰라 전전긍긍할 게다. 거기에 주인은 한두 차례 쥐어박기까지 하고… 참 안됐다. 나 때문에 개새끼 하나 병신이 되는구나. 불쌍한 놈이다.

그러나 그놈을 동정해서는 안 된다. 모질게 마음을 먹고 계속 도둑 질을 하자. 어떻든 간에 손해 보는 것은 사람이니까. 신발짝이든, 뭐 든 닥치는 대로 내게 필요하든 말든 해치우자.

이판사판이다. 누가 먼저 손을 드나 해보자. 창피스러워 누구에게 말은 못하겠지. 경찰에 신고를 하겠나. 경찰이 무슨 법조문을 들고 나를 체포할 거냐. 설사 체포를 한다 해도 날 어떻게 체포해? 조서는 어떻게 꾸미고 변호사는 어떻게 댈 거냐. 그렇다고 법치국가인데 설 마 무작정 처넣지는 않을 것이다.

그래서 나는 매일 밤 도둑질, 아니 거사를 거침없이 실행했다. 하긴 이 거사가 손쉬운 것은 아니다. 감쪽같이 해치우는가 하면, 제대로 손도 못 대고 발각이나 죽지 않을 정도로 심하게 당하고 며칠을 꼼짝 못할 때도 있다. 그러나 상처가 나아 조금이라도 움직일 수 있게 되 면 주저하지 않고 행동을 취했다.

뿐만 아니라 틈틈이 기회만 있으면 암캐들을 간단히 해치웠다. 그 것도 메리처럼 혈통을 내세우는 값나가는 개년을 골라서 말이다. 이 건 솔직히 말해 메리가 그리워서라든지 앙갚음 따위로 하는 짓이 아니다. 단지 이 똥개의 씨를 뿌리겠다는 심사에서였다.

아무튼 나는 끈질기게 계속하였다.

그런데 며칠 안가 나는 이 일에 실망하기 시작했다. 그건 나만 손해를 보고 있기 때문이다.

나의 온몸은 상처투성이요, 날이 갈수록 뼈다귀만 앙상하게 튀어
나오고, 가끔 금시라도 쓰러질듯 현기증을 일으켰다. 내 몸은 몹시
쇠약해졌다.

하지만 그건 괜찮다. 몸이 어떻든 상관없다. 무엇보다도 실망과 증
오를 갖게 한 것은 무슨 짓을 해도 누구 하나 거들떠보지 않는 일이
었다. 도난을 당한 사람들은 물론 개새끼도 무표정이다. 또 겁탈을
당한 메리 족속들도 수치의 빛도 없이 잠자코 있다. 아니 골목을 활
보하는 것이었다. 원 이런 놈의 세상이 다 있다니. 이것들이 날 우습
게 보는 건지. 답답하다.

더욱이 이놈의 개새끼들이 하나같이 엉큼한 사람의 꾐에 넘어갔는
지 한패가 되어 나를 멸시하고 들었다. 역시 사람은 추악하고 개는
멍청하다. 정말 통곡할 노릇이다. 나는 다짐했다. 그예 손을 들게 하
고 말겠다고 굳게 마음먹었다.

나는 매서워졌다. 도둑질할 때마다 철저히 잔인하게 했다. 늘어져
잠만 처자는 놈에게 주둥이고 허벅지고 물어 젖혔다. 어른이고 아이
고 할 것 없이 조금만이라도 허점이 보이면 사정없이 달려들어 서슴
치 않고 물어버렸다. 그것도 단순히 무는 정도에서 끝나지 않고 잘근
잘근 살점을 씹었다. 개년들도 마찬가지다. 긴 행위가 끝나자마자
형편없도록 해치웠다. 딸처럼 다리가 쪽 곧은 숙녀는 만만했다. 그런
건 야금야금 애를 태우다 날름 해치웠다.

"미친개다. 잡아라."

사람들이 우 몰려온다. 도망치는 놈도 있다. 나는 달렸다. 숨이 차왔다. 그래도 악을 쓰며 달렸다. 기우뚱거리며 도망가는 저 앞의 뚱보를 쫓아 달렸다.

"미친개새끼다. 죽여라."

몽둥이를 든 놈들이 쫓아온다. 당장 죽인다고 엄포다. 나는 씩씩거리며 달렸다. 싱글싱글 웃으며 달렸다. 정말 미친놈처럼 히히거리며 달렸다. 뚱보가 바로 앞에 있다. 나는 그놈의 바짓가랑이를 물었다. 그리고 외쳤다.

'나는 안 미쳤어. 도둑개가 아니야. 이 답답한 머저리들아.'

참 안됐다. 나를 미친개, 도둑개로 알고 있는 저 우매한 사람들이 안됐다. 불쌍하다.

제 명

어느 날 서공(鼠公)은 등기편지를 받았다. 편지를 보낸 곳이 「세계 식량절약운동협회 동물분과위원회 아시아지부 한국분회」라는 꽤나 긴 명칭을 가진 데로 내용은 …부디 참석하시어 오늘의 위난을 극복 하고 타개하는데 현명하옵신 회원 여러분의 고견과 협조를 받아… 하는 것이었다. 소위 한국분회 임시긴급총회를 연다는 초청장이었 다.

서공은 몇 년 전에 반 어거지로 이 협회에 가입한 것을 새삼 기억하 고 눈살을 찌푸렸다.

그것은 협회의 성격으로 봐 별로 내키지 않는 데에다, 틀림없이 설 처댈 인간의 주구들의 꼴들이 어렴풋이 떠올랐기 때문이다.

당시 그들은 서공을 궁지로 몰아 억지로 가입을 시켰다. 알기로는 처음엔 저희들끼리 꿍꿍이속이 있어 협회를 구성했다가 별다른 실 적이 없자, 궁리 끝에 간판 거는 못 격으로 서공을 비롯 몇몇을 가입 시킨 것이다.

그때 가입한 몇몇은 대부분이 인간이란 고등동물로부터 지탄을 받고 있는 축들이었다. 그런 것들을 가입시켜 형식상으로 식량절약운동에 적극 참여하는 척하면서 자신들의 체면치레를 하자는 속셈이었다. 그것은 입회서에 서명 날인을 하자 곧 폐회를 해버리고 언제 보았느냐는 식으로 내동댕이치듯 회칙이니 성격이니를 알리지도 안했을 뿐더러, 그 이래 여태껏 회의에 참석하라는 통지 한 장 없는 것으로 짐작할 수 있다.

또 회의 때 누군가가 서공이 가장 직접적으로 관계가 있고 중요한 위치를 차지한다고 강조를 했는데도 그 당사자인 서공이 까마득히 잊고 있다는 사실로 협회의 활동 상황을 넉히 알 수 있는 일이었다.

그때 회의장에는 사람이 한 명 나와 있었다. 그게 자문위원인가였다. 몸이 비대해서 단박에 고위층인걸로 알겠는데, 보아하니 협회가 이 알량스런 자문위원의 지시대로 움직이는 듯싶었다.

한데 그놈은 염치없이 상다리가 부러지도록 차려놓은 음식을 치우는 데에만 정신을 쓸 뿐 회의 진행 같은 것에는 전혀 관심을 두지 않고 있었다. 이미 지시사항을 회장에게 전달해 놓았으니 저희들이 알아서 할 일이고, 단지 참석해서 먹기나 하고 가끔 불만을 표하는 놈들에게 눈알을 부라리면 되는 것이었다.

회장이란 작자도 그렇다. 복잡한 문제는 인간들이 하는 일이다. 우리는 인간들이 며칠 밤을 새어 계획 수립을 했든, 한 달을 걸려 짰든, 그러다가 몇 명이 순직을 했든 상관이 없다. 그저 지시대로 짓고 까불면 된다. 그러면 가끔 자문위원이 권하는 음식 부스러기를 너무도 황송해서 제대로 받아먹지 못하는 제스처를 부리면 끝나는 일이라고 생각하는 듯했다.

또 당장 군침이 넘어가더라도 애써 안달이 날 필요가 없다. 제아무리 식성이 좋다 해도 그 부러지게 차린 음식을 모두 치울 놈이 없기 때문이다. 그렇다고 인간 체면에 음식이 아깝다고 쌓아 가지는 않는다. 크게 생색을 내면서 너희들 생각하느라 양껏 먹지 않았다는 거드름을 피우며 가버린다. 그러면 먹자판이다. 그런 지경에 미쳤다고 굽실거리면서 제대로 넘어가지도 않는 음식을 어렵게 받아먹겠는가.

먹는 이야기가 나와 주접스럽기는 하다. 하지만 이놈의 세상 먹는 문제 말고 그만큼 심각한 게 어디 있나. 그러니 이런 협회가 생겨났지 않은가. 단지 조금 먹자는 협회에서 진탕 먹어치우니 문제이기는 하다. 그러니 어디까지나 찌꺼기를 치우는데 그게 크게 위배될 것 아니잖은가. 협회 명칭대로 절약하자는 운동을 하면 되고 그저 사람들이 시키는 대로 군소리 말고 따라가기만 하면 된다. 그리고 남은 거 먹어치우면 된다.

서공이 입회서를 제출하고 회장이란 풍채 좋은 개에게 인사를 하자 개기름이 질질 흐르는 뺨따귀를 긁적긁적하며 지껄였다.

"너희들 쥐새끼들은 웬 놈의 애새끼들을 그렇게 까대느냐. 산아제한 좀 하라고, 산아제한을…"

그러자 부회장 고양이가 세모눈으로 서공을 쏘아보며

"저것들은 체면도 없지…. 전생에 쫄쫄 굶는 역만 하다 나왔는지 그저 먹고 까는데 혈안이야. 그렇게 먹어치우고도 생긴 건 콩알만 하구…. 쯧쯧, 너희들은 먹어 탈이야. 먹어서…"

한술 더 떠 호들갑을 떨며 한탄을 하는 것이었다.

회장은 또 쨋소리 못하고 있는 신입회원 참새에게

"네놈들은 하필이면 사람들이 애써 가꾼 곡식만을 골라서 처먹고 있어? 젠장 나처럼 사람이 주는 찌꺼길망정 나무아미타불 관세음보살 자시는 게 낫지. 제깐놈들이 무슨 통뼈라고…. 쬐그만 것들이 간뎅이는 부어서 겁도 없단 말이야."

라고 말했다. 참새는 쑥스러운지 고개를 숙였다.

서공은 무어라 대꾸를 하고 싶었지만 참았다. 분명히 신입회원인 주제에 무슨 건방진 소리냐고 업신여길 꼴이 싫었다.

더욱이 개나 고양이의 하는 꼴이란 가관이었다. 그들은 자문위원을 가운데 두고 눈치껏 아첨을 하느라 전전긍긍이었다.

그래선지 회의 중에 가끔 상대방을 당장 죽일 듯 으르렁거렸다. 그때마다 자문위원이 중재를 하는데 그는 둘을 놓고 한쪽을 두둔하지 않았다. 적당히 다루었다.

서공은 초청장에 지적한대로, 소위 회의장인 왕창옥에 지적한 시간보다 좀 늦게 나갔다.

회의장에는 회장단을 비롯하여 돼지·말·소들과 새 족속들이 나와 있었다. 자문위원은 아직 나와 있지 않았고 예의 음식은 회의장 한가운데 차려지고 있었다.

오늘 따라 메뉴가 더욱 다양스럽고 거창했다. 그야말로 호화판이다. 상다리가 부러질 정도가 아니라 방바닥이 폭삭 가라앉을 정도였다.

그리고 벽에는 「우리는 한 톨의 쌀이라도 낭비하지 않는다」, 「우리는 기아선상에서 헤매는 사람들에게 헌신하자」, 「우리는 사람들의 식량정책을 적극 지원한다」, 이런 투의 구호가 너절하게 걸려있었다.

 거기에 더욱 희한한 것은 새파랗게 젊은 접대부들이 틈틈이 끼어 있었다. 그런데 고것들의 행색이 그야말로 기찼다. 어찌나 색정적으로 차렸는지 보는 족족 당장 녹초가 될 정도였다. 요즈음 한창 유행이라는 노 브라자 어쩌고 하는, 노(NO) 자(字) 일색으로 신체의 돌출 부위들이 마구 드러나 있었다. 고것들이 재잘거리면서 야살스럽게 구는 통에 회장인 개는 벌써 혀가 늘어져 있었다.

 서공은 이게 어떻게 돌아가는 판인지 어리둥절했다. 사실 그는 몇 번이고 망설였다. 그래서 몇몇 동료를 찾아가 의논을 해보았고 식량 절약에 운동에 대한 방안이나 대책도 세워 놨다.

 그런데 막상 와보니 이게 어디 술판이지 심각한 회의장인가. 회의 장소가 왕창옥이라 좀 갸우뚱하기는 했지만 이 정도일 줄은 몰랐다.

 물론 분위기야 어떻든 진지하게 의논을 할 수 있겠지만 회의도 시작되기 전인 지금 저 노는 꼴로 봐 뻔하지 않겠는가 서공은 생각했다. 이건 절약운동회의가 아니고 구걸운동이다. 아니면 아첨운동이다.

 한데 이 운동이 사람들이 식량위기 운운하면서 로마인가 어디서 회의를 열고 부산을 떠는데, 거기서 어떤 묘안으로 결판을 낼지 모르지만 어떻든 우리 협회서도 대처를 해야 할 것이다. 세계 어느 깊은 산골 구석에서 기아 때문에 사람이 무더기로 죽어가고 있는데 우리만 구조해 달라, 또 사람들이 인도고 아프리카에서 픽픽 쓰러지고 있는데 어찌 잠자코 강 건너 불구경하듯 할 수 있는가. 그들의 고민을 씻어주고 덜어 주는 게 우리 도리가 아닌가. 우리는 우매하지만 결코 몰인정하지는 않다. 의리가 있다. 우리의 의리를 알아다오, 하는 식의 음모에서 나온 것이 아닌지 모르겠다.

서공은 회의장의 얼굴들을 하나하나 훑어보았다.

저기 혀가 축 늘어져 있는 회장인 개는 어떤가. 인간에게 그만큼 아첨하는 놈 없다. 사람이 쥐어박아도 꼬리를 흔드는 놈이다. 저기 속이 음흉스런 고양이. 병신 같은 돼지. 머저리 소. 말, 양… 이것들은 모두가 알게 모르게 인간을 위해 몸을 바치는 아첨꾼들이다.

그러나 우리들 쥐는 다르다. 비록 그들에게 해를 준다고는 하지만 더러운 아첨은 없다. 우리도 개처럼 키워보아라. 해로울 것이 없을 것이다.

서공이 한창 이런 생각에 잠겨 있을 때 갑자기 조용해졌다. 밖에서 손님 맞는 종업원들 목소리가 왁자지껄 요란하다. 드디어 자문위원이 등장하는가 보다. 회장은 어느 틈에 밖으로 튀어나갔고 나머지들은 박수 칠 준비를 하고 있었다.

잠시 후에 자문위원이 들어왔다. 먼저의 거구가 아닌 생쥐보다 작은 깡마른 놈이었다. 거기에 재는 품새가 영 어울리지 않는다. 그런 앞에 굽실거리는 회장의 꼬리는 팔랑개비처럼 돈다. 부회장은 아예 엎드려 일어날 줄 모른다. 이거 더 고위층인지 이들이 대하는 꼴이 어지간히 공손하고 은근했다.

자문위원은 그러는 회장은 거들떠보지도 않고 또 박수를 쳐댔던 족속들은 쳐다보지도 않고 틈틈이 끼어 있는 계집들을 보느라 정신이 없다. 그리고 옆의 계집을 힐끔거리면서 회장에게 뭐라고 속삭였다. 회장은 머리를 긁적거리며 미소를 짓는다. 좌중은 요게 흡족해

하는구나 싶어 다시 한 번 박수를 열나게 쳤다. 그러자 자문위원은 마지못한 듯 두 손을 들어 답례를 했다

회의가 시작되었다. 사회는 돼지가 하는데, 이건 무턱대고 빽빽 소리를 질렀다. 회장이 가끔 목소리를 좀 가라앉히라고 주의를 주었으나 헛일이다. 애국가를 부르는데 이건 시장바닥 장사꾼들이 떠드는 것보다 형편없다. 음이고 박자고 맞는 게 없다. 술타령 끝에 혀 꼬부라진 노래는 그런대로 겨우 들어줄 지경이다.

자문위원은 눈을 지그시 감고 그들이 하는 꼴은 아예 보려고도 안 했다. 다만 틈틈이 슬쩍 눈을 떠 계집들을 보고 빙긋이 웃었다. 그리고 그런 형식적인 순서를 빨리 끝내길 바라는 눈치였다.

드디어 자문위원의 차례가 되었다. 회장이 공손하게 뭔가를 청했다. 그는 눈을 감고 있다가 번쩍 뜨며 내가 꼭 떠들어야 되느냐는 표정을 지었다. 회장은 무슨 말씀이냐 펄쩍 뛰었다. 그때서야 자문위원은 별로 할 말도 없는데, 아니 한마디 해봤자 알아들을 만한 놈도 없을 텐데 괜히 시간 낭비잖아 하는 투로 얼굴 표정을 쓸쓸하게 지어 보이고는 일어났다.

자문위원은 처음 사양할 때와는 달리 굉장히 길게 떠들었다. 그때만은 계집들마저 눈에 들어오지 않는 모양이었다. 하긴 들어올 리가 없다. 자문위원은 계속 천장만 바라볼 뿐 한 번도 제 앞을 보지 못했으니 말이다.

말하는 것도 그랬다. 돼지 목 따는 소리에다 그러니까 사회자보다 더 꽥꽥거렸다. 물론 회장은 경청을 했지만 회원들은 거의 다 재주껏 귀를 막았다. 내용도 그랬다. 도무지 무슨 소리를 하는지 모르겠다.

진심어린 환영에 감사한다. 이렇게 기아선상에 허덕이고 있는 우리들에게 도움을 주겠다는 여러분의 각오와 충성에 눈물을 금할 수 없다. 우리 인간은 지금도 굶어 죽어가고 있다. 쌀 한 톨을 못 먹어 죽어가고 있다. 이 비극을 우리는 합심하여 극복해야한다. 우리 여기서 죽어가는 그들을 위해 명복을 빌자.

그리고 죽은 이를 위해 묵념을 했다.

그리고 다시 연설이 계속되었다.

우리 사람은 만물의 영장이다. 우리는 무엇이든 해낼 수가 있다, 머지않아 식량도 만들어 낸다. 그때에는 이런 모임은 없을 것이다. 그때 우리는 여러분의 지금의 현실을 기억하면서 여러분에게 감사를 할 것이다. 그때를 위해…. 여러분! 그때까지만 참아다오. 그때 우리가 여러분에게 주는 보상을 기억해다오. 자! 함께 잘 사는 세계를 만들기 위해 인내하고 절약합시다. 날 따라 외치란 말이오. 대망의 새 시대를 위해 지금의 곤궁을 참자.

자문위원의 연설이 끝나자 회장이 일어나 답사를 했다. 회장이 연설할 무렵은 모두가 허기지고 지쳐서 회장 목소리가 제아무리 은근해도 누구 하나 들으려 하지 않았다. 그러나 회장은 듣든 말든 우리의 지도자 자문위원님의 감격적인 발언에 황송하옵고 죄송하옵고 영광이옵고 어쩌고 하며, 각오가 돼 있고 고통을 참아내고 인내하고 희생하고 그래서 오직 잘 사는 세계를 만들기 위해 몸을 바치겠나이다였다.

회장이 연설을 하는 동안 자문위원은 옆의 계집애에게 정신이 팔려 있었다. 자문위원은 계집애를 끌어안고 옷 속으로 들어간 손은 가슴을 주무르고 초미니 스커트 속으로도 손을 넣어 마구 휘집고 있었다. 계집애는 몸을 꼬면서 낄낄거리는데 회장의 목소리보다 더 크고 그윽하고 감칠맛이 있었다 그래선지 지쳐있던 회원들은 오히려 계집애의 낄낄대는 소리를 듣느라 귀를 쫑긋거리기까지 했다.

회장의 답사가 끝나자 이번엔 부회장이 한 말씀했다. 부회장은 연신 자문위원과 회장에게 굽신거리며 말을 했다. 한데 그건 회원들에 대한 연설이 아니라 상사에 대한 아첨이었다.

그런 후 각자가 의견과 계획을 발표했다. 자문위원은 그저 술을 퍼마시고 계집 희롱이나 했다. 계집애도 술에 취해 거의 나체가 되어 몸도 제대로 가누지 못하고, 네깐 것들이 뭐야. 무슨 놈의 회의야. 마시자 자구 하면서 주정을 했다.

그래도 회의는 계속되었다. 서공의 차례가 되었다. 그러나 그가 입을 열기도 전에 만취가 되어 해롱거리던 계집애가

"야, 이 쥐새끼야. 네가 뭔데 까불고 있어. 집어쳐!"

하고 벗은 스커트를 휙 던졌다. 서공은 난데없는 스커트를 뒤집어쓰고 바둥대다 기어 나왔다. 좌중은 웃음바다가 되어버렸다. 말 한마디 못한 서공은 끓어오르는 울분을 참았다.

끝으로 회장은 「행동각서」라는 것을 발표했다.

하나, 우리는 현재 취하는 식량을 반으로 줄인다.

둘, 우리는 산아제한을 한다.

셋, 우리는 힘의 소모를 막기 위해 교접을 현재의 반으로 줄인다.

넷, 우리는 불필요한 찌꺼기의 낭비도 거부한다.

다섯, ………

이렇게 열댓 가지 각서를 발표하고 박수를 짝짝 쳐서 선언을 만장 일치로 지지했다. 회장은 흡족한 미소를 지으며 각서를 쓴 쪽지를 자문위원에게 바쳤다. 자문위원은 이게 무슨 홍두깨냐고 귀찮은 표정을 짓더니

"야야! 집어쳐. 겨우 이런 걸 나에게 줘? 이거 말고 계집 팬티나 줘야지. 어이구 병신 같은 것들이 하는 짓이란 알만 하단 말이야."

여기서 일이 묘하게 되었다.

자문위원이 팽개친 쪽지를

"이게 뭔데…."

하고 계집애가 집어 더듬더듬 읽었다. 그리고 깔깔대면서

"잘들 논다. 뭐 반으로 줄여? 왜 굶지 않고? 교접을 안 해? 아! 이 세상에 그걸 줄이고 무슨 재미로 살아…. 웃기고 있네. 쩨쩨하게 이러지들 마세요. 먹고 마시고 재미보자구요. 얘들아 뭐하는 게냐. 오늘 진탕 마시고 녹초가 되자구나."

하면서 「행동각서」를 발기발기 찢어 버렸다.

그때 일이 벌어졌다. 여태껏 아무 소리 없이 잠자코 있던 서공이 갑자기 벌떡 일어나 계집애에게로 쏜살같이 달려갔다. 그리고 계집애의 얼굴을 물어 제치며 악을 썼다.

"뭐? 재미나 보라구? 그래 한번 맛 좀 봐라."

서공의 날카로운 이빨과 발톱이 계집애의 보드라운 살을 사정없이 파헤쳤다.

"아이고 사람 살려."

계집애는 비명을 지르며 나뒹굴었다.

회장이나 그 밖의 회원들은 갑자기 일어난 일이라 멍하니 앉아 쳐
다보고 있을 뿐, 어떻게 손을 쓸지 모르고 당황들 하기만 했다. 단지
자문위원만이 고래고래 소리를 질렀다.

"저놈의 쥐새끼가… 저게 뒈지려고 저러나… 좀 떼어놔…"

잠시 후 제정신이 든 회원들이 우르르 서공에게 몰려들었다. 그리
고 계집애에게서 떼어냈다.

"뭣들 하는 거야. 맛 좀 보여줘."

이번엔 회장이 악을 썼다. 그러자 부회장인 고양이가 서공의 멱살
을 잡더니

"요게 봐주니까 겁도 없이 설쳐!"

한 대 올려붙였다. 그리고 이어 사정없이 발길질과 주먹질을 해댔
다. 서공은 기절을 했다.

서공은 병원에서 정신이 들었다. 온몸이 쑤시고 아프다. 주위에는
아내와 자식들이 울먹이고 있고 동료들과 젊은 축들도 와 있었다.
젊은이들은 격한 감정을 억누르지 못하여 협회를 규탄하고 있었다.
나이든 축들은 그들을 달래고 있었다. 세상이 막판에 드니 폭력이
난무한다고 하탄을 한다.

젊은이들은 이렇게 당할 수 없다고 했다. 그러잖아도 늘 당하는데
이게 우리 탓이냐 한다. 얼마나 많은 수가 죽어 갔는지 아느냐고 한
다. 하느님을 원망한다. 왜 이렇게 창조했느냐 탓한다. 도저히 참을
수 없다고 한다.

서공은 그들을 말렸다. 약자란 어쩔 수 없다고 했다. 순리대로 움직

이는 게 우두의 섭리니 그대로 순종하는 수밖에 없지 않으냐고 했다. 서러워도 할 수 없다고 했다. 우리는 약자이다.

그러나 젊은이들은 섭리도, 순리도 좋지만 이런 세상엔 힘에는 힘으로 대해야 한다고 했다. 죽어간 영혼을 위로하고자 했다. 우리에겐 힘이 있다. 식량을 수백 수천만 석을 없앨 수 있는 힘이 있다. 그 힘을 이용하자 고도 했다. 또 폭력을 쓰자고 했다. 뭉쳐서, 똘똘 뭉쳐서 저항하자고 했다.

젊은이들은 나갔다.

젊은이들은 재빠르게 연락을 취했다. 얼마 후 수십의 젊은이들이 모였다. 그들은 회의를 했다. 서공이 당한 것은 우리에의 도전이다. 이 도전을 그냥 넘겨서는 안 된다. 그랬기 때문에 우리 선조들은 한없이 죽어 갔다.

테러를 감행하자.

쥐들은 행동 계획을 짰다. 먼저 서공을 폭행한 협회를 습격, 본때를 보여주기로 했다.

우선 고양이에게 전화를 걸었다.

"이봐. 누가 밤늦게 전화질이야. 엉? 어 취한다."

고양이는 혀 꼬부라진 소리로 대꾸한다.

"쥡니다."

"쥐? 어…. 서공이군. 아니 아직도 살아 있나? 야, 이거 목숨 한번 끈질긴데. 그런데 밤늦게 웬일이야…"

"뵈려고 합니다."

"날? 하하하, 오라구…. 와! 그러잖아도 속이 출출한데 잘됐군. 오시오…. 어서…. 하하하."

 고양이는 기고만장하여 떠들어댔다. 쥐들은 그길로 고양이의 집으로 몰려갔다. 고양이의 집은 마치 성 같은 큰 저택이었다. 벨이 눌리고 심부름하는 이가 나왔다. 그는 쥐들을 보자 갑자기 거만해져

 "아니…. 밤늦게 웬일들이야. 어서 가. 에이 신경질 나. 잠만 설쳤네…."

 "아니, 부회장남이 오시라고 해서…."

 "부회장님이? 아, 그럼 들어와 봐요."

 쥐들은 갑자기 공손해진 그의 안내로 응접실로 모셔졌다. 한참 만에 고양이는 비틀비틀 걸어 나왔다. 그러다 수십의 쥐들을 보고는 눈이 휘둥그레진다.

 "웬일이야. 난 서공이 왔다구…."

 "서공은 병원에 누워 있습니다."

 "그럼 너희들은 뭐야."

 "테러단이오."

 "뭣이?"

 고양이는 방어 자세를 취하기도 전에 쥐들은 새까맣게 고양이의 몸에 달라붙어 물어뜯고 할퀴고 쥐어박았다. 고양이는 찍 소리 못하고 당했다.

 고양이를 쓰러트린 쥐들은 가구를 몽땅 부수어버렸다. 그리고 광에 쌓인 곡식을 모두 들어냈다.

 부회장을 간단히 요절을 낸 쥐들은 이번엔 회장의 집으로 향했다.

 회장의 집은 부회장의 집에 견줄 정도가 아니다. 뭐라고 표현할 수

없을 지경으로 대저택이다. 정원을 한참 들어가서야 웅장한 저택이 나왔다. 쥐들은 조심조심 회장의 방으로 스며들었다.

회장은 깊은 잠이 들어 있었다. 아니 술에 골아 떨어져 있었다. 쥐들은 회장을 깨웠다. 회장은 좀체로 일어날 기미가 없다.

"뭐야. 내일…. 내일…. 하자구…. 으음…."

"이봐…. 당장 일어나란 말이야!"

쥐 한 마리가 소리 지르며 궁둥이를 걷어찼다. 그제야 회장은 눈을 부스스 떴다. 그리고 쥐들을 보자

"밤늦게 뭐야. 내일 얘기해. 다 해결해 줄게…. 난 취했다구."

"식량절약운동회 회장이 꼴 좋군. 한 번 뜨거운 맛좀 봐!"

이 말과 함께 쥐들이 회장에게로 달려들었다. 화장은 발버둥을 치며 반항을 했으나 헛일이었다.

쥐들은 그 길로 서공이 있는 병원으로 돌아왔다. 서공은 이들이 무슨 짓을 하고 왔다는 걸 직감했다.

"가시죠. 피하세요."

쥐들은 서공을 끌어냈다. 내일이면 서공에게 어떤 변이 일어날지 모르기 때문에 피신을 시키자는 것이었다. 서공은 그대로 있으며 투쟁을 하고 싶었지만 강제로 끌어내는 그들에게 더 이상 버틸 수가 없었다. 그리고 어떻게, 무슨 짓을 했느냐 묻지도 않았다. 일은 벌어졌으니 대책을 생각해두어야 했다. 그러나 도무지 아무런 생각도 떠오르지 않는다. 몸이 아프기만 하다. 그저 잠이나 푹 자고 싶을 뿐이었다.

서공은 변두리 으슥한 곳으로 운반되었다. 그리고 온밤을 혼수상태

로 지냈다.

다음날 신문에는 식량절약운동협회장과 부회장이 쥐들에 의해 테러를 당했으나 다행히 생명에는 관계없다고 톱기사로 실렸다. 그 주모자는 협회의 회원인 서공으로 협회의 운동에 불만을 품고 저지른 악질적인 행위라고 비난을 퍼부었다. 지금까지의 쥐의 행위는 용서 못할 것이었음에도 관용으로 포용하였으나 악질적인 본성을 드디어 드러냈으며 더욱이 민주적인 사회에서 가장 적대시되는 테러를 감행하고 있음은 규탄의 대상이라고 해설까지 덧붙였다.

그리고 협회의 활약 상황과 실적을 숫자화하여 분석, 그 공헌도를 높이 평가하고 테러를 당한 회장과 부회장의 조속한 완쾌를 바란다고 했다.

이 신문을 본 쥐들은 다시 한 번 비분강개하여 즉시 신문사에 항의를 했다. 그리고 회장과 부회장의 비위를 들추면서 서공의 주모자설은 낭설이라고 했다. 또 서공은 협회에 불만이 없다고 했다.

그러나 신문은 여전히 쥐를 공격했다. 쥐들은 사실을 밝히기 위해 서공을 앞세우고 싶었지만 아직도 몸이 회복되지 않았을 뿐더러, 자칫 잘못하다가는 억울하게 당할 것 같아 전화로만 항의를 했다. 그리고 서공이 하루속히 완쾌되기만을 고대했다.

한데 서공은 날이 갈수록 몸이 더욱 쇠약해졌다. 숨어서 치료를 하다 보니 제대로 치료가 되지도 않지만 그날 너무도 심하게 당해 사실 살았다는 것이 기적일 정도였다.

서공은 하루에도 몇 번 혼수상태에 빠지곤 했다. 일부에선 어떻게 되든 병원에 입원시켜 치료를 하자고 했으나 그들이 서공을 온전히 둘리 없다. 오히려 개죽음이나 당하고 말 것이다. 재판이고 뭐고 없다 하면서 반대했다.

사실 그것도 맞는 말이었다. 요즘 신문에 안 나서 그렇지 숱한 쥐들이 그야말로 쥐도 새도 모르게 사라지곤 했다. 그래서 쥐들은 극히 몸조심을 하고 있고 이번 테러 때문에 애매하게 붙잡혀 간 쥐들이 많다. 아니 살았는지 죽었는지도 모른다.

그러나 한편에서는 아무리 그렇고 해도 무조건 때려 죽이지는 않는다. 일단 살려놓고 보자고 강력히 주장을 하기도 했다.

서공은 이런 사태를 아는지 모르는지 그저 누워 있기만 했다. 그러나 서공은 정신이 들 때마다 절대로 폭력 행위를 써서는 안 된다 강조하고 자신의 거처를 알리어 억울하게 당하는 다른 쥐들을 속히 구해야 된다고 간청을 하곤 했다.

식량절약운동협회 회장이 완쾌된 것은 한 달 후였다. 사실 그의 상처는 일주일 정도였는데 일부러 병원에서 뒹굴며 한 달을 보낸 것이다.

부회장은 보름 만에 퇴원해서 가끔 옆구리가 절린다 어디가 쿡쿡 찔린다 하며 이삼일씩 눕는 꾀병을 하기도 했다.

회장은 퇴원을 하자마자 긴급총회를 소집했다. 그날도 장소는 왕창옥인데 전번같이 호화판이었다. 하나 더 늘었다면 경호원들이 회의장 주변을 삼엄하게 지켰다.

화장은 공연히 한쪽 다리를 절룩이며 회원들을 맞았다. 회의장에 들어오는 회원들은 만수무강을 빈다고 했다. 그리고 침이 마르도록

서공을 비난하였다. 그러면 회장은

"뭐…. 그를 탓해서 뭣하겠소. 다 생각이 모자란 탓이지…."

하고는 협회에서 얼마나 그들을 위해 아량을 베풀었는데 그런 것도 모르고 배은했다며 은근히 꼬집었다.

자문위원도 이번만큼은 회의 진행사항에 관심을 두고 두 눈을 똑바로 뜨고 있었다. 회의가 끝나기 전에 술을 마셔서는 안 된다면서 차려놓은 상을 물리고 옆에 앉은 계집애들이 나갈 때 몹시 서운해 했다. 잠시 후면 제 마음껏 할 수 있는데도 그동안을 못 참아 안달이었다.

회의는 온통 서공을 규탄하는 것으로 처음부터 끝까지였다. 전부가 저희들 잘살게 하기 위해서 하는데 반발이 무슨 놈의 반발이냐는 둥 헐뜯고 비난했다.

이렇게 비난하고 서공을 회원에서 제명 처분을 한다고 발표했다. 그리고 「행동각서」에 한 가지 더 추가 되었으니 이를 강력히 밀고 나가라고 지시했다. 회원들은 그 많은 「행동각서」에 또 뭐가 추가되는지, 차라리 이럴 바엔 굶는 게 낫겠다고 생각들을 했다.

"에…. 열여섯째로 추가되는 이 조항은 가장 중요하다고 봅니다. 그게 뭐고 하니 …. 잘 들으시오. 중요한 대목입니다. 열여섯 번째는…. 우리는 인류의 적이요, 본 협회원들의 적인 쥐를…. 쥐를 지구상에서 완전 박멸한다. 이겁니다. 아시겠소? 쥐를 우리의 적으로 결정하고 완전 박멸하는 겁니다. 완전…."

회장은 열을 낸다. 회원들은 짐작은 했지만 완전 박멸은 너무 하다고 생각들을 했다. 절약운동이나 할 것이지 생명을 없애버린다니….

멸종을 시켜버린다니…. 불만이다. 그러나 자문위원의 쏘아보는 눈길에 그만 잠자코 있다.

"에, 그리구. 이 쥐의 박멸에 적극적인 운동을 하기 위해 특별히 소위원회를 구성했소. 그 소위원회에서는 쥐의 박멸에 대한 모든 방안을 강구할 거요. 소위원회의 위원장은 우리 부회장이 겸임이오."

부회장인 고양이가 나와 소위원회의 구성 목적이니, 운영 방침이니를 발표했다. 그리고 위원들을 임명했다.

다음날부터 전국적으로 쥐의 박멸운동이 벌어졌다. 학교에서 직장에서 어디고 쥐가 있는 곳에서는 대대적으로 전개되었다.

하루에도 수십만의 쥐들이 산더미처럼 쌓여 불에 태워졌다. 금방 뒤 타는 냄새가 전국을 뒤덮었다.

서공은 겨우 몸을 움직일 수 있게 되었다. 몇 번이고 거처를 옮겨 죽음을 피하고 있었다.

그를 돌보던 쥐들도 하루하루 날이 갈수록 줄어들어 이제는 그의 주위에는 아무도 없게 되었다.

며칠 굶었다. 가끔 정신이 혼미해지기도 했다.

그는 억울했다. 억지로 회원으로 가입시켜놓고 자신들의 비위에 맞지 않는다며 몰려들어 몰매를 치는 자들이 한심스럽다.

그는 외로웠다. 집에 있는 아내와 자식들이 궁금하다. 이미 타계했을지도 모른다. 아니 살아서 기다리고 있을 게다.

집으로 가자. 서공은 자리에서 일어났다. 가서 아내를 보자. 자식을 안아 보자. 그는 있는 힘을 다해 벌벌 기어 밖으로 나갔다.

밖은 찬바람이 불고 싸락눈이 흩날리고 있었다.

얼마 뒤 서공은 집에 도착했다. 아무도 반기지 않는다. 아내와 자식들이 벌써 당했나. 그럼 이 세상에 자신만이 혼자 남아 있단 말인가. 왜 하느님은 우리를 이렇게 버리는가.

그는 현기증에 비틀거리며 방으로 들어갔다. 거기 방에는 아내와 자식들이 나란히 누워있고 책상 위에는 두 개의 봉투가 있었다.

하나는 「사랑하는 당신에게」라고 쓴 아내의 유서와 「세계식량절약운동협회 동물분과위원회 아시아지부 한국분회」에서 보낸 것으로 제명 통보서였다.

슬보기

이까짓 짧은 한 세상 한번쯤 터져라 먹어대고, 늘어지게 처자고, 신나게 놀아대는 게 우리네 슬보(이)들의 바람이건만 그게 뜻대로 되기란 하늘의 별따기다.

정말이지 요즈음 세상사 돌아가는 품이 꽁꽁 언 얼음처럼 냉랭하고, 사납기는 노도와 같아서, 사실 우리네 하등동물로서는 감히 명함을 내보일 수 없을 정도이고 보면 별 따기는 고사하고 별빛조차 구경하기 어려운 세상이다. 공연한 꿈인 듯도 싶다.

그 옛날 우리의 조상들은 태평세월을 누렸다지만, 어찌 요 세상 이렇듯 매섭게 돌변했는고 하필이면 요런 때 태어난 게 한없이 안타까와. 신세 한심하기 짝이 없고 이 꼴로 창조해 놓은 조물주가 마냥 원망스럽기만 하다.

더구나 인간들은 세계2차 전쟁까지 치른데다가, 곳곳에서 수해니 지진이니로 무수히 죽어가면서도 인구 폭발 지경이라며 산아제한에 안간힘을 쓰는데, 웬일인지 우리네 슬보들은 점점 그 수가 줄어 어느덧 멸종의 단계까지 이르게 됐다니 이게 무슨 변고이냐. 모를 일이다.

하기야 멸종이 된다면 거참 잘된 일이라고 신문에서 대서특필하겠지. 우리가 뭐 이로운 족속이라고 아쉬워들 할 것인가. 그래도 슬보 보호위원회를 결성해서 캠페인을 벌일까도 했지만, 인간들은 오히려 남은 슬보를 이참에 박멸시키겠다는 위원회를 만들어 샅샅이 뒤지고 탁탁 털어내어 싹싹 쓸어 모아서 불살라 버릴 것이다.

하지만 없으면 악이라고 -아니 악이 될 주제도 못되지만- 하다못해 백과사전의 난을 채우기 위해서라도, 아니야 지금 이렇게 문화생활을 누리는 우리가 얼마 전에는 슬보들로 하여금 운운하는 이야깃거리를 만들기 위해서라도 설마 박멸위원회는 만들지 않을지도 모르겠다.

그런 바다같이 넓은 인간들의 아량 덕분으로 비록 멸종을 눈앞에 둔 처지이지만, 곳곳에 우리 슬보들은 명맥을 유지하며 살아가고 있다. 아마도 아무리 문화생활이다 과학화 생활이다라고 번지르르하게 살아도 우리가 칩거할 구석이 있게 마련 때문인지 모르겠다. 아니까짓 제깟 것들이 전염병을 옮겨봤자 약 좋겠다 병원 시설 기차겠다 뭐 신경 쓸 게 있느냐. 그런데 신경 쓸 일 있으면 돈 버는데 미쳐버리겠다는 강심장의 돈벌레들이 아예 거들떠보지 않기 때문인지도 모르겠다.

아무튼 이런저런 인간들의 사정으로 우리들은 살아가고 있다. 거기에 일부 팔자 늘어진 녀석들은 마음 편히 처먹고 놀아대며 희희낙락들하고 있다. 더구나 영양식으로 포동포동해진 인간들을 마음껏 조리를 해가면서 호강을 누리고 있다.

그러나 요런 호강을 누리는 녀석이 얼마나 되겠는가. 대개가 도시

바닥에 태어난 놈들, 그 중에서도 무얼 울궈먹었는지 하루아침에 냉장고다 세탁기다, 금목걸이, 다이야 반지다 하며 닥치는 대로 들여놓는 인간들에게서나 그럴 뿐, 아직도 과학화 생활의 입김도 쐬지 않은 벽촌의 멍석을 깐 방바닥에서 뒹구는 녀석들은 상상도 못할 일이다.

밥 세끼마저 겨우겨우 죽으로 때우는 가난하기 짝이 없는 인간들에게 무슨 영양이 있다고 염치없게 덤벼든단 말이냐. 오히려 불쌍해서 이쪽에서 한 끼쯤 굶어주는 것이 그래도 체면치레가 되는 일이라고 인간들과 함께 고생하는 갸륵한 슬보들이 허다하다. 아무리 인간의 피를 빨아먹는 형편이라 할지라도 그만한 경우 모를 막된 슬보들은 아닌 것이다.

그래선지 벽촌의 슬보들은 빈 쭉정이가 되어 어느 세월에나 도시 바닥으로 나가볼까 기대와 동경으로 한세상을 보낸다. 그러나 그게 뜻대로 되는가. 설사 운수 대통해서 용케 도시 바닥으로 굴러 떨어졌다 해도 그 비정한 인심에 하루나 견딜 줄 아는가. 온통 사기꾼, 도둑놈들이 득실거리는데 촌놈 괜히 으쓱대다가 뼈도 못 추리고 타향살이나 흥얼거리며 후회할 것이다. 도시락 싸가지고 다니며 간절하게 말리고 싶다.

이런 얘기 늘어놓다보니 갑자기 내 신세가 따분하고 한심스럽기 한이 없다. 사실 나는 애써 도시 바닥을 그리워 안달이 나 있는 처지가 아니었다. 충청도 시골 농사깨나 굴려먹는 부잣집에서 태어나, 먹는 거 아쉬움 없는 늘어진 팔자에 아무 걱정없이 거들먹거리던 나다. 단지 그놈의 녀석이 바람을 푹푹 넣는 통에 이런 꼴이 되어버린 것이다.

녀석은 주인집 외아들로 서울에서 대학까지 나왔다는데 취직처 하나 구하지 못하고 집에 틀어박혀 말썽이나 부리고 있었다. 주로 노름이요 계집질이고 술판이었다.

나는 이 녀석을 무척이나 좋아했다. 비록 날건달이기는 했지만 원래 운동을 해선지 몸이 건강했고 먹성 또한 좋아 영양가가 풍부한 물건이었다. 또 성격이 활달해서 자질구레한 데는 신경을 쓰지 않는 쪽이었다.

우리 슬보들은 요런 인간들을 좋아한다. 왜냐하면 마음껏 물고 늘어져도 한번 쓱 문질러보고 말기 때문이다. 녀석의 식구들 중에 몇은 느닷없이 옷을 활활 벗어 던지고 별로 깨끗지도 않은 팬티를 뒤적거리며 숨어 있는 우리들을 찾아 엄지손톱으로 톡톡 눌러 죽이는 것이었다.

그런데 녀석은 그렇지가 않았다. 녀석의 등을 등산삼아 기어 다녀도 모른 척이었다. 사타구니에서 벌렁 나자빠져 잠을 늘어지게 주무셔도 잠자코 있어 주었다.

그런 녀석을 두고 멀리 타향으로 뭐 생긴다고 왔는지. 오래오래 녀석이나 모시고 아들 딸 낳으며 살다가 죽어 버릴 것이지 뭐 나을 게 있다고 도시 바닥으로 기어 왔는지 참으로 안타깝기만 할 뿐이다.

그놈의 여자! 여자란 것 때문에 신세가 요꼴로 된 것이다. 여자 즐기다가 신세 망치지 않은 자 없다는 인간들의 말이 꼭 맞는 얘기다.

그때 녀석은 한 아가씨와 사귀고 있었다. 미스 윤이라는 계집애였다. 고게 읍내 다방의 레지였는데 웬만한 여배우 뺨칠 정도로 잘 생겨먹었었다. 생글거릴 때마다 보조개가 짓는데 침이 절로 흐르지 않을 수가 없는 계집이었다. 턱 밑의 모가지는 확 달려들어 훑고 싶을 정도로 희었다. 찰싹 달라붙은 옷으로 가슴패기의 융기된 부분, 꽉 조여서 항상 율동미가 있는 하체에는 그만 입을 딱 벌리지 않고는 못 배겨날 정도였다.

읍내의 사내 녀석들은 그냥 죽치고 앉아 있었다. 몇 천원 투자하여 죽도록 감상하는 것이다. 어쩌다 농담을 걸고는 헤 웃었다. 슬쩍 옷 깃을 스쳐놓고는 오금 저려 하는 것이었다.

이런 미스 윤을 나의 녀석이 가만 놔둘 턱이 없었다. 그런데는 무척 예민하고 이력이 나 있기 때문이다.

하루는 녀석이 나를 데리고 택시를 타는 거였다. 나는 녀석이 또 노름판에 가려나 은근히 걱정을 했다. 정말 노름판은 지겨운 곳이었 다. 밤새 쪼그리고 앉아 있는 바람에 제대로 식사는커녕 잠자기조차 거북살스럽기 때문이었다. 그래 은근히 걱정을 하고 있는데 택시가 서고 보니 온양이었다.

나는 더욱 걱정이 되었다. 녀석과 한번 온양에 가보았는데 그때 자 칫 잘못하여 뜨거운 물에 그만 튀김이 될 뻔했었다. 그래서 나는 될 수만 있으면 녀석의 몸에서 떨어져 있으리라 단단히 마음먹고 있었 다. 하지만 녀석은 목욕탕으로 가지 않았다. 녀석은 대개 성급히 목 욕탕으로 달려가 활활 뜨거운 물을 퍼붓고는 튀어나와 버렸기 때문 에 나는 약간 이상하게 생각했다.

다방으로 들어간 녀석은 두리번거리며 누군가를 찾았다. 거기 구석 에 웬 여자가 있었다. 녀석은 그리로 황급히 달려갔다. 놀랍게도 여 자는 미스 윤이었다. 아마 약속을 하고 미리 와 기다린 모양이었다.

아무튼 기찬 놈이다. 언제 미스 윤을 이렇게 빼돌렸지? 흐흐흐, 다방에서 죽치고 앉아 궁금해할 녀석들이 눈에 선했다. 나는 공연히 신나서 녀석의 사타구니에서 데굴데굴 굴었다.

녀석은 미스 윤을 데리고 현충사로 갔다. 생각보다는 시시껄렁하게 여자를 이끌어 가고 있었다. 여관이며 모텔이 천지인데 하필이면 성스럽고 엄숙한 현충사냐. 이러다간 손 한번 잡지도 못하고 헤어지겠구나. 나는 괜히 안달이 나 있었다.

녀석은 현충사에서 꽤 오랜 시간을 끌었다. 기념관 앞에서 그녀에게 뭔가 열심히 설명을 해주고 사진을 찍어대고 잔디에 앉아 청승맞게 노래를 불렀다. 나는 가슴이 답답했다. 더럽고 데데하게 논다고 녀석에 대해서 실망을 했다.

그러나 녀석은 나를 깡그리 무시하는 것 같았다. 이번에는 신정호수로 가서는 멋대가리 없는 뱃놀이를 하는 거였다. 한 시간에 몇 천 원씩하는 뱃삯을 주고 말이다. 이게 계집 후리는 데 명수라는 말을 듣는 이의 행동인가. 이런 정도라면 계집 후리는 것이 아니고 돈 거덜 내는 거다.

그런데 이상한 것은 미스 윤이 도무지 싫증이 난다든지 답답해하는 기색이 안 보였다. 오히려 그 어느 때보다도 매력적인 표정을 지어가며 녀석을 졸랑졸랑 따라다니는 것이었다. 하긴 제 돈 한 푼 안들이니 그럴 수도 있겠다 싶지만 그렇다고 그저 끌고만 다니는데 무엇 때문에 애써 흐뭇해하는지 모를 일이었다.

녀석은 물놀이에 지쳤는지 이번엔 미스 윤을 끌고 산으로 들어갔다. 나는 이제야 녀석이 제대로 실력 발휘를 하는가 했다. 그러나 녀석은 여전히 행동을 취하지 않았다. 어린애처럼 펄쩍펄쩍 뛰기도 하고 산의 정상에 오른 녀석은 목청을 돋우어 노래를 불렀다. 미스 윤도 한 곡조 뽑았다. 목소리가 어찌나 고운지 나의 답답했던 가슴이 탁 트였다.

나는 미스 윤의 노래를 들으면서 문득 녀석과 결별하고 그녀에게로 가야겠다는 생각을 했다. 물론 이 생각은 순간적이었지만 내가 갈피를 못 잡을 정도로 미스 윤의 목청은 고왔다. 그들은 합창을 했다. 나도 녀석의 사타구니 속에서 그들과 함께 노래를 불렀다.

어느새 해가 뉘엿뉘엿 지고 있었다. 서늘한 바람이 불어왔다. 그제서야 녀석은 서둘러댔다. 아니 이 시간을 기다리고 있었던 모양이었다. 녀석뿐만 아니라 미스 윤도 그랬는지 모른다. 그들은 부랴부랴 하산을 하기 시작했다.

호수는 벌써부터 졸고 있었다. 저녁 바람에 으스스 떨며 졸고 있었다.

호수에 도착한 녀석은 미스 윤과 호숫가를 걷기만 했다. 이제는 기진해졌는지 서로 기대며 걸었다. 놓치면 잃어버릴세라 손을 꼭 잡은 채 걸었다. 그리고 끝내는 포옹을 했다. 긴 포옹이었다. 그때 나는 비록 옷을 입은 채였지만 여자의 향긋한 냄새를 맡고 현기증을 일으켰다.

호숫가의 한 모텔에 든 그들이 온갖 수작을 부린 뒤 잠에 떨어지자 나는 녀석이 벗어 팽개친 옷에서 나와 미스 윤의 알몸으로 향했다. 왜 그런지 가슴이 두근거리고 다리가 후들거렸다. 나는 열심히 기어가면서 녀석이 몹시 서운해 할지라도 미스 윤을 포기할 수 없다고 단단히 마음먹었다.

결국 나는 하룻밤 사이에 녀석과 결별이라는 생각지도 못한 엉뚱한 짓을 해버렸다. 사실 미스 윤은 외모에 못지않게 구석구석 향긋했다. 녀석과는 견줄 수가 없었다. 머리가 어찔할 정도로 나긋나긋하고 보드라웠다. 왜 진작에 이런 맛을 못 봤던가 후회도 없지 않았다. 역시 고등동물이나 우리 같은 미물들이나 할 것 없이 수컷이란 여자에게 별수 없는 존재들인 모양이었다.

아무튼 미스 윤에게 홀딱 빠져 버린 나는 다방에 도착하기 전까지 간밤의 흐뭇함에 가슴이 설레이고 있었다. 그러나 미스 윤이 다방에 도착하여 주인 남자와 대판 싸움을 벌이고 보따리를 싸면서 악을 쓸 때 녀석과 결별했다는 사실에 조금은 후회가 되었다. 약간 겁도 났다. 나는 이 고장을 떠나고 싶은 생각이 없었기 때문이다. 대대로 살아온 나의 고향, 친구들이 있는 정든 고향을 떠날 수는 없었다.

그러나 다음날 아침 나는 녀석과 결별하기를 잘했다고 생각을 하게 되었다. 그것은 그곳에서 깜찍하게 생긴 슬보녀을 만났기 때문이었다. 슬보녀은 미스 윤 못지않게 매력이 철철 넘쳐흘렀다. 더구나 침울해 있는 나에게 다정스럽게 굴었다. 어리벙벙해하는 나에게 자상하게 대해 주었다. 은근슬쩍 추파를 던지는 것이었다. 나는 다른 때 같으면 눈 하나 깜짝하지 않았을 것이지만 미스 윤으로 해서 바람이 휭하니 든 탓인지 당장에 슬보녀에게 폭 빠지고 말았다. 그녀는 그런 데에는 닳고 닳은 년인지 순진하기만한 나를 이리저리 제 마음대로 구워삶는 것이었다.

이렇게 해서 나는 하루 사이에 꽃다운 미스 윤과 슬보녀을 한꺼번에 만난 행운을 맞이했다. 미스 윤은 주인 남자와 다툴 때는 금방 다방을 떠날 듯했으나 잠자코 눌러 앉곤 했다. 그런 미스 윤을 슬보년은 흉을 보기 시작했다.

슬보년은 나에게 미스 윤의 과거의 행동거지를 일일이 말해주었다. 슬보년은 내가 미스 윤에게 반해 있다는 걸 눈치 채고 샘이나 흠을 잡는 모양이었다.

어쨌든 슬보년은 미스 윤을 마구 헐뜯었다. 년은 얼굴값을 하는지 아무에게나 꼬리를 치는 화냥년이라 했다. 녀석뿐 아니라 했다. 아마도 읍내에서 년과 잠자리를 안 한 청년은 오히려 손꼽을 정도라 했다. 청년뿐인 줄 아느냐. 유부남도 숱하게 있단다. 너는 내 말 못 믿어 하는데, 주인이 저렇게 화나 쫓아내려는 것만 봐도 알 수 있잖느냐. 하룻밤 외박으로 저렇게 길길이 뛰었다가는 레지가 남아나겠느냐. 레지 없이 장사할 수 있겠느냐. 또 요즈음 레지 구하기가 얼마나 어렵다고…. 그럼 년 레지가 귀하니 주인이 잡아 놓았을 게 아니냐고 하겠지만, 무엇보다도 꿍꿍이속이 있어 그렇단다. 너에게만 귀띔해 주는 것이지만 주인과 년은 벌써부터 그렇구 그런 사이란 말이다. 그런 년이 사내와 외박을 했으니 화가 나지 않겠니?

슬보년은 내가 상상도 못할 일들을 얘기해 주었다. 그리고 내가 끝내 믿으려 하지 않자, 넌 촌구석에서 틀어박혀 세상 돌아가는 물정 하나도 몰라 내 말을 안 믿는 모양인데, 인간들이 얼마나 음흉스럽고 구린 데가 있는 줄 알기나 하느냐고 나를 바보 취급까지 했다. 그리고 슬보년은 인간들을 욕해대기 시작했다.

나는 인간들이야 음흉스럽던 치사스럽던 상관할 바가 아니었다. 단지 순진하고 예쁜 미스 윤의 부정에 어안이 벙벙해졌을 뿐이었다. 비록 그런 사실이 슬보년의 그녀에 대한 모함이었다 할지라도 기분이 영 개운치가 않았다. 그러나 나는 미스 윤이 읍내 청년이나 유부남들과 그 짓을 하지 안했다 해도 슬보년의 말을 믿기로 했다. 내가 그렇게 된 것은 그날밤 미스 윤이 주인과 잠자리를 했기 때문이었다.

결국 나는 미스 윤을 떠났다. 그리고 경원했다. 녀석을 위한 분함 때문인지도 모르겠다. 내가 슬보년에게 미스 윤과의 결별을 말하자 그녀는 발랑 나뒹굴며 좋아했다. 자기도 지금까지 참고 견디어 왔지만 이젠 너와 같은 동지가 생겼으니 실행을 하겠다고 했다. 그리고 대뜸 지금부터 투쟁을 하자고 말했다.

나는 슬보년이 무슨 말을 하는지 이해가 되지 않아 멍하니 쳐다보고만 있었다. 도대체 동지니, 실행이 뭐고 투쟁이 뭐냐. 요게 저만을 위해준다고 하니 머리가 어떻게 된 것이 아닌가 의아해했다.

그날 밤 슬보년은 동료들을 집합시켰다. 나는 요게 처음 온 나를 소개하려니 생각을 했다. 그런데 슬보년은 많은 동료들에게 이제부터 우리는 본격적으로 인간과 투쟁을 벌이자고 선동했다. 그러자 동료들은 환호성을 올리며 동조했다.

나는 너무도 어처구니없는 이들의 행동에 기가 찰 지경이었다. 이 것들이 무슨 헛소리들을 하는지 몰라 머리를 갸우뚱했다. 우리 같은 미물이 어떻게 감히 인간들과 투쟁을 할 수 있겠는가. 어림도 없는 소리였다.

나는 일장 연설을 하고 난 슬보년에게 무슨 뚱딴지같은 소리냐 항의 아닌 항의를 했다. 그러자 슬보년은 어이가 없다는 투로 나를 멍

하니 쳐다보다가 역시 촌구석에 박혀서 세상 돌아가는 거 하나도
모른다고 혀를 끌끌 찼다.

그리고 내가 좋아했던 미스 윤, 고년이 우리들에게 어떤 짓을 했는
지 알기나 하느냐고 물었다. 고년은 어찌나 변덕스런지 일껏 잘 자다
가 후다닥 일어나 속옷 구석구석을 뒤적이며 우리들을 찾아 죽이고
약을 뿌려 댈 뿐만 아니라, 팔팔 끓는 물에 처넣어 우리를 튀겨 죽이
기까지 했다고 말했다. 나야 잽싸고 눈치 빨라 용케 살아 남았지만
고년 때문에 얼마나 많은 친구들이 죽어갔는지 아느냐 했다. 고년은
물론 모든 인간들이 지금까지 우리를 얼마나 학대를 했고 학살을
해댔는지 알지도 모르고 공연히 얼뜨게 논다고 충고까지 했다.

나는 그만 할 말을 잊은 채 이지러진 슬보년의 얼굴을 바라보기만
했다. 그리고 인간들이 우리들의 원수라는 새로운 사실에 경악을 했
다. 도무지 믿어지지 않는 말이었다. 그렇다면 녀석이나 그의 집안
식구들도 나의 원수였단 말인가.

나는 여태껏 그들을 원수라고 생각을 한 적이 없었다. 나의 주인,
우리들 슬보의 주인이라고 생각했었다. 그것은 나뿐만 아니라 나의
친구들도 그렇게 여기고 있었다.

물론 우리 친구들을 죽인 적이 있었다. 유난히 우리들에게 괴팍스
럽게 군 사람들도 있었다. 하지만 그게 다 죽은 놈의 팔자요, 사언의
순리에 의한 어쩔 수 없는 일이라고 생각했다. 나는 세상물정 모르는
바보인 모양이었다. 눈꼽만큼도 원망이나 더구나 원수라고까지 생
각을 하지 않았다.

그런데 슬보년은 인간이 우리의 원수라고? 문득 녀석의 집에서 가

장 가까웠던 친구가 죽임을 당해 밤새 울었던 일이 떠올랐다. 녀석이 가끔 푹푹 삶으라고 속옷을 식모에게 내던지던 모습도 떠올랐다. 한 번은 가슴이 꽉 막히는 약 냄새 때문에 기절을 했다가 겨우 깨어난 적이 있었다. 그게 나를 죽이기 위한 살충제였는지 모르겠다는 생각을 하게 되었다.

그러자 나는 녀석에게 배신을 당했다는 생각을 하게 되었다. 이쯤 되고 보니 녀석이 원망스러웠다. 역시 인간들이란 하나같이 음흉스러운 것들이라고 믿게 되었다.

나는 슬보년과 함께 행동을 취하고 말았다. 슬보년의 착실한 동지가 되어 인간, 특히 녀석과 미스 윤에게 복수를 하겠다고 결심을 했다.

그러나 앙큼스런 미스 윤은 나의 결심을 눈치챘는지 다음날 다방에서 사라져버렸다. 소문에 의하면 주인의 돈을 훔쳐 달아났다고 하고 어느 놈팡이가 서울로 빼돌렸다고도 했으나 확실치가 않았다.

그리고 나도 슬보년과 함께 그 고장을 떠났다. 나는 처음엔 서운했으나 슬보년의 꾐에 빠져 아무런 미련을 두지 않고 훌훌 떠났다.

우리는 함께 어울려 다니면서 무척이나 악착같이 굴었다. 전염병을 옮겨대는 것이었다. 그리고 가는 곳마다 슬보들을 선동하여 인간들에게 도전하도록 했다.

이렇게 살육에 앞장을 섰으나 가끔 내가 너무하지 않나 생각하기도 했다. 나와 직접적으로 아무런 원한 관계없는 인간들이 병으로 앓아 눕고 심지어 목숨을 잃게 되는 경우를 보았을 때에는 적이 괴로웠다. 그러나 시간이 흐를수록 이 짓이 당연하고 떳떳하게 여기기까지 했다. 갈수록 나는 슬보년 이상으로 악독스러워졌다.

그런데 뜻밖에 미스 윤을 서울에서 만남으로써 나는 다시금 나의 짓에 회의를 느끼기 시작했다.

미스 윤을 다시 만난 것은 다방에서 헤어진 지 얼마 안 되어서였다. 지금 서식하고 있는 이 집에서 다시 만났는데 그녀는 시골에서 어울렸던 놈과 사는 것이었다.

우리가 서울로 와 이 집으로 거처를 정했을 때 미스 윤은 마님 행세를 하고 있었다. 사람 팔자 시간문제라더니 정말 사람들의 일은 알 수가 없었다.

처음 그녀를 본 나는 설마 미스 윤이려니 생각지도 않았다. 미스 윤은 집과 어울리지 않은 짙은 화장과 호사로운 옷차림으로 세상을 지배하는 여왕처럼 오만하게 굴었다. 마치 궁전에서 군림하는 태도였다. 이게 뭐 대단한 집이라고….

사실 이 집은 삼류여관에 불과한 낡은 집이었다. 한데 어느 얼빠진 작자가 그랬는지 간판 구석에다 호텔이라고 낙서하듯 영자(英字)를 써넣었다. 그래선지 주인이고 뭐고 호텔로 통하는 집이었다. 어처구니없는 일이었다. 이게 무슨 호텔이란 말인가. 낡아서 금방이라도 폭삭 가라앉을 듯한 집을 가지고 호텔이라니 낯 뜨겁기만 한 일이다.

대개의 방이 일 년 내내 햇볕이라곤 들 날이 없는데다가 파리똥이 덕지덕지 붙어 형광등을 켜도 침침하기만 하다. 쥐구멍만한 창문으로 겨우 통풍이 되어선지 항상 퀴퀴한 냄새로 찌들어 있다.

그뿐만 아니다. 거기에다 세탁도 안 해 구린 냄새가 퐁퐁 나는 이부자리를 무슨 자랑거리라고 종일을 펴놓고 있어 슬보들만 아니라 온갖 벌레들이 득실거리고 있다. 이걸 가지고 버젓이 영업을 하는 주인의 배포에 감탄을 하지 않을 수 없다.

그보다도 이런 곳을 골라가며 찾아오는 축들이 한심스러웠다. 그들은 거의 다 남녀 쌍쌍인데 방이 없다고 해도 한사코 헛간이라도 좋으니 마련해 달라고 사정조로 나온다. 그러면 이집의 관리자인 속칭 지배인은 선심을 쓰는 척 방이 깨끗지가 않은데 하며 방으로 안내한다. 그러면 요것들의 얼굴은 금방 화색이 돌고 성급하게 방으로 들어가서는 아무 군소리가 없다. 사실 그들에게 방이 더럽든 슬보가 온통 방바닥에서 체조를 하든 탓할 겨를이 없는 것이다. 이즘 되고 보면 이 집은 우리 슬보들의 낙원이다. 발가벗고 종일 나뒹굴어도 누구 하나 집어내질 않는다.

또한 이 집의 종업원도 아예 우리를 거들떠보지 않는다. 오히려 옹호를 해주는 편이다. 너희들 잘해보란 것이다. 이왕 더럽게 태어났으니 볼 것 다보고 채울 것 실컷 채우고 뒈져라는 투었다. 네놈들이나 나나 굴러먹기는 똑같고 아니꼬운 주인 밑에서 구질구질한 짓 당하기는 별반 다르지 않다는 생각인 모양이었다.

종업원의 이러한 생각은 다분히 미스 윤 때문에 그런 듯싶었다. 사실 미스 윤은 종업원으로부터 비아냥거림을 받고 있었다. 주인 여편네도 아닌 것이 어지간히 설친다고 비죽거렸다.

미스 윤은 이 집 주인의 마님 아닌 단지 단골 여자였다. 창녀나 다름없는 처지였다. 나는 처음에 이 사실을 알고는 측은하게 생각했다. 다방에서도 주인의 노리갯감으로 손가락질을 받더니 아직 그 신세 면하지 못한데 동정이 간 것이었다. 과거야 어떻든 남자 잘 만나 여왕처럼 산다면 얼마나 좋을까. 불쌍한 여자였다.

더구나 주인 영감, 걸레처럼 쪼그라지고 골방같이 지저분한 영감의 단골 여자라니 미스 윤도 어지간히 박복하다. 주인 영감은 요런 정도의 사업체 여럿을 두고 매일 돌아가면서 수금해가는 구두쇠였다.

주인 영감은 매일 오후 세시면 집에 들렀다. 영감은 들이 단짝 지배인에게 간밤엔 손님이 많았는데 돈이 왜 요것밖에 안 되느냐 닦달질했다. 그리고 숙박계를 가져와라, 몇 놈을 빼먹었느냐, 괜한 트집을 잡아대는 것이었다.

이렇게 한바탕 지배인의 정신을 빼놓고 나서는 각 방을 시찰을 한다. 방문을 활짝 활짝 열어 보며 청소도 않고 잘들 한다. 이러구두 밥 처먹고 봉급 내놓으라 손 내미느냐 하며 이번엔 종업원을 들볶는다.

그러다가 미스 윤이 거처하는 방문 앞에 이르면 영감은 크음 하고 큰 기침을 한다. 그러면 지배인과 종업원은 이게 기회다 싶어 슬그머니 뒷걸음질을 쳐 사라져버린다. 알아서 기는 것이었다. 그때 미스 윤은 화사하게 화장한 얼굴을 빠끔히 내보이고 생끗 웃는다. 영감은 보는 사람 없는데도 주위를 두리번거리면서 재빠르게 방안으로 들어간다.

한참 후 영감은 벌겋게 닳아 오른 얼굴을 쓱쓱 문지르며 미스 윤의 방을 나온다. 그리고 지배인에게 잘해봐 이게 남의 일 아니고 내 일이다 생각하고 열심히 하란 말이야. 난 자네만 믿어 하면서 어깨를 툭툭 쳐주고 부랴부랴 떠나버리는 것이다.

그런데 하루는 미스 윤의 방에 들어갔던 영감이 십분도 채 되지 않아 밖으로 나왔다. 영감은 몹시 화가 난 얼굴이었다. 엉큼한 것, 에이 더러운 것하며 혀를 끌끌 차는 것이었다. 그리고 지배인에게 계산 잘 하라구. 어느 놈이고 공짜는 없어. 잘못하면 당장 쫓아낼 거야. 매우 퉁명스럽게 내뱉고는 휙 나가버렸다.

다음 날 주인영감은 여관엘 오지 않았다. 영감이 여태껏 그래 본 적이 없었다. 그래서 우리들은 의아하게 여겼다. 종업원도 이상하다는 듯 식모와 수군거렸다. 다만 지배인은 무슨 낌새를 챘는지 미스 윤의 방을 흘끗거리면서 서성거렸다.

한데 미스 윤도 도무지 코배기도 내보이지 않았다. 종일을 틀어박혀 있는 거였다. 그 바람에 편해진 것은 종업원과 식모였다. 또 우리들도 좋아했다. 특히 슬보년은 틀림없이 미스 윤이 소박을 맞은 것이라고 신이 나 있었다. 제 년이 세상 무서운 줄 모르고 날뛰더니 꼴좋게 됐다고 했다. 이번엔 우리들에게 미스 윤을 해치울 기회라며 계획을 짜기 시작했다.

그러나 하루가 지나 우리들은 주인 영감의 더러운 꼴을 보더라도 영감이 나타나 주었으면 했다. 그것은 미스 윤이 시간이 흐름에 따라 점점 난폭해지기 때문이었다.

이틀째 되던 날 미스 윤은 아예 미치광이처럼 굴었다. 종업원을 달달 볶아댔다. 뿐만 아니라 속옷을 홀랑 벗고는 우리들을 찾아 죽여댔다. 그래도 속이 안 차는지 속옷을 식모에게 홱 집어던지며 끓는 물에 팍팍 삶아라. 이놈의 집구석은 사람이 사는 건지 슬보들이 사는 건지 모르겠다. 푸악을 했다.

또 지배인을 시켜 왜 약도 안 뿌리느냐. 좀 깨끗이 하면 손님들이 질겁해 도망칠까 봐 그러느냐 하며 마치 주인이나 된 것처럼 일을 시켰다. 지배인은 여전히 머리를 조아리면서 미스 윤이 시키는 대로 했다.

 이렇게 미스 윤이 설쳐대는 바람에 우리 동료들은 무수히 죽어갔다. 겨우 살아난 슬보년은 화가 머리끝까지 올라 발을 동동 구르고 있었다. 여전히 주인 영감은 미스 윤이 이런 행패를 부리는 것을 아는지 모르는지 나타나지 않았다.

 사흘째가 되자 미스 윤은 술을 퍼마시기 시작했다. 아침부터 술판이었다. 그러고는 지배인을 불러놓고 영감에 대하여 악담을 늘어놓았다. 그놈의 영감태기가 숫처녀를 이렇게 버려놓고도 온전할 줄 아느냐. 당장에 벼락 맞아 죽을 것이다. 그놈이 왜 안 나타나는지 지배인은 모르지? 내가 제 재산을 꿀꺽할까봐 겁나서 안 나타나는 거야. 제가 날 이렇게 버려놓고 뭐 해준 게 있어? 그래서 더러운 게딱지같은 이 집을 내놓으라 했지. 이만한 요구쯤은 할만 하잖아. 꽃 같은 처녀를 버렸으니깐 말이야. 짓밟힌 몸으로 어딜 가겠어?. 지배인도 남자니깐 묻겠는데 남자에게 버린 여자를 아내로 맞이하겠어? 천만의 말씀이라고 하겠지. 누가 나 같은 여자를 데려갈 거야. 나도 양심이 있지 어떻게 더러워진 몸으로 남에게 시집을 가겠어. 나의 인생은 그놈 때문에 끝장이 난 거야. 그래서 요구했던 거야. 집만 달랑 먹구 시치밀 뗀다는 것두 아니야. 영감을 정성껏 모시겠다는 거야. 이 새파랗고 팔팔한 청춘으로 말이야. 그랬더니 요 벼락 맞을 구두쇠가 입 싹 닦고 달아난 거야. 난 억울하다고. 돈 벌겠다고 정든 집 떠나 돈은커녕 몸만 버리고 이런 거지 소굴에서 신세타령이나 하구. 난 불쌍한 년이라구.

 미스 윤은 꽤 취해 횡설수설했다. 그리고 지배인에게 술을 권했다.

지배인은 몹시 난처했다. 술도 술이지만 알몸이나 다름없는 속옷 차림에 문득문득 현기증을 느끼고 있었다. 그녀의 시미즈는 너무도 얇아 속살이 훤하게 비쳤다. 숨 쉴 때마다 노브레지어의 젖무덤이 들썩였다. 약간 볼록한 배와 그 아래 도톰한 둔덕이가 발간 팬티를 비집고 나올 듯 팽팽하니 긴장되어 있었다.

지배인은 미스 윤의 권유에 못 이겨 술잔을 받았다. 아니 괜히 목이 타 술이라도 마시지 않으면 견딜 수가 없었던 것이었다. 이렇게 그들은 술을 퍼마시며 서로의 신세 타령을 늘어놓고 시시덕거렸다.

그무렵 우리들은 슬보년을 앞장세워 미스 윤의 방으로 향했다. 그녀를 습격하기 위해서였다. 우리들이 그녀의 방안으로 들어갔을 때 놀랍게도 미스 윤과 지배인은 한 몸이 되어 있었다. 그리고 잠시 후 그들은 걸레처럼 늘어져 잠에 떨어졌다.

우리는 미스 윤의 몸을 향했다. 나도 남에게 뒤질세라 열심히 기어갔다. 미스 윤의 뻔뻔스럽고 더럽기 짝이 없는 짓에 울분을 토하며 말이다. 우리네 미물보다도 나을 데 없는 인간들을 조소하며 달리는 것이었다.

드디어 나는 축 늘어진 그녀의 몸에 다다랐다. 나는 그녀의 몸으로 기어올랐다. 그리고 막 그녀를 물어뜯으려다 멈칫했다. 그녀가 몸을 뒤척였기 때문이다.

그보다도 온통 눈물로 얼룩진 미스 윤이 난 불쌍한 년이라구, 이까짓 짧은 한 세상 한번쯤 터져라 먹어대고, 늘어지게 처자고, 신나게 놀아보는 게 원이었건만 그걸 뜻대로 해보지도 못하고…. 중얼거렸기 때문이었다.

꽃뱀의 미소

자, 요것이 뭔고 하니… 여기 빙 둘러서 계신 존경하는 여러 선생님들께서 밤은 되었다. 부드러운 비단 이불은 깔려 있겠다. 거기에 잘근 깨물고 싶도록 귀엽기 짝이 없는 마누라님께서 벌건 등불 아래에서 엷은 잠옷자락을 허벅지 위로 스리슬쩍 올려놓고는 잔뜩 무드를 잡고 있겠다. 그래서 체면 불구하고 침을 꾀죄죄 흘리며 벌개진 얼굴을 애써 식혀대며 야금야금 비단 이불로 엉금엉금 기어가겠다. 헌데 이게 웬 날벼락이냐. 그렇게 팔팔하던 고것이 자꾸만 쬐그만 해지더니 영 볼품없이 흐물대기만 할뿐 성에 차지 않으니 웬 변고냐. 마누라님은 남이 쩔쩔매는 꼴 불쌍타 않고 인정사정없이 냅다 걷어차고는 엉뚱한 강짜를 늘어놓겠다. 이 양반이 어디서 잡년한테 진을 몽땅 빼놓고 요꼴로 무드를 죽 쒀놓느냐. 도대체 고년이 어디서 굴러먹던 잡년이냐. 새파래서 풋사과라는 처녀였느냐. 스믈스믈 폭신한 과부년이냐. 그 놈의 양귀비 코딱지만도 못한 년하고 놀아나고도 무슨 낯짝으로 엉금엉금 기어드느냐. 당장에 이실직고하렷다. 마누라님 아등바등에 어느새 새벽녘이요, 고것은 어찌나 심하게 손가락으로 튕겨지고 꼬집히고 구박을 받았던지 꼴이 밀가루반죽만도 못하게 후줄그레하니 처량스럽고 한심스럽다. 마누라님 팩하니 토라져 허연 궁둥짝 내몰라라 돌려대고는 연신 종알거리면, 애꿎은 담배만을 뻐끔뻐끔 펴대다, 원 억울해서 아니 내가 무슨 놈의 오입질을 했다고 생판 트집인고. 양귀비 코딱지는 고사하고 발가락 때만도 못한 계집년에게 진을 빼기는커녕 코빼기도 구경 못했다. 난 요 평생 당신, 오직 그대만을 죽어라 모시고 위해 준 죄밖에 더 있느냐. 한 번도 헛된 생각해본 적도 없는 이 일등 남편에게 웬 행패란 말인가. 내 마음은 맑은 호수, 내 몸이 사우나탕에서 말끔히 때 닦은 것보다 더 깔끔하다는 사실을 어찌 모른단 말인가. 해도 너무 했소. 제발 강짜 삼가고 팩 돌아선 그놈의 몸뚱일 살포시 돌아누워 찡긋이 미소 짓고 화를 풀구려. 그러나 마누라님께서 그토록 간절한 선생님들 마음 이해나 하려 하오? 생젓갈처럼 짭짤하던 양반이 갑자기 썩은 홍어꼴이 되었겠다. 한창나이에 시든 쑤세미 같겠다. 아무리 이해를 하려고 용을 써 봐도 도저히 믿어지지 않을 일이다. 어쨌든 난 모르겠소. 잔말 말고 냉큼 대기나 해요. 솔직하게 고백을 하소. 요것이 요꼴로 된 경위를 하나도 빠뜨리지 말고 샅샅이 대봐요. 이쯤 되고 보면 선생님들 심사 착잡할 것이다. 어이없고 환장할 지경일 것이다. 무조건 대드는 마누라님 한 대라도 쥐어박고 싶을 게다. 하지만 마누라님을 친다고 해결이 날 것인가. 다만 원망스러운 것은 바로 선생님들 사타구니의 고것, 때려주고 싶도록 미웁겠다. 후딱 떼어 휑하니 팽개치고 싶을 것이다. 하지만 고걸 맘대로 뗐다 붙였다 할 수 있는가베. 그저 이놈의 웬수야, 사람 속 작작 썩혀라. 떡 쪄놓고 손에서 닭똥 냄새

70

퐁퐁 나도록 빌 테니 기운 좀 차려다오. 이렇게 사정사정하다가 아침도 제대로 얻어 잡수지 못한 채 쫓겨나듯 직장으로 도망쳐 나오고 말았겠다. 그런데 일손이 제대로 잡힐 턱이 있나. 배는 살살 고파오지, 등불 아래의 그 무드는 삼삼하게 눈에 어른거리지, 정말 나른하기만 할게다. 그래 할 수 없이 윗분께 머리 조아리며 밖에 긴한 손님이 와 기다려서 잠깐만 하고는 뺑소니치다시피 뛰어나와 어슬렁거리며 이 거리 저 거리 헤매다가 온 곳이 바로 요기가 아니외까. 진짜 잘들 오셔서 잔뜩 모이셨으니 요놈 한번 흥나고 감사한 마음 이루 헤아릴 길이 없소이다. 한편 선생님들 축 처진 모습 뵈오니 안쓰러운 생각에 요 가슴 메어질 듯하여 바쁜 이 몸 만사 젖혀 놓고 선생님들의 그 큰 고통, 깊은 고민을 말끔하게 고쳐드리고 화목한 우리 가정, 명랑한 우리 사회, 건강한 우리나라 만들어 국민된 도리 아낌없이 다할 마음 간절할 뿐이외다. 자, 존경하는 여러 선생님들. 요것이 바로 뭔고 하니…. 요것이 바로 오늘 밤 당장에 선생님들을 고통과 치욕과 수줍음의 골짜기에서 환희와 희열과 자랑의 나래로 활짝 날게 할 뱀올씨다. 오만상 찌푸리고 긴 손톱을 모으고 기다릴 마누라님에게 짭짤한 생젓갈 맛을 흠뻑 줄 정력제이외다. 언제 양귀비 뒷다리 찾았느냐고 마누라님 서비스 최고요, 언제 심통 부렸느냐 마누라님 야살에 선생님늘 입이 딱 벌어질 것이외다. 단숨에 마누라님 기분이 백이십 프로 초과 달성이라. 고것이 바로 요것이란 말씀이외다.

이렇게 일장연설을 늘어놓던 주인아저씨가 요것이란 대목에서 느닷없이 나를 궤짝 모서리에 탕하니 세차게 쳤다. 그리고 얼떨떨해진 내 몸을 머리에서부터 꼬리까지 주욱 훑고는 좌중을 둘러보았다.

그때까지 졸음에 꽉 차 있던 나는 정신이 번쩍 들어 주인아저씨 목덜미를 꼭 휘어 감은 채 앞자리에서부터 차곡차곡 앉아 뒤에서는 발돋움까지 해가며 서 있는 사람들을 휘둘러보았다.

그들을 보던 나는 사람들이 내가 보기에도 민망할 정도로 진지한 표정을 짓고 있는데 그만 실소를 하고 말았다.

과연 빠지면 지푸라기라도 잡으려 한다는 말이 사실인 모양이었다. 그것은 그들이 주인아저씨의 말대로 밤마다 마누라님들에게 온갖 구박을 받고 비실비실 찾아온 얼굴이 분명했기 때문이었다.

그들은 사십대가 겨우 넘은 축들이었지만 그럴싸한 풍채와는 달리 얼굴에는 영 생기가 없고 쭉정이처럼 오종종했다. 하나같이 초조와 긴장의 그늘로 가득 차 있었다. 눈들은 핏발이 서 있고 입언저리에는 뭔가 불만으로 쫑깃쫑깃 경련을 일으키고 있었다. 딱 잘라 말해 아저씨의 연설대로 간밤에 되게 당한 가련한 사람들이었다.

아저씨는 이들 앞에서 점점 신이 나는 모양이었다. 몸은 야위고 얼굴은 쪼그라진데다 살갗이 온통 가무잡잡한 아저씨는 입에 거품을 품어대며 열심히 떠들었다. 잔뜩 주름진 이마에서는 송알송알 땀방울이 맺혔다. 쇠를 깎는 째진 목청이 한껏 높아졌다.

이렇게 흥이 오른 아저씨를 보던 나는 풀썩 웃음을 터뜨렸다. 그의 모양새나 행동거지도 그렇지만 언제나 되풀이하는 연설을 속속들이 알고 있는 나는 웃음이 터져 나오지 않을 수 없었다.

사실 아저씨에 대하여 나만큼 자세히 알고 있는 자도 드물다. 물론 나도 선배들에게 들어 안 일들이었지만 아저씨의 행적, 특히 현재 처하고 있는 처지는 분명코 가소롭기 짝이 없는 일이었다.

아저씨는 십년도 훨씬 전에 폐병으로 세상 떠날 날만을 기다리고 있었다. 그러나 비록 이 풍진 세상 떠나는 게 시원하기는 했지만 그냥 훌쩍 떠나기는 너무나도 억울했다. 술도 퍼마셔보고 계집질도 해보고 별짓을 다해보았다. 하지만 성이 차지가 않았다.

결국 아저씨는 이왕에 날 받아 놓은 몸 순리대로 떠나자. 운명에 순응을 해버리자. 세상의 것은 더럽고 치사스럽다. 사악하고 부조리하다. 그런 곳에 연연할 필요가 없다. 아저씨는 이런 생각으로 바람 좋고 구름 좋은 곳에서 신선처럼 노닐다 곱게 가리라 맘 먹고 입산을 했다.

그런데 그놈의 산 생활은 아저씨를 죽음은커녕, 내일 모레로 체념을 한 그에게 삶의 의욕을 불러일으키게 했다. 아저씨는 외로움에서 더욱 살아야겠다는 의욕을 갖게 되었고 굶주림에서 죽어서는 안 된다는 마음을 다잡게 되었다.

아저씨는 악착스럽게 발버둥을 쳤다. 자신에게 채찍질을 가했다. 또한 산골짜기에 널려있는 이것저것 캐고 따고 주워 취했다. 풀뿌리, 나무열매, 산꿀, 그리고 산짐승을 닥치는 대로 먹었다. 거기에 뱀, 우리 조상들을 생으로 자근자근 씹었고 그 덕인지 병이 나아버렸다.

아저씨는 몸이 완쾌해지자 다시금 사바세계가 그리워졌다. 또한 허약한 인간들을 구해보겠다는 알량한 휴머니티를 발휘해보고 싶어졌다. 그것은 사바세계를 접해보겠다는 구실에 지나지 않았지만 아무튼 아저씨는 사람들이 그리웠다.

그래서 아저씨는 하산을 했다. 그가 짊어진 나무궤짝 속에는 수십 마리 뱀들이 득실거리고 있었다. 아저씨는 구인(救人)의 사자라 자처 으스댔다. 그러나 기실은 땅꾼이었다.

아저씨는 처음엔 길거리에서 구걸하다시피 뱀장사를 했다. 그러다 점점 벌이가 괜찮아지자 조그마한 가게를 얻었다. 얼마 후 장사 규모를 크게 늘렸다. 차력사를 고용해 초능력의 힘이 뱀에 의해서라고 선전을 하며 인근 면 장날을 돌았다.

또한 아저씨는 남자들만이 북치고 장구 치니 영 재미가 없었다. 그래서 단골 술집에서 갓 온 아가씨를 꼬여 수영 팬티만 입혀 눈요깃감으로 투입했다. 그리고 연설 도중에 간드러진 유행가를 부르게 했다.

아가씨를 채용하자 사람들이 더욱 많이 몰려들었다. 아가씨는 원래 선정적으로 생겨먹어 손님들의 눈요깃감으로는 적격이었다. 아저씨가 연설 끝에 아가씨의 손을 통해 나의 동료들의 몸 가루가 들은 약봉지가 손님에게 권해지면 꼼짝을 못하고 사는 것이었다. 비록 약봉지를 쓰레기통에 처넣을지라도 아가씨의 청을 거절하지 못했다. 아가씨는 그렇게 남자들을 몸살 나게 했다.

한데 손님도 손님이지만 오십 가깝도록 홀아비인 아저씨는 더욱 미칠 지경이었다. 수영 팬티를 입고 장내를 맴도는 쪽 곧은 두 다리가 눈이 부시고 잘록한 허리 아래의 적당히 살이 붙은 하체에 짜릿한 기분이 들었다. 유난스레 불룩한 젖가슴은 그의 머리를 몹시도 혼란스럽게 했다. 더구나 간드러지게 넘어가는 목청하며 그때마다 흔들어대는 몸짓이야말로 사람 숨통을 콱 막는 듯했다

결국 아저씨는 아가씨를 범하기로 했다. 일이 끝난 어느 날 저녁이었다. 마침 그날은 차력사가 외출을 하고 그녀만이 가게에 있었다. 아저씨는 이때가 기회다 싶어 그녀가 기거하는 방(가게 구석에 방을

두 개 만들어 그 하나를 아가씨가 쓰고 있었다)으로 살금살금 기어들었다.

아저씨가 아가씨의 방문을 살그머니 열었을 때 그녀는 옷을 갈아입는지 알몸인 채였다. 그는 그런 그녀의 모습에 그만 질겁을 하여 문을 확 닫았다. 그녀의 수영 팬티 차림만으로도 현기증을 느끼곤 했던 그의 처지로 현란한 나체의 모습에 정신이 나갈 지경이었던 것이다.

아저씨는 한동안 멍하니 서 있었다. 그러다 정신을 가다듬고 다시 그녀의 방문을 열었다. 그런데 웬일인지 그녀는 그때까지도 알몸 그대로였다. 분명 옷을 입기에 넉넉한 시간이었는데도 팬티 하나 걸치지 않은 채였다. 다만 그가 방으로 들어서자 그제서야 놀란 표정을 지으며 옷자락을 얼른 주워 몸을 가릴 뿐이었다. 그리고 그를 빤히 바라보기만 했다.

그런데 아저씨를 바라보는 아가씨의 눈은 이글이글 타고 있었다. 그녀의 입술은 촉촉이 젖고 양 볼은 붉게 물들고 있었다.

그날 이후로 아저씨는 아가씨의 방에서 기거하기 시작했다. 아저씨는 나이 차가 이십년도 훨씬 넘는 여자를 아내로 삼았던 것이다.

비록 그녀가 고아원 출신으로 이미 처녀가 아니었고 식모로, 다방 레지로, 기지촌 위안부로, 술집 삭부로, 그리고 이 놈팡이 지 사내 갈아 치며 오랜 동거로 유산을 밥 먹듯 했다손치더라도 아저씨는 그녀의 과거지사를 묵살하고 감지덕지 아내로 삼은 것이다.

나는 아저씨가 그토록 이 세상에서 제일 더럽고 지저분한 여자를 아내로 삼았다고 해서 탓하거나 특히 가소롭게 여기는 것이 아니다.

아무리 나이 차가 나든 과거가 험악하든 그건 그녀의 기구한 팔자요,
그런 여자와 맺어진 아저씨 또한 팔자소관이 그러니 어쩔 수 없는
일이었다.

 오히려 나는 그들의 팔자가 어떻든 아저씨가 그런 여자를 잠자코
아내로 맞아준 아량 넓은 마음 씀씀이에 경탄과 갈채를 보냈다. 한데
이런 아저씨를 어느 날부터 어쭙잖게 여기게 되었다.

 하루는 그러니깐 그녀가 아저씨의 아내가 된 지 일 년이 넘는 어느
날이었다.

 그 무렵 나는 주인아저씨에게 잡혀 와 고향 생각에 눈물을 찔끔거
리고 있었다. 그래서 나는 아저씨에게 관심을 둘 겨를이 없었다. 아
니 관심이 없을 턱이 없었다. 나는 주인아저씨를 원망하고 있었다.

 며칠이 지나 나는 먼저 잡혀 온 동료들이 밤만 되면 뭔가 속삭여대
며 킬킬 거리면서 아저씨를 흉보고 경멸하는 것을 알게 되었다. 처
음에 나는 그들이 아저씨에 대한 적개심에서 그런 줄로 알았다.

 사실 나나 동료들은 아저씨에 대해 적개심을 품지 않는 놈이 없었
다. 아니 우리들뿐만 아니라 모든 뱀 족속들은 아저씨, 그보다 모든
사람들에게 적개심을 갖고 있었다.

 사람들은 유난히도 우리들 뱀에게만 잔악스러웠다. 물론 조물주로
부터 사탄으로서 쳐 죽임을 받도록 택함을 받았다지만 택함이 곧
죽음만은 아니오, 죽임이 사탄의 소멸만은 아닌 것이다.

 나는 사람들로부터 무참히 짓밟혀 죽은 동료들을 많이 보았다. 더
구나 홀랑 벗겨진 껍데기가 나뭇가지에 매달려 말라 비틀어진 채
바람에 흩날리는 우리의 주검을 볼 때 전율을 느끼곤 했다. 그리고

사람을 저주하곤 했다.

이렇게 뼈에 사무치도록 사람을 적대시하는 우리들로서 아저씨에 대한 적개심은 어느 누구에게보다도 큰 것이었다. 그래서 나는 동료들에게 괜한 고향 생각으로 눈물이나 짜고 있던 것이 부끄럽게 여겨졌다. 나도 그들과 어울려 사람들을, 아저씨를 미워하리라 마음먹었다.

그러나 알고 보니 그게 아니었다. 동료들이 아저씨를 업신여기는 것은 딴 데 있었다.

그날도 동료들은 잠자지 않고 청승스런 노래를 부르며 무료한 시간을 보내고 있었다. 다른 때 같으면 노래를 부르든 춤을 추든 관여않고 잠만 자던 나도 그들을 따라 노래를 불렀다. 한데 밤 열두시쯤 되었을 때였다. 그들이 갑자기 노래를 그치고 모두들 궤짝틈새로 몰려드는 것이었다. 나도 그들 사이로 몸을 비집고 들어갔다.

궤짝틈새로 보이는 것은 발간 등불로 온통 색정적인 무드에 잡혀 있는 방안이었다. 그리고 보니 그곳은 아저씨의 방이었다.

방은 몹시도 폭신하게 보이는 이부자리가 깔려 있었다. 그리고 그 위에 아저씨와 아주머니가 된 아가씨를 끌어안고 있었다. 그런데 나를 야릇한 흥분으로 빠지게 하는 것은 그들이 알몸인 것이었다. 특히 아주머니의 나체는 과연 혀를 찰 정도였다. 불룩한 두 봉우리는 복사꽃 향기 그윽하고 그 아래 완만한 구릉지에서 금방이라도 단물이 솟을듯했다. 잡혀 오기 전 사랑을 나누었던 그녀에 견줄 바가 아니었다. 역시 여자는 사람이 제일인 모양이었다. 거기에 대면 아저씨는 닳아빠진 몽당빗자루였다. 꼴이 영 볼품없이 헤진 짚신 짝이었다.

그런 아저씨가 천천히 그리고 조심스럽게 아주머니의 몸을 애무하기 시작했다. 아저씨의 손은 아주머니의 곳곳을 헤맸었다. 그러자 아주머니는 몸을 뒤틀어댔다.

나는 생전 처음 보는 광경에 침만 꿀떡꿀떡 삼키고 있었다. 나뿐만 아니라 동료들의 숨소리도 거칠었다. 그런데 얼마 지나지 않아 나는 어안이 벙벙해졌다. 아저씨를 잔뜩 끌어안고 있던 아주머니가 느닷없이 아저씨를 밀어젖혔기 때문이었다.

아저씨는 보기 좋게 아주머니의 몸 위에서 공이 구르듯 방바닥으로 나뒹굴어졌다. 그런 아저씨에게 아주머니는 마구 해댔다. 에잇! 감질만 났네. 도대체 날마다 한 마리씩 삶아 먹고도…. 이 모양이야! 아주머니의 목소리는 앙칼졌다.

그러나 웬일인지 아저씨는 나뒹굴어진 채 잠자코 있었다. 아주머니가 입에 담지 못할 투정을 해대는데도 멀쑥하니 있었다. 고개를 푹 숙이고 아주머니의 말을 듣지 않으려는지 두 팔로 귀를 감싸고 있었다.

아주머니는 한참을 투덜거렸다. 그러다가 성이 안 찼는지 냅다 아저씨를 끌어당기었다. 물 먹은 종이처럼 후줄구레해진 아저씨는 아주머니가 하는 대로 꾸겨지고 있었다. 아저씨는 꽤나 곤욕을 치르고 있었다. 아주머니는 거칠게 숨을 몰아쉬며 아저씨를 괴롭혔다. 마치 화가 치민 황소 같았다.

끝내 아주머니는 아저씨에게 다시 퍼부었다. 이번엔 처음보다 더욱 노골적으로 나왔다. 병신, 무슨 낯짝으로 그걸 달구 다녀. 뻔뻔하기도 하지. 그런 걸로 날 꼬였으니, 사람 미치겠네. 속았어. 억울해. 꼴도 보기 싫어. 날 건드리지 말고 쳐 자기나 해. 그리고 휑하니 돌아누워 버렸다. 그제야 아저씨는 부스스 일어나 돌아누운 아주머니를 한참동안 쏘아보다가 옷을 주섬주섬 주워 입었다.

나는 그 꼴이 하도 우스워 오랫동안 낄낄거렸다. 재미가 났다. 꼬습기도 했다. 그렇듯 당하는 주제에 손님들 앞에서 큰소리치는 그가 가소롭고 가증스러웠다.

그 후로 나는 아저씨가 아주머니에게 갖은 모욕을 당하는 장면을 종종 목격했다. 한데 나는 그 회수가 잦아질수록 아저씨에 대해 동정심 같은 게 싹트는 걸 깨달았다. 나뿐만 아니라 동료들도 마찬가지였다. 그들은 아주머니의 행동이 너무도 가혹한 처사이다. 고게 뭐라고 사람 쳐 죽인 죄인 다루듯 하느냐. 제년이 그동안 이놈 저놈 맛보았으면 족하지 무슨 염치로 안달이냐. 그놈의 여편네 색 한번 어지간히 밝히네. 암탉이 울면 집안 망한다더니 이 집도 알만 하다.

나와 동료들은 어느새 아저씨의 편이 되었다. 더욱이 날이 갈수록 행패가 심해지는 아주머니에게 적의를 품기까지 했다. 그런 아주머니는 여전히 늙으면 죽어야지. 지긋지긋해 못살겠어! 하며 아저씨를 구박했다.

결국 아저씨와 아주머니는 각 방을 쓰기에 이르렀다. 아저씨로서는 도저히 아주머니의 히스테리를 견뎌 낼 수가 없었던 모양이었다. 아니 아주머니로부터 쫓겨났는지도 모를 일이었다.

어쨌든 그들은 별거를 했다. 아저씨는 차력사와 함께 방을 썼다, 그런데 이 별거가 나를 더욱 놀라게 했다. 별거를 한 삼일도 안 되어서였다. 그날 아저씨는 종일 떠들어 댄 탓인지 초저녁부터 곯아떨어져 있었다. 나도 아저씨에게 시달려 궤짝 속으로 들어가자마자 금방 잠이 들어 버렸다.

한참 곤한 잠에 떨어져 있는데 누가 나를 마구 흔들어댔다. 눈을 떠보니 아직도 깊은 밤인데 동료들 모두가 깨어 있었다. 나는 그들이 할 일도 없어 밤새 시시덕댈 참으로 나를 깨운 것으로 알고 눈을 감았다. 그런데 그들은 나를 다시 깨웠다. 그리고 궤짝 틈새로 우 몰려갔다.

나도 밖에 무슨 일이 벌어졌음을 직감하고 틈새로 눈을 가져갔다. 그러나 밖은 촉광이 낮은 등불만 켜져 있을 뿐 여느 때와 같았다. 아저씨 방은 불이 꺼져 있고 아주머니 방에서는 언제나처럼 발간 불빛이 방문 틈새로 새어 나오고 있었다.

밖은 아무 일이 없었다. 그런데 가만히 보니 뭔가 이상한 소리가 들려오고 있었다. 그것은 숨소리였다. 나는 처음엔 아저씨의 코 고는 소리로 알았다. 하지만 코 고는 소리가 아니었다. 가쁘게 몰아쉬는 숨소리였다. 그리고 그 숨소리는 바로 아주머니의 방에서 나는 소리였다.

나는 귀를 기울였다. 그리고 이내 피식 웃었다. 그 숨소리는 귀에 익숙한 아주머니의 신음이었고 아주머니가 그새 참지 못해 아저씨를 불러들였다고 판단했기 때문이었다. 그러니 빤한 일이다. 잠시 후 꽈당하는 소리와 함께 아저씨는 방바닥으로 나뒹굴어지고 아주머니의 욕설이 튀어 나올 것이다.

그래 오금저리게 하는 아주머니의 신음이 아쉽지만 자리로 돌아가려고 했다. 이제 그 푸념 더 이상 못 들어 주겠다. 잠이나 자자. 그러다 막 돌아서려던 나는 다시 틈새로 귀를 기울였다. 아저씨가 나뒹구는 소리가 나지 않을뿐더러 아주머니의 욕설은커녕 되려 야릇한 신음 소리가 났기 때문이었다. 한데 지금껏 듣지 못한 소리였다. 뭔가 참느라 애쓰는 소리였다. 아니 어쩔 줄 몰라 발광하는 교성이었다.

나는 아주머니의 신음에 쾌재를 불렀다. 드디어 아저씨가 정상을 찾았다는 기쁨으로 박수를 쳤다. 나의 동료들도 마찬가지였다. 우리들은 어린애처럼 낄낄거렸다. 내일 당장에 토막이 날지라도, 통째로 뚝배기에 넣어져 팔팔 삶아질지라도 가정이 화목해진다면 모두에게 좋은 일이었다. 이런 우리들의 기분을 알기라도 하는지 방안에서는 여전히 희열의 신음이 새어나왔다. 그 소리는 밤새 그치지 않았다. 우리들은 졸음을 참아가며 소리가 들릴 때마다 즐거워했다.

아주머니의 자지러질 듯한 신음은 새벽녘이 되어서야 멎었다. 우리들은 서로의 얼굴을 보며 히죽거렸다. 그리고 이젠 그만 잠을 자자고 눈짓을 했다. 그리고 막 각자의 자리로 돌아가려 할 때 방문이 비시시 열렸다. 우리들은 다시 틈새로 달려들었다. 아저씨의 의젓한 모습을 보기 위해서였다. 당당한 아저씨와 흡족해 있는 아주머니의 모습이 궁금했던 것이다.

그러나 우리들은 모두가 아! 하고 가늘게 신음을 했다. 밖으로 나온 것은 아저씨도 아주머니도 아니었다. 놀랍게도 차력사였다. 그는 살그머니 빠져나와서는 살금살금 걸어 아저씨가 자고 있는 방으로 향하는 것이었다.

그 뒤로 나는 아주머니가 차력사를 방으로 불러들이는 것을 몇 번이고 목격했다. 그리고 나와 동료들은 이 불륜을 지탄했다. 뿐만 아니라 아주머니의 온갖 부정한 짓을 털어 놓았다. 그중에는 이미 알고 있는 일도 있지만 처음 듣는 얘기도 있었다. 차력사와 아주머니는 전부터 알고 있는 사이일 것이라고 추측을 하는 축도 있었다. 그들은 계획적으로 이 집에 들어와 아저씨의 재산을 송두리째 가로챌 것이라고 했다.

그리고 우리들은 이렇게 불륜에 빠져 있는 그들의 경우를 보아 인간의 속성이 별수 없음을 단정했다. 악랄하고 위선의 짐승들이라고 비난했다.

그러나 아주머니는 우리들이 자신을 비난하든 말든 모른 척이었다. 날이 갈수록 자주 만났다. 특히 아저씨가 산으로 들어갈 때는 온통 그들의 세상이었다. 아저씨가 없어 장사를 못한다는 핑계로 아예 가게 문을 잠그고 그 짓이었다. 정말 눈꼴이 시어 볼 수 없을 정도였다.

거기에 더욱 나의 분통을 터Em리게 하는 것은 차력사의 행동이었다. 아주머니와 그런 관계를 맺은 이후 차력사는 전과는 달리 아저씨를 은근히 깔보기 시작한 것이다. 건장한 팔뚝에 힘을 주어 엄포를 놓는 거였다.

그때 나와 동료들은 끓어오르는 분노를 느끼고 온몸을 바르르 떨곤 했다. 그러나 우리들은 궤짝 속에 있는 몸이었다. 그냥 분을 삭여야 했다. 그런데 더욱 가소롭기 짝이 없는 것은 아주머니였다. 차력사의 역성을 들어 주는 것이었다. 정말 아주머니는 못된 여자였다. 화냥년이었다.

이처럼 아주머니와 차력사가 부정한 짓을 계속하고, 아무것도 눈치 못 챈 아저씨가 공연한 두 사람의 구박으로 집안은 온전치 못해 마치

고도의 굴속같이 눅눅하고 침침했다.

　나는 이런 분위기 속에서 여전히 아저씨와 함께 손님을 맞았다. 그 무렵 아주머니는 아예 가게에 나오지 않았고 차력사는 항상 시큰둥해져 한두 번 철사나 끊고는 없어지기 일쑤였다. 아주머니의 방으로 달려가 무슨 짓을 하는지 모를 일이었다.

　결국 아저씨와 나만이 일을 할 뿐이었다. 나는 언제 아저씨에게 토막이 날지 모르지만 우리들은 항상 한 몸이 되다시피 했다. 비록 아저씨가 나의 목숨을 요구한다 해도 나는 기꺼이 죽어 줄 각오가 되어 있었다.

　오히려 나는 나의 죽음보다 아저씨의 죽음에 두려움을 느끼고 있었다. 그것은 아저씨의 죽음이란 배신의 죽음이요, 음모의 죽음이란 불길한 예감이 자꾸만 머리에서 맴돌아서였다.

　한데 놀랍게도 이런 나의 죽음에 대한 두려움이 의외로 빨리 우리에게 다가왔다.

　그날은 아저씨가 산에서 궤짝이 가득 차도록 뱀들을 잡아 온 날이었다. 아저씨는 어느 때보다 많은 뱀들을 잡아선지 무척이나 기분이 좋아 있었다. 그래서 한 잔 술도 했다.

　그런데 일은 그날 밤에 일어났다. 기분이 한껏 좋아진 아저씨가 아주머니의 방으로 들어간 것이다. 실로 오랜만의 농짓이었다.

　그러나 아저씨를 맞은 아주머니는 냉랭한 태도로 그를 외면했다. 그도 그럴 것이 아저씨가 없는 며칠 동안 밤낮을 가리지 않고 차력사와 몸을 섞은 아주머니로서 아저씨를 반길 턱이 없었다.

　아주머니는 무턱대고 거절이었다. 처음부터 경멸과 멸시를 해댔다.

그러나 아저씨는 다른 날과는 달리 적극적이었다. 오랜만의 여자의 살 냄새에 자신감을 가졌는지 모르겠다. 끈질기게 요구했다. 아니 사정을 했다.

 하지만 아주머니는 여전히 거절이었다. 아주머니의 마음은 이미 아저씨에게서 멀어져 있었다. 칵 뒈지길 기회만 노리고 있는 참에 무슨 놈의 정을 나눌 수 있겠는가. 저기 방에서는 차력사가 눈에 쌍심지를 꽂고 있는데. 아니 된다. 이 늙은이야. 넌 죽을 날이 머잖은 다된 놈이 아니냐. 그런 꼴에 웬 맛을 보겠다고 안달이냐. 어서 맘 돌리고 물러서라. 이런 심사인 아주머니가 호락호락 넘어갈 리가 없었다.

 아주머니와 실랑이를 벌이던 아저씨는 결국 주먹질을 했다. 아저씨로서는 생전 처음 있는 폭행이었다. 그러나 치밀어 오르는 분노를 참을 길이 없었다.

 아저씨가 폭행을 하자 아주머니는 온갖 욕설로 맞섰다. 사내구실도 못하는 주제에 사람 한번 잘 치네. 네놈이 뭐 잘해줬다고 떡판 치듯 하느냐. 아예 날 죽여라. 네놈이 땅꾼이니 뱀을 풀어 날 죽여라. 요번에 잡아온 싱싱한 독사로 당장 죽여라.

 그들은 밤을 새워 다투었다. 아주머니는 아저씨에게 온통 맞아 입술이 터지고 눈두덩이가 퍼렇게 멍들었다. 물론 아저씨도 얼굴을 할퀴어 길게 피가 맺혔다. 과연 아주머니는 지독한 여자였다.

 그런데 차력사는 방에 처박혀 꼼짝도 않고 있었다. 양심의 가책을 받았던 모양이다. 아니 결판이 나기를 기다리고 있는 모양이었다.

 아저씨가 아주머니의 방에서 나온 것은 동이 훤히 틀 무렵이었다. 아저씨는 '이놈, 날 죽여라!' 악을 쓰는 아주머니에게 혀를 차며 나왔다. 그리고 방으로 들어가더니 담가놓은 독사주를 벌컥벌컥 마셔댔다. 차력사는 윗목에서 쿨쿨 자고 있었다. 술을 마시던 아저씨는 아랫목에 벌렁 누워 혀를 끌끌 차다가 잠이 들어버렸다.

아저씨가 잠이 들자 그때까지 코를 골며 자던 차력사가 부스스 일어나 밖으로 나왔다. 그리고 아주머니의 방으로 들어갔다.

온통 옷이 찢겨진 채 훌쩍거리던 아주머니는 차력사의 품으로 안기면서 더욱 섧게 흐느꼈다. 전생에 무슨 웬수를 졌다고 이렇게 개 패듯 하느냐? 한데 당신은 여태 뭣하다 이제서 나타났느냐. 벽돌을 치듯 그놈의 영감태기 한방 치지 못하고 뭣하고 있었느냐. 난 이제 그놈하고 못살아. 그놈의 상판대기 뵈기도 싫어. 어휴 징그러 죽겠어. 칵 죽지도 않고 사람 속 썩이네. 아주머니는 넋두리를 하며 차력사의 허리를 안았다.

그러다 아주머니는 울음을 딱 그치더니 차력사의 품에서 벗어났다. 그리고 차력사를 빤히 바라보았다. 아주머니의 눈이 번뜩였다. 그러자 차력사는 고개를 끄덕였다.

차력사는 밖으로 나왔다. 그리고 주춤주춤 가게로 향해 갔다. 그는 훤히 밝아오는 가게 안으로 들어갔다. 그리고 어제 산에서 메고 온 궤짝을 안으로 옮기었다. 차력사는 궤짝을 든 채 잠시 머뭇거렸다. 그러더니 아저씨가 자고 있는 방문을 열었다. 훅 하니 술 냄새가 코를 찔렀다. 그는 얼굴을 찡그렸다.

궤짝을 들고 서있는 차력사의 다리는 후들후들 떨고 있었다. 그의 손도 떨었다. 방안에서는 푹푹 몰아쉬는 아저씨의 숨소리가 규칙적으로 들렸다.

차력사는 떨리는 손으로 궤짝을 방안으로 밀어 넣었다. 그리고 뚜껑을 열었다. 그 안에는 수십 마리의 뱀들이 우글우글 거리고 있었다. 차력사는 얼른 방문을 닫았다.

차력사가 아저씨의 방문을 닫고 부들부들 떨고 있을 때 아주머니는 문틈으로 밖을 내다보고 있다가 미소를 지었다. 그 미소는 영락없는 뱀의 음흉스런 웃음이었다.

아저씨가 퉁퉁 부어 죽어 있는 모습은 차마 눈 뜨고 볼 수가 없었다. 그렇게 처참한 꼴은 나도 처음이었다. 수십 마리의 뱀들은 아저씨의 검붉은 얼굴을 온통 덮고 있었다. 아저씨의 콧구멍으로 파고드는 놈도 있었다. 입술을 헤집고 혀를 물고 늘어지는 놈도 있었다. 헤쳐진 가슴팍에도, 겨드랑이에도, 발과 손 그리고 허벅지에도 또 사타구니에도 뱀들이 득실거렸다.

나는 아저씨의 음모와 배신의 죽음에 치를 떨었다. 그리고 간악하고도 잔혹스런 아주머니에 대한 증오심으로 불탔다. 땅바닥을 처가며 통곡을 하고 있는 아주머니가 가증스러웠다. 눈물을 쏟는 위악성에 이를 갈았다.

또한 사람의 사주에 의하여 가련한 한 목숨을 무참히 앗아버린 나의 동료들에게 분노의 침을 뱉었다. 역시 너희들은 사탄이다. 조물주의 창조는 그릇 되지가 않았다. 나는 울부짖었다.

빙 둘러서 계신 존경하는 여러 선생님들께서 밤은 되었다. 보드라운 비단이불은 깔려 있겠다. 거기에 잘근 깨물고 싶도록 귀엽기 짝이 없는 마누라님께서 발간 등불 아래에서 엷은 잠옷자락을 허벅지 위로 스리슬쩍 올려놓고는 잔뜩 무드를 잡고 있겠다….

　아저씨가 하던 대로 길게 일장연설을 늘어놓던 아주머니는 나를 마룻바닥으로 탕 치고 장내를 빙 둘러 보았다. 거기에는 어느 때보다 많은 사람들이 벙긋벙긋 웃으면서 앉아 있었다. 그들은 삼십이 채 안 된 물기 올라 풍만하기 짝이 없는 아주머니의 몸매를 감상하느라 눈들이 온통 게슴츠레해져 있었다.

　아주머니는 그런 그들 중에서 며칠 전부터 맨 앞자리에 와 앉아 있는 한 젊은 남자에게 눈웃음을 치곤했다. 또한 차력사는 자신의 차례를 기다리며 연신 이를 부득부득 갈고 있었다.

우군기

애의 다리가 그냥 박살이 났다. 일인즉슨 보통 큰 일이 아니다. 하필 이면 박살이 난 애가 주인집 외아들이라는데 할 말이 없다. 시쳇말로 애지중지 삼대독자란다. 3년 불공에 오십(五十) 득남이었다 한다. 꺼질세라 사뭇 보듬어 다독거린 애란다. 온갖 호강을 다짐해온 터란다.

그런 애가 육칠백 근이나 넘는 황소 우군의 발굽에 무참히 짓이겨 졌다. 더구나 우군이 새 주인을 맞은 첫날에 말이다. 미처 문안도 드리기 전에 말이다. 이제 우군의 신세는 볼장 다본 꼴이요 내일이 암담한 처지가 되었다.

주인집 아들을 읍내 병원으로 서둘러 보낸 마을 사람들은 거참 문안 한번 뻑적지근하게 드린다, 허리끈 질끈 졸라매고 모온 거금이라 새삼 값 낸다며 얼마 전 우시장에서만 해도 너도나도 부럽게 쓰다듬던 우군의 널찍한 엉덩짝을 모질게 쳐대며 괄시가 이만저만 아니다.

그들은 마치 제 아들이 당한 듯 의분이 대단하다. 궁지에 몰렸다하면 공연히 욕지거리 퍼붓기에 신나는 인간들로서 이게 웬 떡이냐

흥이 잔뜩 난 모양이다. 더구나 남의 물건인데 치고 박은들 누가 뭐라 할까. 이 정도면 사람도 마구 치기 당연한 일인데 이까짓 짐승 나부랭이야 쥐어박은들 어느 누가 탓하랴. 아무리 세상 꼴 확 뒤바뀌어 수입쇠고기라도 어쩌구 하며 먹자판이라, 네놈이 난 한우니 우쭐댈 법도 하지만 우리야 그 비싼 살코기 맛에 걸귀든 것도 아닌데 뭐가 두려워 까짓 엉덩짝 한번 못 치겠는가. 설사 네놈이 주먹질 몇 번에 꾀병삼아 고꾸라진들 논밭 못 갈아 안달이 나겠는가. 윗동네 박씨에게 기만원만 뿌리면 당장에 경운기로 말끔히 끝내 줄 것이다. 아무튼 네놈은 구박 좀 받아야 쓰겠다. 삼대독자를 저 꼴로 망쳐놨는데 오히려 당장에 쳐 죽이지 않는 것만 해도 감지덕지해야 할 판이다 하며 떡판 치듯 쳐댔다.

그러나 우군은 몹시 억울했다. 으쓱거리도록 값내준 것은 인간들 사정 때문이요 자신은 지금껏 한 번도 으스댄 적이 없었다. 그는 동물로서, 더욱이 고삐로 매여 있는 처지에서 감히 우쭐거릴 엄두조차 내지 않았다. 그는 사람들에게 순종하는 길만이 본분을 다하는 것이라고 생각해 왔다. 한데 무슨 배짱으로 뽐내겠는가.

오늘의 사고만도 그랬다. 그놈의 개 때문에 엉망으로 되어버렸다. 우군은 새 주인에게 팔렸을 때 기분이 썩 좋았다. 그것은 혹독한 전 주인으로부터 떠난다는 기분 때문이었다. 그보다도 새 주인의 모습이 우선 마음에 들어서였다.

새 주인의 모습은 바로 인자한 인간의 표상이었다. 비록 가무잡잡한 피부이지만 순한 눈과 자신을 쓰다듬던 보드라운 손길이 그토록 따스울 수가 없었다. 거기에 정이 착착 붙어 있는 그의 목소리는 그냥 홀딱하게 하였다.

 물론 사람의 마음이 열길 물 속 같다지만 이토록 순박한 모습에서 무슨 까다로움이 있겠는가 생각되었다. 또 생각과는 달리 새 주인이 악독하다 해도 겉에서 풍기는 인자함이 눈꼽만큼이라도 남아 있다면 전 주인보다야 낫지 않겠느냐 기대를 해보았다.

 결국 흥정이 끝났을 때, 그래서 새 주인이 그의 몸값을 치르고 우시장을 떠날 때 그는 뛸 듯이 기뻐했다. 우시장서 우연히 만난 우양에게 작별 인사하는 것마저 잊은 채 신나게 새 주인을 따랐다. 우양은 이태 전부터 알았던 도저히 잊을 수 없는 사이면서도 눈인사조차 안했던 것이다. 이렇게 신이 난 우군은 새 주인이 주막에 들러 한잔 술에 거나해질 때까지 뙤약볕에서 아무런 불평 없이 기다려 주었다.

 그는 점심때가 훨씬 지나 약간의 갈 짓자 걸음으로 앞서가는 새 주인을 염려하면서 그토록 먼 길을 공손히 따라 걸었다. 그리고는 새 주인을 위해 그 어느 때보다도 열심히 일하겠다고 몇 번이나 다짐을 했다.

 한데 새집에 도착하자마자 사고를 일으킨 것이다. 마을에 들어서자 몇 채 안 되는 집에서 사람들이 한둘 모여들기 시작했다. 그리고 엉덩이고 다리고 배를 쓸어주며 칭찬을 했다. 우군은 기분이 한껏 좋았다.

 그는 마을을 휘돌아보았다. 마을은 우군이 전에 살던 동네와 달리 한적했다. 그러나 주위의 경치가 꽤나 아름다운 양지바른 곳이었다. 마을 뒷산의 높은 봉우리들은 울창한 숲을 이루고 있었다. 그 중턱은 온통 보리와 밀밭으로 그 익는 냄새가 코를 찔렀다. 마을 앞으로 펼

쳐진 논은 벌써 산그늘이 져 뜸부기가 울어댔다. 한눈에 마음에 쏙 드는 마을이었다. 비록 산중턱에 광활하게 깔린 밭을 일구자면 고생깨나 할 것이지만 우군은 저까짓 일 못해낼 천치가 어디 있겠느냐 자신을 가졌다. 특히 그저 칭찬해주는 마을 사람들의 말에 그는 지금 당장이라도 논밭으로 뛰쳐나가 일을 해보이고 싶기까지 했다.

그런데 우군은 마을 사람들 틈바구니에서 그를 적의에 찬 눈빛으로 쏘아보는 눈을 발견하고 움찔했다. 심술이 가득 찬 눈이었다. 음모와 거만이 그득한 눈이었다.

우군은 그 개가 주인집의 개란 것을 짐작했다. 그리고 지금까지의 쾌적했던 기분이 싹 가시었다. 그는 개를 싫어했기 때문이었다.

개란 빈둥빈둥 놀아대면서 사람의 사랑을 독차지하는 존재이다. 아양과 아부로써 인정을 받으려는 족속이다. 또 사람의 사랑을 빙자하여 다른 동물들을 경멸하는 구역질이 나는 놈이다. 오만의 덩어리, 치사한 녀석이다. 어쩜 그렇게 인간의 속성과 닮으려고 애쓰는 존재이다. 인간들처럼 권력을 잡거나 힘을 가졌을 때의 거드름을 용케도 답습한 놈이다.

우군은 이런 개와 한집에 살게 되었다는데 적이 실망했다. 더욱이 이 개는 생김생김하며 눈을 뜨는 품수가 어느 개보다도 더욱 움충맞게 생겼다. 그리고 경망스런 데가 있는 개로 틀림없는 똥개였다.

우군이 이런 생각을 하고 있는 동안 사람들은 여전히 그를 치켜세웠다. 그들은 마을에 경사라도 난 듯 기뻐들 했다. 집짝만한 우람한 그의 몸매에 감탄을 하면서 진정으로 환영하는 것이었다. 그리고 그들은 주인에게 한턱 낼 것을 제의했다. 이 제의에 주인은 순순히 응했다. 곧 술을 사온다 하면서 잔치 아닌 잔치가 벌어졌다. 마을 사람들은 마당 한가운데에 멍석을 깔고 술상을 차렸다. 이윽고 마을 사람들은 흥겹게 술을 마셔댔다. 몇은 노래 가락을 뽑기 시작했다.

이렇게 술판이 한창 고조를 이루고 있을 무렵이었다. 마당 한켠에서 흥겹게 노는 사람들을 지켜보고 있던 우군은 순간 섬찍한 기분을 느꼈다. 사람들의 무리 속에서 우군을 쏘아보고 있는 개의 시기심에 찬 눈을 발견했기 때문이었다. 개는 증오와 공격의 눈빛으로 그를 노려보고 있었다. 때 아닌 이 잔치에 불만이 가득 찬 눈길이었다. 장본인인 저 황소를 당장이라도 물어뜯을 눈길이었다.

우군은 개의 눈길에 그만 기가 죽어버렸다. 전에도 가끔 시장 길에서 개의 공격을 받은 적이 있어서였다. 사정없이 달려드는 개의 공격은 가히 두렵고 위협적이었다. 저 개가 공격을 시도할 듯해서 겁을 먹은 것이다.

우군은 몸을 움츠렸다. 그러자 개는 기고만장해 예견한대로 한 발짝 그에게로 다가섰다. 개는 하얀 이를 드러냈다. 으름장을 놓는 것이었다. 한번 혼 좀 나야 쓰겠다. 네놈이 뭔데 온통 동네를 떠들썩하게 하느냐. 다리를 물어뜯어 병신으로 만들고야 말겠다. 건방진 네놈에게 피 맛을 보여 주어야겠다.

우군은 한 발짝 한 발짝 다가오는 개에게 사정을 할 수 밖에 없었다. 시건방을 떤 적도 없다. 제발 잠자코 있어다오. 우군은 저자세가 되었다. 그러나 개는 막무가내였다. 아니 개는 아주 버르장이가 없고 저질스러웠다.

개는 우군이 사정과 회유를 간절하게 하였는데도 서서히 그에게로 다가섰다. 우군은 슬금슬금 뒷걸음질을 했다. 그러자 개는 빙긋이 미소를 지었다. 회심의 미소였다. 그러다 개는 날카로운 이빨을 드러내고는 와락 달려들었다. 그 바람에 우군은 엉겁결에 펄쩍 뛰었다. 그리고 자신도 모르게 목에 힘을 주었다. 툭하고 말뚝에 맨 고삐 줄이 끊어졌다. 동시에 우군은 몸을 가누지 못하고 마당 가운데 쪽으로 넘어질듯 기우뚱했다.

"아악!"

우군은 뒷걸음질하다 외마디 비명을 들었다. 그리고 자신의 발굽에 뭔가 물컹한 것이 밟힌 느낌을 받았다. 그는 재빨리 발아래를 내려다보았다. 거기에는 놀랍게도 어린애가 밟혀져 있었다. 애는 이미 치명상을 입었는지 축 늘어져 있었다. 사람들이 우 몰려왔다. 애를 일으켰다. 그리고 누군가가 우군을 후려쳤다. 우군은 순식간에 일어난 이 엄청난 사고에 얼떨떨하여 멍청하니 서있기만 했다. 그러나 개는 언제 그랬냐는 듯 애를 안고 안절부절못하는 주인을 걱정스러워 못 견디겠다는 표정으로 바라보고 있었다.

주인집은 흡사 상가 집이 되었다. 삼대독자 아들이 병신이 되었기 때문이었다. 한쪽 다리가 아예 으스러져 절단해야 했다. 사람들은 불행 중 다행이라고 주인을 위로하기는 했지만 그게 다행일 수는 없었다. 그래서 우군에게로 다가와 한마디씩 푸념을 퍼부었다. 우군은 그들의 푸념을 이해하려고 했다. 어쨌든 자신의 발굽에 애는 병신이 되었다. 미안하고 마음이 편하지 않았다.

한편 개가 미웠다. 개는 주인에게 아무런 죄책감을 느끼지 않는 모양이었다. 아들이 병신이 됐다는 소식을 듣고서도 그토록 태연할 수가 없었다. 마치 생판 모르는 남의 일처럼 무관심해 하는 것이었다. 그런데 밉살스럽게도 주인 앞에서만은 정말 눈뜨고 볼 수 없을 정도로 서글픈 목청으로 꺼엉꺼엉 울어대는 것이었다. 하느님도 무심하시지 삼대독자를 이 지경으로 만든담, 내 다리를 몽땅 박살을 낼 것이지. 그놈의 미련스런 황소, 원수의 황소를 왜 그냥 둔담. 당장에 쳐 죽여 구어나 먹지 하며 울어댔다. 그러자 주인아주머니는 쯔쯔 우리 마음 알아주는 건 이놈 밖에 없어 쯔쯔쯔하며 개를 부둥켜안고 눈물을 흘려대는 것이었다.

개의 이 정도 행동은 그런대로 좋았다. 개는 우군에게 달려와 마구 꾸짖어 대는 것이었다. 개는 우군에게 달려와 마구 꾸짖어 대는 것이었다. 한말로 네놈은 죽일 놈이란 것이었다. 어이없고 한심스런 일이었다. 치사스럽고 무자비한 행동이었다. 한데 이런 행동을 사람들은 역시 영물이라고 다르단 말이야 하며 머리를 쓰다듬었다. 그러자 개는 우군을 힐끔거리며 어깨를 치켜 올리는 것이었다. 그리고 더욱 기세를 부리면서 그에게 힐난을 해댔다.

달빛이 교교한 날이었다. 풀벌레 울음소리 유난한 밤이었다. 멀리 숲속으로 쏟아지는 달빛은 한층 맑고 깨끗했다.

우군은 아까부터 멍하니 선 채 그늘진 숲속을 하염없이 바라보고 있었다. 저녁을 먹었는데도 배가 고프다. 또 대단히 피곤했다. 종일 쟁기질해서였다. 그러나 쉽사리 잠이 오지 않는다.

우군은 동그마니 티 없는 달을 보았다. 아름답고 고왔다. 마치 우양의 얼굴 같았다. 그러고 보니 그는 요즘 간간이 우양 생각에 잠을 설치곤 했다. 그때 우시장에서 만난 그녀가 어느 집으로 팔려가 있는지 궁금했다. 자신의 꼴을 알기라도 한다면 주먹 같은 눈물을 뚝뚝 떨어뜨릴지 모르겠다는 생각을 했다. 사실 그는 사고 다음날부터 말할 수 없는 고통을 받아왔다. 혹독한 채찍이었다. 사정없는 매질이었다. 견딜 수 없는 혹사를 감수해야 했다.

모기들이 웽웽 울었다. 가냘픈 소리들이었다. 마치 우양의 보드라운 목소리였다. 우양은 목소리뿐만 아니라 살결도 부드러웠다. 엉덩이도 한번 푸짐했다. 펑퍼짐한 게 가슴을 뿌듯하게 했다.

그가 우양을 처음 만난 것은 이태 전이었다. 그때 우군은 달구지를 끌고 있었다. 그런데 하루는 한창 바쁜 때인데도 주인은 일 나갈 생각을 하지 않았다. 우군은 이게 웬 떡이냐 했다. 거기에 더욱 놀라운 것은 새벽부터 목욕을 시키는 것이었다. 우군은 일 년에 한두 번 있는 목욕을 좋아했다. 그래서 그는 흥겨웠다. 그러나 우군이 흥겨운 것은 목욕도 목욕이지만 주인이 이렇게 일찍 수선을 떠는 것으로 보아 분명히 좋은 일이 있을 것 같아서였다. 우시장에라도 끌고 갈지 모를 일이었다. 우시장으로 간다면 팔려가는 것이다. 그렇다면 이 가혹한 주인에게서 떠난다는 얘기다. 우군은 하루 속히 주인에게서 떠나고 싶었다. 극심한 일도 일이려니와 주인의 괴팍스런 성깔에 견딜 수 없어서였다. 술주정뱅이요, 왈패요 채신머리 없는 주인은 툭하면 매질이었다. 소 알기를 우습게 보는 친구였다. 그 때문에 생계를 유지하면서도 고마움을 모르는 냉혈한이었다. 냉혹한 인간이었다.

또한 주인은 무식꾼이었다. 그냥 쳐대기만 하면 되는 것으로 알았다. 마구 휘갈겨대기만 했다. 새벽부터 끌고 다녔다. 제대로 밥을 줄

때가 없었다. 항상 허기진 배를 움켜쥐어야 했다. 거기에다 힘을 내라고 앙탈이었다. 그때마다 우군은 논둑에서 한가롭게 풀 뜯고 있는 친구들을 부러워했다. 그리고 그렇게 되길 갈구했다.

그런 참에 주인의 갑작스런 행동은 우군의 가슴을 설레게 했다. 그의 경험으로 목욕이 있는 날 팔렸기 때문이었다. 우시장에 나가면 어디로 가던 이 주인을 떠난다. 그곳이 이보다 더욱 비참할지라도 달갑게 따라갈 생각이었다.

우군이 목욕을 끝내자 주인은 아침밥을 풍성하게 내놓았다. 이건 지금껏 상상도 할 수 없는 일이었다. 우군은 이쯤에 이르러 주인이 자기를 팔아넘길 것이라 확신했다.

아침밥을 치우자 주인은 우군을 끌어냈다. 우군이 예상한대로 주인은 달구지를 매달지 않았다.

주인의 뒤를 따르는 우군은 흥이 났다. 발걸음도 가벼웠다. 달구지를 끌지 않으니 구르는 바퀴소리 없어 좋았다. 덜그렁거리는 소리에 자신의 신세를 한탄했던 날이 얼마나 많았던가.

하지만 우군은 집을 나온 지 얼마 안 돼 의아심을 갖게 되었다. 주인은 읍내 우시장과는 정반대의 길을 택했기 때문이었다. 우군은 자신이 팔려가지 않는다는 것을 어슴푸레 깨닫게 되었다. 또한 그의 가슴 속에는 불안이 서서히 움트기 시작했다. 도대체 나를 어디로 끌고 갈 셈인가. 그러다 그는 문득 도수장에 가는 것이 아닌가 하는 생각에 우뚝 걸음을 멈추었다.

그는 갑자기 눈앞이 캄캄해졌다. 다리에 힘이 빠지고 현기증이 왔다. 이 길이 죽음의 길이란 말인가. 이놈의 세상에서 좋은 꼴 한번 맛 못보고 여기서 하직한단 말인가. 아직도 젊디젊은 나이인데 끽 죽어야 된단 말인가. 온갖 횡포와 박해, 그리고 혹사만을 당하다 끝내야 된단 말인가. 우군은 억울하다는 생각이 들었다.

그러나 우군은 주인을 따라야 했다. 주인은 우군이 무슨 생각을 하든 아랑곳하지 않고 걸었다. 뭐가 신나는지 콧노래까지 불러댔다. 우군은 주인의 찌들어 있는 뒷모습을 원망의 눈초리로 보면서 힘없이 걸었다.

주인과 우군은 얼마 후 윗마을에 도달했다. 그는 이 마을을 지나 산중턱에 도수장이 있다는 얘기를 들은 적이 있었다. 이제 죽음이 코앞에 와있다는 느낌이 들었다.

주인은 우군을 끌고 마을 어귀에서 도수장 쪽 길을 택했다. 우군은 아예 체념을 해버렸다. 죽음은 억울하지만 이게 다 팔자소관인데 어쩔 수 없다고 생각을 한 것이다. 하다못해 도망이라도 쳐볼까 했으나 주인이 잔뜩 움켜쥔 고삐에서 도저히 풀려날 길이 없었다.

그런데 우군은 주인이 얼마 안가 도수장 길에서 반대 방향으로 꺾는 바람에 깜짝 놀라 주춤했다. 도대체 주인이 무슨 뚱딴지같은 생각을 하는지 몰라 가슴만 조여 왔다. 그러다 그는 역시 제 버릇 개도 안 준다고 심술 맞은 주인이 이렇게 애를 태우다 죽일 생각이 아닌가 하여 인간의 잔인성을 다시 한 번 깨달았다.

주인은 이렇게 오만가지 생각에 잠긴 우군을 끌고 서너 채가 모여 있는 집중에서 한집으로 끌고 갔다. 그 집은 꽤나 큰 집으로 소우리가 제법 그럴싸하게 지어져 있었다. 그리고 그 우리 안에는 소가 한 마리 있는데 암소였다.

그 암소가 바로 우양이었다. 우양은 한눈에 복스럽게 생겼다. 포등포등 살이 오른 엉덩이에서는 윤기가 줄줄 흐르고 있었다. 우군은 지금껏 저런 아름다운 암소를 본 적이 없다고 생각했다. 그래선지 아직도 죽음의 공포에 휩싸여 있으면서도 괜히 가슴이 두근거리고 수줍기도 했다.

주인은 우군을 마당에 세워놓고 집안으로 들어갔다가 우양의 주인과 함께 나왔다. 우양의 주인은 그를 훑어보았다. 그리고 그의 주인에게 눈을 꿈쩍했다. 주인은 고개를 끄덕였다.

그는 우양이 있는 우리 안으로 끌려갔다. 그가 우리 안으로 들어가자 우양은 빤히 쳐다보았다. 그녀의 눈은 반짝반짝 빛나고 있었다. 붉게 타고 있었다. 오랫동안 기다렸던 임이라도 만난 듯 그녀는 그를 반기었다. 그는 자꾸만 부끄러워져 고개를 푹 숙인 채 서 있기만 했다. 그러자 그녀는 몸을 꼬아가면서 그를 유혹했다. 그녀는 서둘러대고 성급하게 재촉을 했다. 그녀는 성에 굶주린 동물이었다. 그가 처음인데도 아무 거리낌 없이 그를 리드해 나갔다.

우군은 그녀와 교접을 끝내고 집으로 와서도 그녀의 나긋나긋한 살결과 황홀했던 기분이 영 가시지 않았다. 그러면서 그런 재미를 맛보게 해준 주인이 그렇게 고마울 수가 없었다.

그날 우군은 어떤 어려운 일이라도 달갑게 해내겠다고 다짐을 하기도 했다. 또 결코 주인을 떠날 생각을 하지 않겠다고 마음먹었다. 이런 낌새를 알아차렸는지 주인은 그를 전보다 더욱 심하게 몰아쳤다. 그러나 그는 견디어냈다. 이러다보면 그녀를 다시 만나도록 해주겠지 하는 막연한 기대를 하면서였다.

　그러나 한해가 다 가도록 주인은 그녀의 코빼기도 보여주지 않았다. 그래서 다음해가 들어설 때 그는 그녀를 아예 포기해 버렸다. 아니 포기한 것이 아니었다. 주인이 하도 세차게 몰아치는 바람에 그녀를 생각할 겨를이 없었던 것이다.

　그렇게 이태나 넘긴 후 며칠 전 우시장에서 뜻밖에도 그녀를 만난 것이다. 그녀는 그동안 더욱 예뻐지고 성숙해 있었다. 그녀는 그를 보자 처음엔 잘 모르는 듯했으나 잠시 후 기억이 나는지 반가와하는 눈치였다. 그러나 전처럼 당돌하고 적극적인 태도완 달리 정숙한 자세로 그를 보았다. 그러는 그녀가 더욱 마음에 들었다. 또 아이도 있었을 텐데 묻고 싶었지만 한마디도 말을 나누지 못했다. 그저 바라보기만 했을 뿐이다.

　달이 중턱에 오르자 초저녁부터 요란을 떨던 풀벌레들은 지쳐버렸는지 울음도 멈추고 주위가 조용해졌다. 그렇게 들들 볶아대는 모기들도 잠잠해졌다. 그래서 달빛은 더욱 교교했다.

　새집에서의 우군의 생활은 말이 아니었다. 온갖 경원과 박해의 연속이었다. 마을 사람의 경멸도 그러려니와 그렇게 사람 좋아보이던 주인의 돌변한 태도에는 배신감을 느끼기까지 했다. 사고에 못지 않는 열성을 다짐을 했다가도 주인의 행동을 보면 싹 가시었다. 더구나 주인아주머니와 식구들의 구박에는 참을 길이 없었다. 거기에 절룩이며 다니는 병신외아들을 볼 때는 가슴이 찢어지는 아픔을 느끼기도 했다.

　그러나 무엇보다 참을 수 없는 것은 아직도 잘못을 깨닫지 않고 설쳐대는 개가 그를 괴롭히는 것이었다.

개는 종종 그에게 덤벼들어 상처를 내곤 했다. 그러나 누구하나 개를 탓하지 않았다. 오히려 잘한 짓이라고들 했다.

우군은 날이 갈수록 마을에서 외톨이 신세가 되었다. 아무도 그와 상대를 하려들지 않았다. 그저 일만 시킬 뿐이었다.

매일 이런 상태에서 보내는 우군은 점점 주인과의 주종관념이 사라지기 시작했다. 동시에 그는 이 주인에게서 떠났으면 하는 생각을 갖게 되었다. 주인을 위해 최선의 봉사를 하겠다는 결의가 사라지기 시작한 것이다.

이런 때 뜻밖의 소식이 그를 더욱 들뜨게 했다. 그것은 요즈음 거의 잊다시피한 우양이 옆 마을에 살고 있다는 것이었다.

이 말을 들은 우군은 가슴이 두근두근 거리기 시작했다. 모든 일을 팽가치고 달려가고 싶은 생각뿐이었다. 그러나 고삐에 매인 몸인데다 더욱 가중한 일에 눈코 뜰새 없는 실정이라 그저 애만 태워야만 했다. 주인은 이런 낌새를 알기라도 한 듯 잠시도 쉴 틈을 주지 않고 일을 시켜댔다. 새벽부터 온 마을의 밭을 갈다보면 저녁이었다. 그 긴 여름의 한낮을 뜨거운 뙤약볕 아래서 매질을 당해야 했다.

우군의 궁둥이는 동네북이었다. 채찍자국으로 얼룩져 있었다. 그는 이건 해도 너무하다고 생각했다. 주인과 무슨 약조를 했는지 마을 사람들도 마구 쳐대는 것이었다. 주인집 아들이 병신다리를 끌고 절룩거리며 퇴원했을 때부터 사람들은 철천지 원수 대하듯 했다. 이건 거의 신들린 무당처럼 날뛰며 사정없이 굴었다. 그는 심하게 당하면서도 아무 소리 못하고 일만 했다. 그리고 소로 태어난 신세를 한없이 탓했다. 하필이면 이 땅에 태어났을까. 신주 모시듯 하는 나라에서 태어났더라면 얼마나 좋았을까 하는 아쉬운 생각도 해보았다.

 이런 생각에 자신을 한탄하고 있던 우군이 탈출을 기도한 것은 지극히 우발적이었다. 물론 그가 근래로 일에 대한 회의와 주인에 대한 배신감으로 가득 차 있기는 하지만 그렇다고 집을 뛰쳐나가야겠다는 생각을 해보질 않았다.

 그날도 우군은 아침부터 불볕 아래서 밭을 갈고 있었다. 산중턱을 개간하는 것들이어서 돌이 많아 여간 힘들지가 않았다.

 우군은 숨차 입에 거품을 질질 흘려가며 쟁기를 끌고 있었다. 가끔 힘을 내라고 그의 고삐가 세차게 당겨지기도 했다. 그래도 힘을 내지 못하면 궁둥이에 채찍이 와 닿았다.

 이렇게 힘겹게 일을 하던 우군은 어디선가 산뜻한 향기가 코를 찌르는 바람에 축 늘어뜨렸던 머리를 들었다. 그 향기는 그의 앞에서 나는 것이었는데 놀랍게도 우양의 몸 내음이었다. 언제 왔는지 우양은 제 주인과 함께 그를 쳐다보고 있었다.

 우군은 생각지도 않은 그녀의 출현에 그만 온몸에 경련을 일으켰다. 그러나 순간 수치를 느꼈다. 꾀죄죄한 자신의 꼴이 부끄럽고 창피스러웠다. 그보다도 분명히 동정어린 눈으로 바라보고 있는 그녀의 눈길에 금방이라도 죽어버리고 싶은 심정이었다.

 우군의 주인은 쟁기질을 중단하고 우양의 주인에게로 갔다. 주인은 우양이 그에게 뭔가 말을 하려고 할 때 돌아와 우군의 고삐를 세차게 당기었다. 그는 쟁기를 끌었다. 그러면서 주인을 따라가며 몇 번씩이나 뒤돌아보는 우양의 모습을 애잔하게 바라보았다.

그날 밤이었다. 우군은 피곤한데도 잠을 이루지 못했다. 낮에 만난 우양의 생각에 젖어있는 것이다. 그녀의 모습이 머릿속에서 영 떠나질 않았다.

우군이 이렇게 우양의 생각에 잠겨 있는데 어둠속에서 불쑥 나타난 것이 있었다. 그것은 개였다. 우군은 개가 다가오자 울컥 화가 치밀었다. 치가 떨리고 다리가 부들부들 거렸다. 그렇다고 우군은 개를 어쩌겠다는 생각을 하지 않았다. 새삼 잘잘못을 따지고 싶지 않았다. 개의 됨됨이를 밝히고 싶지 않았다. 그는 화난 표색조차 보이지 않았다. 왠지 개가 두렵기만 했다. 또 무슨 흉계를 꾸며 자기를 난처하게 만들지 않을까 걱정이 되었다. 그래서 그는 개를 외면했다.

개는 이런 우군의 태도에 단연코 흐뭇해진 표정이었다. 개로서도 그럴 만했다. 상대가 항상 저자세로 나오는데 재미가 나지 않을 수 없었다. 덩치 큰 녀석이 절절매는 게 신났다. 개는 몸을 한번 재어보고 휑하니 한 바퀴 돌아보였다. 과연 잽싸고 날렵한 몸놀림이었다. 우군으로서는 도저히 따를 재간이 없는 날쌘 행동이었다.

마당을 한 바퀴 돈 개는 이번엔 컹컹 짖어댔다. 이젠 목청 자랑을 해보는 모양이었다. 적막한 밤의 공기를 깨면서 쩡쩡 울렸다. 우군은 개짖는 소리에 귀를 막고 싶었다. 그러나 그는 그럴 사이도 없이 한 발짝 물러나야 했다. 개는 언제나 그에게 하듯이 살금살금 다가서기 때문이었다.

우군은 뒷걸음질했다. 이내 고삐의 줄이 팽팽해졌다. 그는 더 이상 뒷걸음질 칠 수가 없게 되었다. 그러자 개는 와락 달려들었다.

우군은 개의 공격에 당황하였다. 그러나 몸을 움직일 수가 없었다.

그는 멍하니 선 채로 달려드는 개를 바라보고 있을 따름이었다. 개는 그의 발아래로 돌진해왔다. 동시에 개는 어느새 되돌아가 마당 한복판에 서 있었다. 정말 감탄하지 않을 수 없는 행동이었다.

 우군은 개의 날쌘 동작에 넋이 나가 멍청하니 서 있었다. 그러다 문득 무릎께가 얼얼하게 아픈 것을 느꼈다. 무릎에서 한줄기 피가 발목으로 흘러내리고 있었다. 우군은 피를 보면서 이렇게 당하고 있는 자신이 불쌍해졌다. 전생에 무슨 못된 짓을 했다고 인간에게 혹사당하고 개에게까지 이렇듯 행패를 당해야 하는가 답답하기만 했다.

 그런데 개는 본격적으로 공격을 했다. 개의 공격은 치열했다. 이번에는 다른 쪽 다리를 노렸다. 그 다리 역시 순식간에 피로 물들여졌다. 우군은 아픔을 참았다. 개는 아예 그의 다리 밑으로 들어와 태평스럽게 공격을 했다. 그는 공격을 피하기 위해 다리를 이리저리 옮겼다. 그러나 허사였다.

 이렇게 실랑이를 벌이던 우군은 갑자기 귀청이 째어질 듯한 개의 비명소리를 들었다. 동시에 개의 공격이 멎었다. 개는 그의 발굽에 밟힌 채 가늘게 신음을 하고 있었다. 구겨진 휴지처럼 늘어졌다.

 우군은 개가 어이없게 늘어진데 새삼 놀랐다. 이토록 형편없는 개한테 지금껏 당했다는 사실이 우습기도 했다. 그는 다시 한 번 개를 짓이겼다.

 그때 대문이 열리면서 주인집 식구들이 뛰어나왔다. 주인은 엄청난 사실 앞에서 잠시 얼떨떨했다. 그러다 그에게로 달려왔다. 주인은 황급하게 개를 들어 안았다. 그리고 우군에게 퍼붓기 시작했다.

 그러나 우군은 참았다. 비록 자기방어를 했을 따름이지만 개가 상처를 입은 것이다. 주인집 식구들은 유난히 개편에 서서 그를 탓했다. 그러다 잠시 후 개가 숨을 거두자 식구들은 우 몰려들어 그에게 매질을 하기 시작했다.

식구들로부터 몰매를 맞고 있는 우군은 억울하기 짝이 없었다. 사정을 두지 않고 쳐대는 사람들이 밉기만 했다. 지금까지 모든 고통을 참아왔지만 이토록 심한 구박은 도저히 견뎌낼 수가 없었다. 마음 한구석에서 증오의 불길이 활활 타오르기 시작했다. 순간 이곳을 떠나야겠다는 충동이 불끈 치밀었다.

결국 구석으로 몰린 우군은 고삐를 획 내돌렸다. 툭 소리 내며 줄이 끊기자 그냥 내달았다. 우리를 나올 때 자기의 발에 사람들이 채이는 것을 느꼈다.

단숨에 산중턱까지 올라간 우군은 갈 곳을 정하지 못하고 머뭇거렸다. 그때 우양이 머리에 떠올랐다.

그는 우양이 사는 동네로 달려갔다. 길이 어두워 몇 번이고 고꾸라질 뻔했으나 사력을 다해 달렸다. 그의 머릿속에는 어쨌든 우양을 만나자는 것뿐이었다. 그다음 일은 생각할 겨를이 없었다.

우양의 집을 쉽게 찾았다. 우양은 깊은 잠에서 깨어 그를 맞았다. 그러나 그의 탈출을 못마땅해 했다. 반가운 해후를 예상했던 그는 배신감에 기분이 언짢았다. 무엇보다 우양이 시람의 꼬임에 완전히 넘어가 있다는 것에 더욱 기분이 상했다. 역시 인간은 영리한 동물이었다.

우군은 인간의 멍에에 묶인 우양이 불쌍했다. 그래서 그녀에게 멍에에서 벗어나라고 권했다. 그러나 그녀는 한마디로 거절했다. 그리고 그를 비웃었다. 어리석은 자라고 멸시했다. 도리어 당장에 주인에게로 돌아가라고 설득했다.

우군은 어이가 없었다. 우양이 이렇게 인간에게 동조하는데 실망했고 자신을 경멸하는 태도에 그만 분통이 터졌다. 며칠 전만 해도 동경의 눈빛을 보낸 그녀였다. 그것이 거짓이라는데 우양이 죽이도록 미워졌다.

우군은 그녀를 애증의 눈길로 쏘아보았다. 그녀는 그의 눈길에는 아랑곳하지 않고 풍만하기 이를 데 없는 몸매를 과시하기만 했다. 순간 그는 우양의 몸뚱이를 짓이기고 싶은 충동을 느꼈다.

우군은 와락 그녀에게로 달려들었다. 그리고 끌어안았다. 그녀는 갑작스런 그의 해동에 몸부림을 쳤다. 그러나 그의 품에 안긴 그녀는 꼼짝을 못하고 바둥대기만 했다. 그는 문득 그녀의 보드라운 살결을 느꼈다. 몇 년 전의 황홀함이 머리를 스쳤다. 그는 하체를 그녀의 하체에 대었다.

'우지직!'

우군이 그녀의 하체에 몸을 댐과 동시에 둘은 우리를 무너뜨리면서 넘어졌다.

다음 날 우군은 부러진 한 다리를 질질 끄며 낯선 사람에게 끌려 도수장 쪽 길을 가고 있었다. 그는 아픔을 참아가며 너무도 억울하다고 몇 번이고 되뇌였다.

우울한 삽화

　버스에서 내려 십리 남짓한 들길을 서둘러 걸어온 나는 소나무 숲이 시작되는 길목에서 움찔한 채 우선 담배를 피워 물었다. 한낮이 좀 지났는데도 예나 다름없이 벌써 음습하게 그늘이 져 있는 숲속으로 왠지 선뜻 발걸음이 내디뎌지지가 않아서였다.

　나는 한 오 분 될까 말까 하는 저 숲만 지나면 바로 방죽이요, 그 둑길 따라 몇 백 발짝이면 내가 낳았고 어머니가 살고 있는 집인데 뭐가 두려워 망설이는지 모르겠다고 생각했다.

　'너무 오랜만이어서 그런가?'

　나는 십년 넘은 서울생활에서 찾은 집이, 겨우 다섯 손가락으로 헤일 정도로 뜸한데 대한 죄책감에 공연스레 주춤거려지는 게 아닌가 보다 했다.

　하지만 잠시 뒤 내 행동이 그 무엇보다도 뜻하지 않은 귀향 때문에 찜찜해 있다는 걸 겨우 깨닫고 길게 한숨을 쉬었다.

　'잊어버리자'

　나는 머리를 흔들며 중얼거렸다. 결코 떠올리고 싶지 않은 일들은 애써 생각하지 말자는 것이었다. 그저 가볍게 귀향길 버스를 타자던 애초 기분대로 모든 걸 훌훌 털어보자는 심사였다.

이쯤에서 나는 홀가분한 기분이 되어 발걸음을 숲길로 향해 내디뎠다.

숲속은 여전했다. 실 같은 길 따라 이끼 낀 바위들이 변함없이 듬성듬성 자리 잡고, 소나무 밑둥에 뭉게뭉게 피어오른 버섯은 이웃집 계집애 치맛자락같이 고왔다. 한 번도 본 적 없지만 끼르륵대는 새소리도 예전처럼 귀에 익고, 솔잎 사이로 보이는 하늘이 몹시 눈부신 것도 그 어렸을 때와 다름이 없었다.

"아!"

하늘을 향해 소리 질렀을 때 금세 새소리가 멎고 갑자기 고즈넉해지면서 이내 엷은 바람소리가 샐샐 흐르는 것 역시 그때와 같았다.

나는 그제서야 지금까지 눅눅했던 기분이 싹 가시고, 하학 후 집으로 내닫던 고향 땅에 있다는 걸 실감했다.

나는 좀 더 빠른 걸음으로 숲길을 걸었다. 문득 지금쯤 날 맞이하기 위해 방죽 둑 저쪽서 어슬렁거릴 어머니의 모습이 떠올라서였다. 사시사철 언제나 그랬던 어머니를 당장 만나고 싶었던 것이다.

"오매나. 이게 누구여…."

늘 방죽 둑에서 기다리던 어머니는 내가 대문으로 들어서고도 한참 서성거린 뒤에야 부엌에서 개숫물을 들고 나오다 나를 발견하고 우뚝 섰다.

"아니 요게 정수아녀?"

어머니는 한참을 멍하니 서 있다가 이윽고 큰소리로 말했다. 그리고 반가움과 놀라움 가득 찬 얼굴로 나의 손을 잡았다.

"나쁜 녀석…."

어머니 눈엔 금방 눈물이 고였다.

<자주 집에 오지도 않고, 그렇다고 편지 한 장 제대로 써 보내지 않고…. 오빠 너무해요. 엄마가 얼마나 오빠 걱정하는지 아시기나 해요? 제발 엄마 맘 상하게 하지 마세요. 엄마는 항상 오빠생각이세요. 눈 딱 감고 한번….>

몇 년 두고 여러 차례 하소연해 오던 여동생의 편지마저 끊긴 요즘, 그래서 분명 어머니는 아들을 내 논 자식이어서 아예 잊기로 작심했을지 모를 지금, 뜻밖의 아들 출현에 원망이 앞서는가 보았다.

"어쩐 일이랴. 이렇게…."

얼마 뒤 툇마루서 절을 받은 어머니가 나의 얼굴을 빤히 바라보다 물었다. 그렇게 소식이 없던 자식이 느닷없이 나타난 게 아무래도 심상찮게 여겨지는 모양이었다.

"그냥요."

나는 애써 어머니의 얼굴을 피하며 얼버무렸다. 왠지 나의 얼굴에 드리워져 있을지 모를 어두운 빛 조금이라도 보여주고 싶지가 않았다.

"그려…. 그려 됐어. 애 엄마와 아이들두 잘 있구?"

어머니는 다행이란 듯 뒤늦게 손자와 며느리 안부 물으며 다시 밝게 웃음 머금은 채 나의 등을 두드렸다.

저녁 무렵 동네 친구들이 몰려와 늦게까지 술 푸념을 했다. 어머니는 나의 옆자리에서 뜰 생각 없이 나를 흘끔흘끔 쳐다보고, 여동생은 연신 호호거리며 안주 만들기에 부산을 떨었다.

"정수가 서울서 출세했나 봐유. 어머님 좋겠슈."

한 친구가 이렇게 추켜세우자 어머니는

"그려…. 애가 어릴 적부터 영특했는디…."

몹시 흐뭇해 자랑을 늘어놓았다. 나는 그런 어머니 앞에서 쑥스럽기도 했지만 한편 기분이 나쁘지만은 않았다. 지금의 처지야 어찌됐던 어머니가 기뻐한다는 데 싫을 것 없었다.

"앤 상장두 많아. 저기 좀 보라구. 저게 모두 우리 애 것이여."

어머니는 안방의 벽을 가리켰다. 거기엔 가족사진들과 함께 상장들이 죽 걸려 있는데 그건 형과 나 그리고 동생들의 졸업장을 비롯 개근상 등등이었다. 나는 엉뚱한 어머니의 위세에 피식 웃었다.

"어머님, 오늘 기분도 그러하니 한곡 뽑아 보시유."

누군가 어머니를 부추겼다. 그러자 어머니는 사양하지 않고

"암, 오늘 같은 날 안 뽑으면 언제 한댜. 내 근사하게 할 것이여."

십팔번인 육자배기를 멋들어지게 부르는 것이었다.

어머니의 목소리는 예나 다름없이 낭랑했다. 동네서도 알아주는 목청은 시골의 적요 속으로 널리널리 퍼져나갔다.

이렇게 밤늦도록 흥나게 놀던 친구들이 가고 나는 어지간히 취한 채 자리에 누웠다.

역시 고향의 이부자리는 포근했다. 방안에서 퀴퀴한 흙냄새가 났지만 나의 이부자리는 상큼했다. 또 어머니의 숨결이 어찌나 산뜻한지 그 소리 듣다가 나는 스르륵 잠이 들었다.

얼마큼 잤을까. 나는 심한 갈증과 함께 뭔가 부서지는 소리에 놀라

잠이 깨었다.

"덩그렁!"

그 소리는 부엌에서 나고 있었다. 나는 순간 도둑이라도 들었는가 싶어 긴장을 했다. 이런 시골에까지 도둑이 득세하다니 과연 어쩔 수 없는 막된 세상이야 툴툴거리며 신경을 곤두세웠다.

"쨍그렁!"

잠시 후 그릇이 깨지는 소리가 났다. 나는 더 이상 두고 볼 일 아니다 싶어 살그머니 일어나 부엌으로 향한 쪽문을 열었다.

문을 연 나는 부엌을 훑어보았다. 그러나 이상하게도 부엌엔 아무도 없었다.

'술김에 잘못들은 건가?'

나는 고개를 갸우뚱하며 다시 자리로 돌아오려는데

"쨍그렁!"

하는 소리가 났다. 그리고 그 소리와 함께 조그만 것이 선반 위에서 웅크리고 있는 걸 보았다.

'아니 저건…'

그건 고양이었다. 어둠 속에 번뜩이는 눈, 발갛게 불빛을 내뿜으며 나를 노려보는 고양이. 그건 분명 도둑고양이임에 틀림없었다.

"가!"

나는 섬뜩해져 몸을 움츠리며 소리를 질렀다. 가장 두렵고 몸서리쳐지는 고양이가 집에 있다니 머리끝이 쭈뼛해졌다.

"쌍놈의 새끼. 당장 꺼져!"

나는 또다시 버럭 소리를 질렀다. 그러나 고양이는 자리에서 떠날 생각 않고 여전히 나를 쏘아보고 있었다.

"아니 뭘 가지고 그러냐?"

나의 고함에 깬 어머니가 일어나며 물었다.

"도둑고양이가…."

나는 씨근덕거리며 고양이를 가리켰다. 그러자 어머니는 아무 일도 아닌 듯 다시 자리에 누우며 말했다.

"그냥 둬라."

"예? 저 도둑고양일…."

"그게 도둑고양이가 아녀."

"어머니, 저게 왜 도둑고양이 아녜요? 온통 난장판을 만드는데."

나는 어머니의 태연한 태도에 따지듯 물었다.

"도둑고양이라도 우리에겐 좋은 일 한다구, 쥐 잡아 주닝께 얼매나 착하냐. 그래서 내가 집에서 키운단 말이여."

"집에서요?"

"어쩌다 그릇 한 두개 깨지만 다 제 값한단 말이여."

얼마 전부터 어머니는 도둑고양이를 집고양이처럼 키우고 있다는 것이었다. 가끔 선반 위의 생선을 없애는 때도 있지만 묵인한다는 것이다.

"그러니 신경 쓸 것 없다. 어서 잠이나 자거라."

어머니는 이렇게 말하곤 이내 깊은 잠에 떨어졌다. 나는 할 수 없이 자리로 돌아와 누웠다.

그러나 도둑고양이의 덜그럭거리는 소리로 나는 영 잠을 잘 수가 없었다. 더구나 아이와 흡사한 울음소리엔 미칠 지경이었다. 가슴을 째어내는 듯한 소리. 그 소리에 나는 귀를 막고 이불을 뒤집어쓰기까지 했다.

그러다 나는 문득 떠오르는 일에 또 한 번 소스라쳤다. 가슴이 두근거리고 얼굴이 활활 달아오르는 것이었다. 그건 회사에서 들었던 '도둑고양이 같은 놈.'

바로 그 말이 이제 다시금 나의 귀에 쟁쟁하게 들려오는 것이었다.

쥐구멍이라도 있다면 당장 파고 들어갈 소리. 나의 성장과정에서 가장 괴롭혔던 말. 가슴 후들거리며 모멸차고 주눅 드는 그 말이 지금 저 부엌의 도둑고양이와 함께 머리에 생생하게 증폭돼 들리는 것이었다.

사실 나는 어렸을 때부터 도둑고양이였다.

그러니까 6·25동란 때였다.

일곱 살 먹은 1학년 되던 해였다. 군청에서 일하던 아버지가 전쟁이 발발하자 피신하고, 읍내서 살던 우리 식구는 설치는 빨갱이의 눈을 피해 야밤을 틈타 어머니의 언니뻘 된다는 먼 친척이 살고 있는 면소재지의 시장으로 피난을 갔다.

우리가 머문 그 집은 제법 큰 잡화상을 했는데 우리뿐만 아니라 서울서 내려온 친척들, 그래서 서너 가구가 한 집에 모여 번잡스럽게 생활을 하고 있었다.

나는 그곳에서 형뻘 되는 친척들과 전쟁의 쓰라림을 모르고 지냈다. 아니 우리 아이들은 전쟁이 뭔지 몰랐다. 한여름 집에서 멀리 떨어지지 않은 냇가로 가 미역 감기에 열중했다. 참외밭으로 숨어들어 배 채우기에 신나 했다. 또 가을이 돼 수수밭에서 고추잠자리 잡기에 혼을 빼기 일쑤였고 뒷산에 올라 즐비하게 널려진 밤알 줍기에 시간 가는 줄 몰라 했다.

그러나 겨울이 되자 우리는 전쟁의 아픔을 어렴풋이 알게 됐다. 특히 전쟁이 배고픔이란 걸 깨닫게 됐다.

전쟁 발발 후 이듬해 1월이었다.

우리는 까슬까슬한 꽁보리밥을 겨우 넘기고 오들오들 떨면서 가게에서 엿이며 과자를 사가는 아이들의 뒷모습을 멍하니 바라봐야만 했다.

친척집 어른들은 어찌나 매몰스러운지 우리에게 그 엿 한가래 안겨 줄 생각을 안 했다. 물론 아이들이 많아서도 그랬겠지만 엿이나 과자 부스러기 팔아 많은 식구 먹여 살리자니 어쩔 수 없었을 것이다. 하지만 나나 우리들 꼬마들은 저 엿 한번 실컷 먹어 보는 게 바람이고 꿈이었다.

그러던 어느 날 밤이었다. 새벽녘이었다. 화장실을 다녀오던 나는 무심코 가게 진열장 옆을 지나다가 주춤했다. 거기엔 엿이니, 과자, 눈깔사탕이 수북이 쌓여 있기 때문이었다. 나의 입 안에선 금세 군침이 돌고 한 알만이라도 슬쩍 입에 넣고 싶은 충동이 일어났다.

그러나 나는 꾹 참았다. 도둑질한다는 게 두려웠던 것이다. 억지로 아쉬운 마음 달래며 방으로 들어와 누웠다. 그러나 잠이 오지 않았다. 자꾸만 진열장에 널려져 있는 물건들이 떠올랐다.

결국 나는 다시 부스스 일어났다. 왠지 그걸 한 번만이라도 더 구경해야 잠이 올 것 같아서였다. 아니 좀 전에 소변을 봤는데도 아랫도리가 뿌듯해지는 게 금방 오줌을 쌀 것 같은 기분이 들어서였다.

나오지 않는 소변을 보느라 낑낑대던 나는 다시 그 진열장 앞에 와서 잠시 넋을 놓고 물건들을 찬찬히 음미했다. 그리고 아쉽게 돌아서 방으로 가려다 멈칫 했다. 진열장 구석에 뭔가 웅크린 것을 발견했기 때문이었다.

나는 까무러칠 듯 놀라 방으로 막 뛰어 들어가려고 했다. 그러나

"정수야."

하는 작은 목소리에 주춤했다.

"이리와 임마."

나는 어디선가 들은 듯한 목소리여서 두근거리는 가슴으로 구석으로 갔다. 거기엔 뜻밖에도 6학년생인 친척집 형이 쭈그리고 있었다.

"아니… 성!"

"새끼야 쉿."

그는 잠자코 있으란 시늉을 했다.

"뭘 해?"

"떠들지 말고 빨리 와."

"왜?"

"오라믄 와 새끼야."

그는 험상궂게 나를 노려보았다. 그리고 나의 손을 우왁스럽게 낚아챘다. 나는 그의 품안으로 와락 엎어졌다.

"임마, 아무 말 마."

"뭘…."

"새끼 다 알믄서…."

그는 나에게 속삭였다. 그리고 나의 손에 뭔가를 쥐어 주었다.

“먹어.”

“뭔데.”

“엿이야.”

“엿?”

나의 귀가 번쩍 뜨였다. 엿이란데 놀랍기도 했지만 그보다도 그가 그걸 훔쳤다는데 기겁을 한 것이다. 나는 두려움 때문에 손에 쥐었던 엿을 얼른 그에게 건넸다.

“싫어. 안 먹어.”

“새끼 겁도 많네.”

그는 툴툴거리더니 나의 손에 든 엿을 강제로 내 입속에 넣어 주었다. 그리고 히죽 웃어 보였다.

나는 그의 웃음에 소름이 끼쳤다. 그러나 나는 이내 입속에서 녹아나는 단물에 사르르 눈을 감았다.

“너 누구한티 말하지 마. 얘기하면 죽일텨.”

“……”

나는 고개를 끄덕였다.

그 뒤로 나는 종종 그로부터 얻어먹으면서 그의 행동을 모른 척해 주었다. 그러나 나는 그때마다 불안했다. 사탕을 얻어먹을 때, 달디단 것이 입안에서 녹아날 땐 두려움이 없지만, 그 단맛이 가신 뒤엔 괜히 무섭기만 했다.

또 밤이 되면 더욱 그랬다. 그가 도둑질하기 위해 살그머니 밖으로 나간 뒤 돌아올 때까지 나는 조마조마한 마음으로 기다리고 있었다. 행여나 들통나서 나까지 도둑으로 몰리면 어떡하나 하는 걱정 때문에 편하게 잘 수가 없었던 것이다.

그렇다고 그에게 그 짓을 하지 말라는 말을 못했다. 그가 슬쩍 건네주는 사탕이나 엿을 거절하지도 못했다. 그것들은 너무도 달고 맛이 있었기 때문이었다.

이렇게 달콤하고 초조하게 얼마 지난 어느 날이었다.

온 식구들이 저녁을 먹은 뒤, 친척 아주머니가 밖으로 놀러 나가려는 우리들을 붙잡았다. 다른 어른들도 모두 방으로 모여들었다.

"너희들한티 할 애기가 있다!"

꼬마들을 모아놓은 친척 아주머니는 제법 살기등등했다.

"요즘 저기 사탕들이 없어지는디. 누가 훔쳤지? 얼른 나오면 용서할테구, 그렇지 않으면 매 맞는다."

아주머니는 대짜로 엄포를 놓았다.

그 말을 들은 나는 순간 얼굴이 화끈 달아올랐다. 나는 얼른 아주머니의 아들을 보았다. 그의 얼굴도 새하얘진 듯했다. 나는 어서 그가 도둑질한 사실을 말했으면 했다. 그런데 뜻밖에도 그는

"엄마. 난 안 그랬어유."

큰소리로 단호하게 말했다. 그러자 고개를 숙이고 있던 다른 애들도 이구동성으로

"아줌마. 나두 안 그랬어유."

하고 나섰다.

"그럼 누가 그랬냐. 도둑고양이가 그랬단 말이여?"

아주머니는 목소리를 높였다. 나는 그녀의 목소리에 점점 움츠러들었다.

"아무도 안 훔쳤다면 니들 호주머니 검사할테다."

이렇게 말한 아주머니는 앞에 있는 애들부터 호주머니를 뒤지기 시작했다. 순간 나는 사색이 되었다. 내 호주머니엔 간밤에 그에게서 얻은 사탕 반쪽이 들어 있었기 때문이었다. 한 번에 먹어치우기엔 너무도 아까와 남겨놓은 사탕이었던 것이다.

"요놈의 새끼."

나의 호주머니에서 사탕 반쪽이 나오자 아주머니보다 어머니가 달려들어 나의 목덜미를 움켜잡았다.

"난 안 그랬어."

나는 어머니에게 빌며 바둥거렸다. 그리고 아주머니의 아들 짓이라고 말하려고 했다. 그러나 이를 악문 채 무섭게 노려보는 그의 얼굴을 본 나는 입을 다물었다.

"어이쿠… 요놈의 새끼 죽어라. 죽어."

어머니는 나를 방바닥으로 팽개치더니 사정없이 두둘겨대기 시작했다. 나는 어머니의 모진 매를 맞으며 억울하다고 중얼거렸다.

"아이구. 요놈의 전쟁이 웬수여. 내 새끼 도둑놈 만들구. 이놈의 새끼 너 죽구 나 죽자…"

한참을 매질하던 어머니가 드디어 방바닥으로 나뒹굴며 섧게 울어제쳤다.

그 뒤로 나는 도둑놈이 되고 말았다. 도둑고양이란 별명이 붙은 채 아이들의 경멸 속에서 또 어른들의 경계 속에서 나날을 보내야했다.

나는 이런 생활이 지겨웠다. 속히 전쟁이 끝나고 지옥 같은 곳에서 하루빨리 벗어나 집으로 돌아가고 싶었다.

그러나 수복이 되어 집으로 돌아와 학교에 다시 나갔을 때 나는 또 그 악몽 같은 일을 겪어야 했다.

그건 그해 봄이었다. 2학년으로 진급하면서 피난으로 헤어졌던 학생들이 다시 모였다.

학교는 역시 좋았다. 몇 개월만에 만난 학우들의 얼굴이 하나같이 정다웠다. 선생들의 얼굴은 비록 초췌했지만 언제나 함박웃음이 피어올랐다.

나는 학교생활이 즐거웠다 미국에서 보낸 구호물자 중 좀 크기는 하지만 점퍼를 입은 기분은 이루 형언할 수가 없었다. 한복 바지저고리만 입던 나는 그냥 신이 났다. 또 그중에 장난감, 특히 예쁜 꽃무늬 담긴 유리구슬이 호주머니에서 찰랑댈 땐 그저 흐뭇하기만 했다.

나는 구슬치기에 열 올려 하루에도 수십 개를 따 집에 모아 놓곤 했다. 그리고 놀러온 아이들에게 괜히 으쓱거리며 자랑을 하곤 했다.

그런 어느 날이었다. 마지막 시간이 끝나고 막 선생과 인사를 나누려는 때였다.

"선생님, 내 구슬이 없어졌어유."

여학생 하나가 울상이 되어 말했다.

"뭐?"

선생이 귀찮은 듯 물었다.

"어제 받은 큰 구슬이 좀 전까지 있었는디…."

"음…."

선생은 학생들을 죽 훑어보며 신음을 했다. 그러다 이윽고

"오늘 늦었지만 구슬 가져간 도둑 잡아내고 말테다."

구슬을 훔친 사람이 지금 당장 나오면 용서해 주겠다고 했다. 또 얼마 전 선생의 펜이 없어졌는데 그것도 너희들 짓이 틀림없다며 이참에 도둑을 잡아내고 말겠다며 벼르는 것이었다.

나는 선생의 말에 공연히 얼굴이 화끈해졌다. 지금까지 결코 생각하지 않기로 했던 피난 때의 일, 아니 잊어버린 지 오래라고 믿었던 그때의 사탕사건이 퍼뜩 떠올라서였다.

"너희들 얼굴 보면 다 알아. 어서 나오란 말이야."

선생은 회초리를 탁탁 튕기며 악을 썼다. 나는 그때마다 책상 밑으로 고개를 푹 숙인 채 움찔거렸다. 마치 나를 지목하는 듯한 선생의 말에 기가 죽는 것이었다.

"지독한 놈들이군. 한 줄씩 나와."

아무도 나오지 않자 선생은 호주머니 검사를 했다. 나는 그 모습에 차라리 내가 그랬다고 나서버릴까 하는 충동이 일어났다. 그때의 고통 아니 공포가 나를 못 견디게 하는 것이었다. 어서 이 괴로운 자리를 면하고 싶었다.

"고걸 어디다 감춘 모양인데 누가 본 사람이 있으면 말해봐. 그렇지 않으면 너희들 오늘 집에 못가."

전 학생의 호주머니와 책보를 검사하여 끝장을 볼 셈인 모양이었다. 선생의 엄포에 아이들은 모두가 질겁을 했다. 집에 못 가다니 큰일이었다.

그때였다.

"선생님. 정수네 집엔…. 구슬이 잔뜩…."

누군가가 더듬더듬 가늘게 말했다. 작은 이 말은 조용한 터여선지 내 귀엔 크게 교실 안을 울렸다. 모두가 나를 보았다. 어서 말하란 눈길이었다. 나는 뜻밖의 상황에 아찔했다. 눈앞이 캄캄해졌다.

"쟨⋯. 피난 때두⋯."

이 소리 역시 작았지만 천둥처럼 들렸다.

"도둑고양이래⋯."

나는 여기서 그만 기절을 했다.

내가 정신을 차렸을 땐 선생뿐이었다.

"안 그랬어유."

나는 선생에게 눈물을 흘리며 말했다. 결코 사탕도 구슬도 훔치지 않은, 도둑고양이가 아니라고 호소하는 것이었다.

"알아."

선생은 더 이상 말하지 않았다. 나는 나도 모르게 선생의 품에 안기며 마구 흐느꼈다.

한데 이 사건 뒤 도둑고양이란 별명이 학급내서 공공연히 돌았다. 아니 학급뿐만 아니라 옆 학급 드디어 전 학년에 나돌았다. 나는 그만 죽고 싶은 심정이었다. 아이들 입에서 도둑고양이 소리만 나오면 주눅이 들었다.

그렇게 나를 옥죄던 그 별명은 학교를 졸업해서야 나의 몸에서 겨우 사라지고 말았다.

그런데 듣기만 해도 끔찍스런 도둑고양이를 어머니가 집에서 키우고 있다니 기절할 일이었다.

더구나 어제 회사에서 있었던 일로 훌쩍 집으로 온 내 앞에 도둑고양이가 피난 때의 친척 아주머니 아들처럼 웅크리고 있다니 경악을 할 일이었다.

그 일은 실로 나로선 억울하기 짝이 없는 것이었다.

몇 달 전, 출판사의 발송 책임자인 나에게 갓 취임한 담당 부장이 함께 퇴근하자고 했다. 우린 근처 술집으로 갔다.

"어떤가 요즘 발송일 많아 고되지?"

"뭐 별로. 늘 하는 일인데요."

"그래두. 한씨. 너무 고생하는 것 같아. 쉬엄쉬엄 해두 되는데."

사장의 조카가 되는 부장은 연신 술을 권했다.

"아이들 몇인가."

"하납니다. 이제 초등학교에 들어갔죠."

"결혼이 늦었는가봐."

"예. 이런저런 일하다보니…."

"부인 사랑하시오."

부장은 꽤나 자상하게 굴었다. 나는 집안일까지 신경 써주는 이 새 부장이 몹시 고마웠다. 더욱이 사장의 조카가 관심을 보이는데 감지덕지할 일이었다.

"잘 좀 부탁드립니다."

"아니 부탁은…. 되려 내가 할 말이군."

그는 좀은 으스대며 껄껄 웃었다.

그 뒤로 나는 자주 부장과 어울렸다. 그때마다 부장은 술값을 자신이 치르곤 어떤 때는 집에 가져가라며 케이크도 들려주곤 했다. 케이크를 받은 아내는 아이처럼 펄쩍 뛰었다.

"세상에…. 그런 분 어디 있어요. 고마울데…."

“사장님 조카야.”

“오매나. 그럼 그 지긋지긋한 발송에서 벗어나구려.”

그만한 배경이 있는 부장이면 잘 보여 출세 좀 하란 것이었다.

나는 아내의 말에 픽 웃었지만 사실 그 말이 틀린 건 아니라고 생각했다. 출판사 발송부에 겨우 취직돼 이제 책임자까지 됐지만 그게 사람으로 할 일인가. 매일 책이나 꾸리고 서점으로 지방으로 숨차게 뛰는 일이 정말 지겨웠다. 개집만한 집 한 채 장만 못 한 채 이리저리 셋집으로 떠돌아다니는 꼴이 과연 제대로 사는 것일까. 누구 하나 거들떠보지 않는 말단 중의 말단 뭐가 신날 것인가.

나는 좋은 상사 만나 좋은 일 겪기를 은근히 기대했다. 그래 나는 부장에게 그 누구보다도 충실했다.

그렇게 얼마 지나서였다. 그날은 일요일이었다. 마침 일직이어서 혼자 사무실을 지키고 있는데 부장이 불쑥 나타났다.

“아니 부장님. 웬일이세요.”

“지나가다 들렀지.”

부장은 별일 없는 듯 사무실에서 서성거렸다. 그러다가

“이봐. 한씨. 열쇠 좀 주구려.”

“예? 무슨…”

“창고…. 아들이 꼭 봐야 한다는 책이 있는데…. 사기는 뭣하고…. 보고 돌려주지….”

“예. 그러세요.”

나는 책 한질쯤이야 어떠랴 싶었다. 책을 본 뒤 돌려 준다는데 마다 할 일이 아니었다. 더구나 직원들 몇몇이 종종 빌려갔다가 돌려주곤 했기 때문에 오히려 당연한 일이기도 했다.

그 뒤 부장은 가끔 책을 빌려갔다. 그리고 몇 번은 돌려주곤 했지만 그 뒤론 아예 돌려 줄 생각을 안했다.

하지만 나는 별로 관심을 두지 않았다. 또 장부에 기재할 일도 안 돼 어림수로만 기억할 뿐이었다.

그런 어제였다. 사장이 급히 부른다는 전갈을 받고 사장실로 갔다. 거기엔 부장이 앉아 있었다. 나는 순간 드디어 올 것이 왔구나, 이제 나도 저 부장의 덕으로 발송에서 벗어나 새로운 자리로 옮기겠구나 했다. 가슴이 떨려왔다. 한데

"이봐! 한씨. 창고 잘 지키고 있지?"

꽤 신경질적으로 물었다. 나는 느닷없는 사장의 말뜻을 잘몰라

"예?"

되물었다.

"글세, 우리 책이 덤핑시장에 나돌고 있단 말이야. 한질이면 얼만 줄 알아? 수십만원씩 한단 말이야. 이거 어떻게 된 일이야."

"……."

나는 의외의 힐책에 대답을 못했다. 책이 나돌다니. 그렇담 공장 쪽에서 흘러 나왔겠지. 아니면 우리 창고에서? 아니야 우리 창고만 큼은 택도 안되는 소리다. 내가 얼마나 완벽하게 관리했는데.

"공장에 알아보니 그런 사실 없는 게 밝혀졌어."

사장은 나를 노려보며 네놈 짓이 아니냔 추궁이었다. 그리고 사장이 부장에게

"자네. 좀 철저하게 알아봐. 누구 짓인가. 밝혀내!"

말했다. 그러자 부장은

"예. 걱정 마세요. 제가 맡은 지 얼마 안 돼서… 철저히….."

굽신거리며 대답했다.

그때 나는 이 일이 부장의 짓임을 깨달았다. 나는 갑자기 현기증이 났다. 책을 빌려 가겠다고 창고열쇠를 줄 때마다 그의 심부름으로 회사를 떠난 적이 있었기 때문이었다. 그 틈을 이용해 책을 빼돌렸을 게 분명했다. 손이 부르르 떨렸다. 나는 사실을 사장에게 말하려 했다.

그러나 아무 말을 할 수가 없었다. 현장을 목격한 적이 없어서였다. 확실하지도 않은 일을 사장이 믿을 턱도 없었다. 또 그는 사장의 조카였다.

"나가봐."

나는 사장의 쌀쌀한 목소리에 어물어물 사장실을 나왔다. 그리고 문을 닫고 돌아서던 나는 안에서 들리는 부장의 목소리에 전율을 했다.

"도둑고양…."

그 뒤의 말은 더 이상 듣지 않아도 알만했다. 분명 나를 도둑고양이로 몰아쳤을 것이다. 나는 후들후들 떨리는 다리를 겨우겨우 층층대 난간에 지탱해가며 사무실로 돌아왔다.

잠시 뒤 부장은 아무렇지도 않은 표정으로 돌아왔다.

"한씨. 괜찮아 내가 다 알아서 수습할 테니. 아무 걱정 말라구."

그리고 나의 등을 두들겨 주었다. 그러면서 혼잣말처럼

"어느 놈이 못된 짓을 했지. 죽일 놈. 내가 꼭 밝히고 말게야. 에이

도둑고양이 같은 놈….”

혀를 끌끌 찼다. 그리고 나를 보며 그때의 아주머니 아들처럼 이를 악물었다.

집으로 온 나는 머릿속에서 맴도는 부장의 도둑고양이 운운하던 목소리에 잠을 이루지 못했다.

아침이 됐다. 밤샘을 하고 출근하던 나는 버스 터미널로 갔다. 갑자기 어머니가 보고 싶었던 것이다.

도둑고양이의 덜그럭거리는 소리로 한숨도 못잔 나는 먼동이 터올 무렵에서야 잠깐 눈을 붙였다.

그리고 내가 잠에서 깼을 땐 식구들이 아침 일 나갔는지 집안이 조용했다.

순간 나는 도둑고양이와 함께 있다는 생각이 들자 아무도 없는 집안이 두려웠다.

나는 살그머니 일어나 밖으로 나오려다

“야옹.”

부엌에서 들리는 도둑고양이의 울음소리에 주춤했다.

‘저 응큼한 놈이…’

나는 주먹을 부르쥐었다. 나의 생활 속에 짓궂게 따라다니는 도둑고양이. 나의 분신처럼 순간 순간마다 따라 붙는 도둑고양이. 그때의 아들과, 학생들 그리고 부장과 다를 바 없는 도둑고양이에 새삼 분노를 느꼈다. 아니 저주를 했다.

나는 부엌으로 갔다.

“야옹.”

　도둑고양이는 구석에서 나를 노려보며 울었다. 나는 그 모습에 놀라 주춤주춤 뒷걸음질했다. 그러나 눈에 띄는 대로 부지깽이를 잡아 들었다. 그러자 도둑고양이는 하얀 이빨을 드러내 보이며 앞발을 높이 들고 달겨들 기세를 보였다.

　그러나 도둑고양이는 내가 세차게 내려치는 부지깽이에 맞아 발간 눈을 흡뜨고 그 자리에 풀썩 가라앉았다.

　"아니…. 니가 미쳤구나. 그 불쌍한 걸 왜 쳐죽인다."

　어느새 달려왔는지 어머니가 부지깽이를 뺏어 팽개치며 울음을 터뜨렸다. 어머니는 마치 피난 때 나를 실컷 두드리고 방바닥을 뒹굴던 그대로였다. 나는 그 모습이 보기 싫어 밖으로 뛰어 나오려다 걸음을 멈추었다.

　"야옹."

　죽은 도둑고양이를 어머니가 들었을 때 그 자리엔 언제 낳았는지 새끼 고양이들이 가녀리게 울어댔기 때문이었다.

늪 속의 얼굴들

하필이면 이런 때 전화라니 나는 분별없는 아내가 못마땅했다. 남편이 집을 나온 지 불과 한 시간도 채 안됐는데 그동안 무슨 큰 일이 일어났다고 책상머리에 앉기도 전에 득달같이 전화질인지 몰상식한 그녀가 한심했다.

더구나 회사에서 어떤 일이 벌어지는 줄도 모르면서 당장 해결나지도 않을 일을 가지고 안달을 부리는 아내의 극성에 그만 기가 차기도 했다.

지금 제 남편이 신상문제로 온통 신경이 곤두서고 뒤숭숭한 판인데 뚱딴지같은 짓에 울화가 치미는 것이었다.

세상 돌아가는 일 손금 보듯 한다며 늘 자신만만해 하는 아내가 어찌 가장 가까운 남편 일엔 깜깜할까 한숨이 절로 나왔다.

하기야 내가 아내에게 회사 돌아가는 일을 한 번도 입 벙긋한 적 없어 저토록 한밤중인 걸 탓할 수 없는 노릇이긴 했다.

하지만 부부 일심동체라고 한 이불 속에서 살 비벼대며 십 수 년 살았다면 무슨 낌새라도 재빨리 알아채야 할 텐데 그저 이일 저일에 참견 미주알고주알 따져 댈 줄만 알았지 남들처럼 내조는커녕 쪽박 마저 깨려드는 그 심사를 영 알다가도 모를 일이었다.

아침의 일만 해도 그랬다. 아무리 그게 엄청난 일일지라도 남편에게 그렇게까지 해댈 것이 아니었다.

"여보 큰일 났어요."

아침상을 받는 나에게 아내는 사색이 되어 말했다.

"무슨…"

나는 아내의 죽을상에 벌컥 가슴이 내려 앉아 잔뜩 긴장이 돼 물었다. 아내나 아이들에게 큰 변이라도 생긴 게 아닌가 싶어서였다.

"글쎄 정수가…"

"왜 처남이 큰 병이라도 걸린 거야?"

하나뿐인 처남 이름이 나오자 나는 다소 안심이 돼 농담 반 느긋이 나왔다.

"이이는 개가 꼭 몹쓸 병이라도 걸리길 바라는 것처럼 말하네…"

아내는 내 말투가 심히 마땅치 않은지 눈을 흘겨댔다.

"그렇담 뭐요. 내일 모래면 결혼할 처남에게 큰일이라니."

"개가 미쳤지."

"미치다니."

나는 도무지 아내의 의중을 알 수가 없었다. 아내가 무슨 일을 가지고 저렇게 긴장해 있는지 영 감이 잡히지 않는 것이었다.

"미선이 있죠. 그 애가 첩 딸이래요."

"엉?"

나는 아내의 입에서 나온 첩이란 말에 순간 섬뜩해 입을 딱 벌렸다.

"놀랐죠? 당신도."

"으음."

나는 가늘게 신음을 했다.

"그런 앨 우리 집안에 들이다니. 그게 될 법한 일이예요?"

아내는 길길이 뛰었다.

"그놈이 미쳤지. 어머니가 첩 때문에 눈물로 세월을 보내다 돌아가신 걸 뻔히 보았으면서도…. 불효막심한 놈이야."

나는 아내의 푸념을 들으며 그녀가 펄쩍 뛸 만도 하다고 생각했다. 장인의 외도로 어릴 때부터 어머니와 고통 속에 지낸 아내의 처지, 그래서 첩에겐 한이 맺혀 아내가 능히 그럴 수 있다고 이해하는 것이었다.

"첩이라면 소름이 끼친다고 이를 악물던 녀석이 계집에 빠져 돌아가신 어머니의 가슴에 못 박고…."

아내는 분에 못 이겨선지 끝내 훌쩍거렸다. 그러다 어정쩡해 있는 나에게

"당신은 왜 꿀 먹은 벙어리예요. 당신도 나서서 해결해야 될 거 아네요."

하고 나를 쏘아보는 것이었다. 아니 나에게 응원을 청하는 간절한 눈길이었다. 그러나 나는 아내의 그런 눈길에 오히려 움찔했다. 가슴이 답답해지고 얼굴이 화끈 달아올랐다.

'내가…. 어떻게….'

정말 내가 이 일에 적극 나설 수 있을까. 나야말로 아내가 꿈에도 모르는 첩의 자식인데 어찌 그녀에게 할 말이 있겠는가. 나는 곤혹스

럽게 아내를 바라보기만 했다.

"이이가 어쩜 이렇게 태평할까. 오라 당신도 남자라고 한통속이구려. 아이고 남자들이란 믿을 수 없는 동물들이야."

아내는 가슴을 치며 통탄해했다. 그러다

"당신도 첩 자식인가요. 걜 두둔하려드니."

하며 날 몰아붙였다. 나는 아내의 말에 다시 한 번 찔끔했다. 그리고 순간 결코 기억하기조차도 싫은 쓰라리고 어두운 옛날, 첩으로 자살까지 한 가녀린 어머니의 모습이 떠올랐다.

내가 초등학교에 막 들어가던 해 겨울이었다. 그날따라 유난히도 많은 눈이 펑펑 쏟아지고 있었다. 눈은 안 뜨락 장독대에도, 울타리 친 측백나무에도 하염없이 내리고 있었다.

나는 방안에 앉아 문틈으로 소복소복 쌓이는 눈을 바라보며 마을간다고 아침 일찍 나간 어머니를 기다리고 있었다. 점심때가 훨씬 지났는데도 오지 않는 어머니. 쌓인 눈으로 집엘 못 오는가 펄펄 날리는 눈 사이로 홀연히 나타나길 고대하고 있었다.

그때였다. 밖에서 웅성거리는 소리가 나더니 뜻밖에도 아버지가 하얀 눈을 뒤집어쓰고 들어왔다.

나는 깜짝 놀랐다. 아버지가 이런 대낮에 집에 오는 걸 처음 봤기 때문이었다. 아버지는 늘 저녁 무렵에 왔다가 아침상을 물리곤 곧바로 나가곤 했다. 그래 하루는 하도 궁금해 어머니에게 물었다.

"아버진 왜 밤에만 오나요?"

나의 질문에 어머니는 당황하는 듯하더니 한참동안 나를 빤히 쳐다보다가

"일이 바빠서 그런단다."

말하곤 나를 꼭 끌어안고 불쌍한 것하며 가늘게 흐느끼는 것이었다. 나는 그런 어머니가 괜히 가여워 나도 모르게 덩달아 울었다. 그러자 어머니는

"요놈의 새끼, 맨날 눈물이나 질질 짜. 사내 자식이….”

느닷없이 화를 냈다. 나는 어머니가 무서워 품에서 벗어나려 바둥거렸다. 말끔하게 단장을 하고 빗질 곱게 해 그냥 선녀 같고 이웃집 소꿉친구 계집애처럼 예쁜 어머니가 눈꼬리 치뜨고 이를 악물 줄은 전혀 상상도 못했던 일이었다.

"아무 때나 질질대려면 나가 죽든지 해.”

어머니의 모진 호통에 나는 주눅이 들었다. 그러면서 예쁜 어머니가 왜 화를 내고, 종종 나 몰래 눈물을 흘리는지 몰라 했다.

사실 어머니는 그때쯤 자주 눈물을 흘렸다. 가끔 오는 아버지와 뭔가 다투기도 하고 그런 다음이면 으레 뒤뜰에서 쪼그리고 앉아 흐느끼곤 했다. 그런 모습을 몰래 훔쳐본 나는 어머니가 한없이 불쌍했고 아버지가 미웠다. 훌쩍 왔다가 훌쩍 가면서 어머니를 울리는 아버지가 야속했다.

이런 아버지가 눈을 하얗게 뒤집어쓰고 대낮에 온 것이다. 나는 방문을 열고 밖으로 나와 의아한 눈으로 아버지를 바라보았다. 그러자 아버지는 나를 와락 끌어안았다.

"불쌍한 놈.”

아버지는 나의 볼에 얼굴을 비벼대며 비장하게 중얼거렸다. 나는 아버지의 말뜻이야 어떻든 그저 뜻밖의 아버지의 출현에 마냥 가슴

이 뛰기만 했다. 그리고 아버지의 깔깔한 수염 때문에 그 품에서 벗어나려고 몸부림쳤다.

"가련한 새끼…. 흐윽."

내가 바둥댈수록 아버지는 더욱 세차게 날 끌어안더니 결국 가늘게 울음을 터뜨렸다.

나는 이런 아버지의 행동이 두려웠다. 어머니가 가끔 그랬듯이 이러다가 나를 패대기칠지 모르고 어머니처럼

"요놈의 새끼가 원수여."

고함을 치면 어쩌나 해서였다.

아버지가 나를 안고 울고 있을 때 뒤따라오던 동네 어른 중 한사람이

"이 사람 그만 고정하게."

하고 말했다. 그제야 아버지는 나를 풀어줬다. 그리고 나를 한 젊은 남자에게 넘겨주면서

"형태야. 이 아저씨 따라가라."

말했다. 나는 퍼뜩 아침 일찍 마을가 아직도 집에 오지 않는 어머니의 얼굴이 떠올랐다.

"싫어."

나는 단호히 말했다. 그러나 어느새 젊은 남자는 나의 손을 잡고 밖으로 끌고 나갔다.

"엄마."

나는 울부짖었다. 그리고 사람들이 모여 있는 곳을 보다가 움찔했다. 거긴 하얀 눈이 덮인 가마때기 밑에서 삐져나온 치맛자락이 있었

는데 분명 어머니의 옷이었다.

"엄마."

나는 나를 잡고 있는 젊은 남자의 손을 뿌리치고 와락 어머니에게로 달려가 가마니를 들쳤다. 그러다

"아악."

소스라쳤다. 까만 머리를 곱게 빗은 어머니는 두 눈을 홉뜨고 나를 바라보고 있었다.

어머니의 소름끼친 죽음은 나를 새로운 환경 속에 얽매어 놓았다. 내가 어머니의 죽음이 자살이란 걸 알게 된 것은 훨씬 뒤였지만, 그때 나는 어머니가 왜 하얀 눈을 쓰고 그렇게 눈을 홉떴는지 모르고 있었다. 아니 모르기보다는 아예 생각할 겨를이 없었다.

나는 그날로 정다웠던 집, 냉이를 함께 캐던 이웃집 계집애가 있고, 미루나무가지 꺾어 호드기를 불어대던 논둑 있고, 작은 개울에서 발가벗은 채 피라미를 잡고, 새큼한 수염풀을 뜯어 먹던 그곳을 떠나지 않겠다고 발버둥 치다가 아버지의 호령에 겁을 먹고는 젊은 남자의 손에 잡혀 어머니가 곱게 손질해 놓은 장롱 속의 옷도 버려둔 채 떠났다.

나의 손을 잡은 젊은 남자는 내 심사 개의치 않고 그저 어딘지 모르게 걷기만 했다.

어느새 펄펄 날리던 눈이 멈추고 살을 에이는 바람이 손끝을 시리게 했다. 귀 끝이 떨어질 듯하고 빰이 얼얼했다. 눈 속의 발이 내 살이 아닌 듯했다. 이제 제발 그만 좀 갔으면 했지만 남자는 산등성이를 넘고 한 마을을 지나도 멈출 생각 없이 내처 걷기만 했다. 나는

이 끝없는 길에서 당장 도망치고 싶었지만 주위는 하얀 눈밭이었다. 그저 새하얀 등성이뿐이었다.

저녁이 이슥할 때 내가 도착한 곳은 흡사 괴물처럼 덩그렇게 큰 집이었다.

"형수님 제가 왔어요."

나를 끌고 간 젊은 남자가 대문을 들어서며 외치자 곧 도깨비불 같이 펄럭이는 촛불을 든 한 아주머니가 나왔다. 어머니보다 훨씬 나이가 들어 보이는 여자였다.

촛불에 나불거리는 여자의 얼굴은 마치 바스락 소리 내 등골을 오싹하게 하는 우리 집 뒷간에 서 있는 상수리나무 잎사귀 같았다. 그 여자는 나의 얼굴에 촛불을 가까이 대고는 한참을 들여다보다

"옷 갈아 입혀."

뒤따라온 나보다 큰 계집애에게 말하곤 횡하니 안으로 들어갔다.

나는 그 계집애를 따라 방으로 들어갔다. 방은 군불을 땠는지 후끈하니 더운 기운이 감돌고 구석엔 우리 집 윗목에도 있는 콩나물시루가 놓여있었다. 그걸 보니 아침 저녁으로 시루에 물을 붓던 어머니의 모습이 문득 떠올랐다.

"이름이 뭐냐."

어머니의 상념에 빠져 멍하니 서 있던 나는 계집애가 묻는 바람에 후딱 제정신이 들었다.

"……."

"애가 귀머거리인가. 네 이름이 뭐야?"

계집애는 앙칼지게 물었다. 나를 호기심으로 보는 그 계집애는 생

136

김이 퉁퉁한 게 도무지 볼품이 없었다. 눈이 쪽 째진 것이 심술깨나 있는 모습이었다. 나는 영 마음에 들지 않아 입을 꼭 다물고 있었다.

"넌 이름도 없니?"

계집애는 끈질기게 다그쳤다. 대답을 안 하면 당장 쥐어박을 듯했다. 나는 그 기세에 바짝 얼어 겨우 입을 열었다.

"형⋯태⋯."

"요게 죽만 쳐 먹고 살았나. 크게 말해봐."

계집애는 윽박질렀다. 나는 계집애가 무섭기도 하고 밉살스러워

"형태란 말이야."

볼멘소리로 크게 대답을 했다. 그러자 계집애는

"어머, 쬐그만 게 지랄이야. 시앗붙이라 틀리는구먼."

하고 비죽거렸다.

그리고 계집애는 농 속에서 옷을 꺼내더니 휙 집어던지며

"빨리 갈아입어."

쏘아붙였다. 나는 옷을 갈아입었다. 그러자 계집애는 방문을 열고는 방금 내가 벗어놓은 옷을 홱 밖으로 던져버렸다. 나는 땅바닥으로 널려진 내 옷을 보다가 울컥 울음이 솟구쳤으나 이를 악물고 꾹 참았다.

"애야. 옷 다 갈아 입혔으면 이리로 데려와야지."

어디선가 짜증 섞인 목소리가 들려오자 계집애는 나를 몰아세우듯 등을 밀치며 말끔히 눈이 치워진 마당을 지나 불이 환하게 켜진 방으로 끌고 갔다.

거기엔 아까 대문에서 봤던 아주머니와 나를 데리고 온 젊은 남자,

그리고 내 또래의 사내애가 앉아 있었다. 그들은 들어오는 나를 샅샅이 훑어보았다. 나는 괜히 오금이 저려 우물우물했다.

"네가 형태냐?"

이윽고 여자가 입을 열었다. 그리고 여자는 나의 대답을 들으려고도 않고 그냥 날 뚫어지게 바라보기만 하더니

"쯔쯔…."

혀를 차다가 길게 한숨을 내쉬었다.

나는 낯선 사람들이 왜 나를 불러다 놓고 주눅을 주는지 궁금했다. 아버지는 나를 이렇게 내버려 두고 무얼 하는지 원망이 갔다. 어서 달려와 이들에게서 나를 끌고 갔으면 했다.

"얘가 네 형이다."

나는 아버지 생각을 하다가 여자의 말에 귀가 번쩍했다. 형이라니 이게 무슨 소리인가. 나는 이 희한한 말에 여자 옆에 앉아 있는 아이를 보았다. 가만히 보니 그 애는 꽤나 오종종했다.

"그리고 참 애는 어디 갔지. 영순아."

여자는 밖을 향해 고함을 질렀다. 그러자 잠시 후에 문이 사르르 열리며 여자애가 들어왔다.

나는 그 애를 보다가 소꿉놀이를 하던 이웃집 계집애보다 훨씬 예쁜데 깜짝 놀랐다. 하얀 볼이 꼭 달걀 같았다. 눈은 우리 집 처마에 매달린 고드름처럼 맑았다.

"넌 뭐가 병신처럼 숨어 있냐. 이게 니 동생이다."

여자는 무슨 심사가 뒤틀렸는지 그 애에게 야단을 쳤다. 그 애는 나를 빤히 보다가 고개를 숙였다.

"이분은 네 삼촌…. 그리고 난…. 난 니 새어머니다. 알았지. 자, 얼른 나가 니 방으로 가."

새 어머니라는 여자는 내가 보기 싫은지 갑자기 서둘러댔다. 그 바람에 나는 이 생뚱맞은 일에, 느닷없는 새어머니 출현에 어리벙벙하다 쫓기다시피 계집애에게 이끌려 방을 나왔다. 그러다가 나는

"너 예쁘게 생겼다."

하는 영순이 누나의 작고 맑은 목소리에 싱긋이 웃었다. 그러나 이내

"어이구 저 철딱서니 없는 계집애 좀 봐. 어이구 내 팔자야."

하는 새어머니의 한탄에 나는 웃음을 후딱 그쳤다.

"글쎄 팔자도 기구하지. 정수 놈한테 전활 했더니 막무가내예요. 여보 당신이 당장 전화해 타일러요."

아내는 전화기에 대고 한숨을 푹푹 쉬며 아침에 늘어놨던 푸념을 다시 늘어놓기 시작했다. 나는 수화기를 든 채 멍하니 서 있다가 슬그머니 전화를 끊었다. 그건 아내의 푸념을 듣기에 짜증이 나기도 하지만 무엇보다도 내 발등에 떨어진 불똥이 다급해서였다.

사실 나는 한가롭게 내 과거나 처남의 일에 신경 쓸 겨를이 없는 지경이었다. 나는 곧 결정된다는 계장의 승진에 바짝 긴장이 돼 있는 상태였다.

입사 십년이 지났는데도 아직 말단인 나는 이번엔 꼭 승진하여야 한다 간절히 바라고 있는 참이었다. 그게 내 뜻대로 되는 일은 아니지만 이번만큼은 무슨 수를 쓰더라도 성취시켜야겠다고 결심을 하고 있었다. 이런 결심은 입사 동기들이 이미 모두 계장으로 승진됐고

오직 나만이 남아있는 처지라 결코 헛된 바람이 아니었기 때문이었다.

그래 나는 얼마 전부터 부장에게 적당히 승진운동을 하고 있었다. 저녁때마다 술대접을 했다. 부장은 거나해지면

"김형태씨. 걱정 말아. 자네 말구 누가 계장이 되겠어. 이번엔 틀림없어. 김계장. 하하하…."

그는 아예 날 계장으로 부르며 호기를 부렸다. 나는 이런 부장의 기고만장에 다소 희망을 걸기는 했지만 완전히 믿지는 않았다. 몇 년 전부터 이런 웃음과 호기에 나는 번번이 당하면서 동기들에게 계장 자리를 빼앗겼기 때문이었다.

"왜 떨떠름한 표정이야. 이제 당신만 남았잖아. 그러니 당연 케이스 아냐?"

부장은 자신만만했다. 그러면서도 그는

"글세 새파란 후배 몇 놈이 들썩대지만 내가 있잖아."

하고 한자리 까는 것이었다. 나는 이게 마음에 걸렸다. 하지만 나는 그에게 매달릴 수밖에 없었다. 나는 곤죽이 되도록 취하고 아이들 구실을 붙여 선물도 사 부장 손에 들려 보내곤 했다.

이런 고충을 모르는 아내는 날마다 술타령이라고 강짜를 부리곤 했다. 그러나 나는 아내에게 처지를 말하지 않았다.

그러잖아도 남편 알기를 시덥잖게 보는 아내에게 진급도 되기 전에 섣불리 말을 꺼냈다가 만의 하나라도 그게 글러졌을 경우 아내의 퇴박이 진저리쳐져서였다.

"당신도 어지간하구려. 상사에게 얼마나 못 뵜기에 그 알량스런

계장도 못돼요."

가끔 투정부리는 아내였다.

"선배들이 꽉 밀려 있어서…."

"흥. 선배들 뛰어넘는 재주는 없나."

"아무리 막된 세상이라도 다 질서가 있는 거야. 순리대로 움직이는
게 사회야."

"순리 좋아하시네."

아내는 나의 말에 콧방귀질이었다. 지금 세상이 어떤 판인데 선배
찾고 순리타령이냔 투였다. 모두가 날고 기는 세상인데 까짓 정고만
찾으면 되느냔 얘기였다.

물론 나는 아내의 생각이 결코 틀리지 않다고 믿는 것이었다. 지금
까지의 사회생활로 봐 나의 태도야말로 뒷걸음질의 전형이 틀림없
었다.

입사 동기였던 윤수철과 견주어 봐도 나는 분명 낙오자였다. 입사
때 가장 나쁜 점수였던 윤수철은 누가 보더라도 측은할 정도로 동료
나 상사로부터 따돌림을 받았다. 하는 일마다 실수요 엉터리였다.

"당신 같은 사람이 대학을 나오는 세상이 한심스러워. 당신은 백해
무익한 사람이오."

부장으로부터 이런 멸시는 한두 번이 아니었다. 그러나 윤수철은
동기 중에서 선착으로 당당히 계장으로 진급했다.

"자식이 우릴 깔아 뭉기다니…. 비겁한 놈…."

그의 계장 진급에 동기들이 펄펄 뛰었다. 그의 아부를 들추는 자도
있고 모략을 침 뱉는 자도 있었다. 또 상사의 인사비리를 욕하고 회

사의 무질서를 성토했다.

하지만 그들 역시 하나 둘 그 계열에 끼어들고 나만이 그들의 행진에서 열외가 되어 멀거니 바라볼 뿐이었다. 머저리처럼 구경만 하고 있었다. 아니 그런 일엔 관심이 없다는 듯 잠자코 있기만 했다.

그러나 아무리 내가 그런 흙탕물에 뛰어들 수 없다고 그저 방관만 하고 있지 않았다. 나라고 승진이 싫을 턱이 없고 그걸 원하지 않는 바 아니었다.

사람이란 게 아니 샐러리맨이란 게 그런 일에 어찌 무감각할 수 있을까. 내가 도대체 무엇이라고 초연할 수 있을까. 나도 누구 못잖게 그것에 대한 야심과 충동을 느껴본 게 한두 번이 아니었다. 단지 실행을 할 수가 없었을 뿐이었다.

나는 인간이 그토록 세속적일 수도 있는 동물이란 걸 뻔히 알면서도 행동을 하지 못하는 것이다. 나는 이런 나약함에 울화가 치밀기도 했다.

이건 이복형 준태에게 당할 때마다 치미는 울분과 마찬가지였다.

형 준태는 한마디로 나를 군림하려 세상에 태어난 인물이었다. 나에게 사사건건 시비요 트집이었다. 나의 왕이었고 지독한 폭군이었다. 나이는 같지만 생일이 보름 빨라 형이 된 그는 나를 마치 노리갯감으로 여기며 행패를 부렸다.

그는 내가 그 집에 들어간 첫날부터 들볶았다. 내가 새로 생긴 어머니의 방을 나와 못생긴 그 계집애의 방으로 돌아와 돌변한 처지에 어리둥절해 있는데 문이 벌컥 열리며 준태가 쑥 들어왔다. 그리고 나를 한참 노려보다가 느닷없이

"임마. 그거 내 옷 아냐? 당장 벗어 새끼야."

아까 갈아입은 옷을 가리키며 눈을 부릅떴다. 나는 갑작스런 일에 멀거니 그를 쳐다보기만 했다.

"새끼. 뭘 봐. 얼른 벗지 않고."

그는 달겨들어 옷을 강제로 벗기려 들었다. 그때 당황한 계집애가 그를 말렸다.

"준태야. 그건 엄마가 준거야."

"싫어. 저 새끼가 내 옷 입고 재잖아."

그는 계집애쯤은 안중에도 없는 듯 막무가내였다.

"새끼야. 빨리 벗지 못하겠어?"

그는 으름장을 놨다. 나는 그의 거친 짓에 기가 죽어 비적비적 옷을 벗어 그의 앞에 넌지시 밀어 놨다.

"너 앞으로 내 옷 입으면 죽어."

그는 옷을 집어 들고 밖으로 나갔다. 나는 속옷 바람으로 그가 나간 문을 바라보다 어느새 나온 눈물을 손등으로 훔쳤다. 그러다 문밖에서

"준태야. 너 왜 그러니."

하는 여자의 고운 목소리에 얼른 계집애 뒤로 숨었다. 그건 분명 영순이 누나 목소리였다.

"저게 내 옷 입었잖아."

"그래두 엄마가 준건데. 그럼 못써. 어서 돌려줘."

"싫어."

"요게."

둘이 승강이를 벌리는 듯하더니

"나 저 새끼 보기 싫어. 누나도 미워."

하는 툴툴거리는 그의 소리와 함께 방문이 열리며

"형태야. 이 옷 입어."

하고 영순이 누나가 옷을 들이밀었다. 나는 계집애 뒤에서 옷을 건네주는 누나의 작은 손이 죽은 어머니의 손보다 곱다고 감탄을 했다.

이렇게 첫날부터 날 괴롭히던 그는 끈질기게 집적거렸다. 나는 그의 횡포에서 벗어나려고 발버둥쳤지만 결코 헤어나지 못했다.

그는 연일 야비하고 치사하게 굴었다.

이듬해 2학년 때였다. 선생님에게 숙제 공책을 제출하려고 가방을 연 나는 깜짝 놀랐다. 공책이 없어졌기 때문이었다. 간밤에 숙제를 끝내고 분명 가방에 넣었는데 온데간데없는 것이었다.

나는 순간 식은땀이 났다. 호랑선생에게서 벌 받을 생각하니 눈앞이 캄캄했다. 학우들 앞에 나가 손바닥을 맞고 손을 든 채 수업이 끝날 때까지 서 있어야 할 것이다.

나는 벌써부터 손바닥이 얼얼해왔다. 그리고 얼굴이 빨개졌다. 아이들 특히 계집애들 앞에 서 있을 창피 때문이었다. 아니 그보다는 같은 반인 준태가 두고두고 놀려 댈 수치감 때문이었다.

그날 나는 매를 맞고 벌을 섰다. 그리고 좋아라 시시덕거리는 준태의 얼굴을 외면하느라 내내 고개 숙이고 있었다.

저녁때 집에 온 나는 도대체 숙제 공책이 어디로 사라졌는가 온통 방을 뒤졌다. 그러나 공책은 나오지 않았다.

내가 공책을 찾고 있는데 울그락불그락해진 새어머니가 들이닥쳤다. 그리고 댓자로 퍼부었다.

"이놈의 새끼. 공부도 않고 집안 망신이나 시키고… 어이구 복장 터지겠네."

준태가 학교 일을 일러바친 모양이었다.

"김씨 가문에 먹칠이나 하구…. 어이구 원수여. 원수…."

장탄식을 했다. 그러면서

"준태처럼 공부 좀 해라. 같은 애비 새낀데 넌 어찌 그 모양이냐."

오금을 박았다.

나는 억울했다. 하지만 숙제 공책이 없어진 걸 말할 수가 없었다.

그런데 그날 밤 나는 엉뚱한 곳에서 나의 숙제 공책을 찾아냈다. 퇴비장으로도 쓰이는 집밖 변소에 갔다가 거기에 갈기갈기 찢겨져 있는 공책을 발견한 것이다.

나는 순간 이건 준태의 짓이라고 단정했다. 낮의 고소해 하는 모습이 떠올랐다.

'나쁜 새끼.'

나는 손을 부르르 떨었다.

그 뒤 나는 숙제 공책을 간수하느라 신경을 썼다. 준태가 언제 훔쳐낼지 몰라서였다.

그러던 어느 날이었다. 가방을 열었다가 기겁을 했다. 숙제 공책이 없는 것이었다. 나는 더 이상 참을 수가 없어 용기를 내어 준태에게로 갔다.

"야. 내 공책 내놔."

"내가 왜 니 공책을 가졌니?"

준태는 천연덕스럽게 말했다.

"새끼. 저번에도 내 공책 변소에다 꾸겨놓고 또 그러냐?"

"뭐야? 난 안 그랬다."

"넌 나쁜 놈이다."

"뭐? 나쁜 놈이라구? 이 첩 새끼가…."

"………."

나는 준태의 입에서 불쑥 나온 말에 그만 입을 다물었다.

"왜 말 못 하니 첩 새끼야."

그는 기세등등했다. 아이들의 눈이 나의 참담한 몰골로 쏟아졌다. 교단의 선생도 멍하니 나를 바라보고 있었다.

"첩 새끼."

그 이후 아이들은 나를 이렇게 불렀다. 그때마다 나는 준태를 무섭게 증오했지만 한 번도 내색을 그에게 보이지 않았다. 아니 못한 것이다. 그건 준태는 역시 나의 지배자였기 때문이었다.

중학교에 들어가서도 그는 여전히 군림했다. 나는 그가 지워준 멍에를 짊어지고 이끄는 대로 질질 끌려 다녔다.

하루는 그가 나의 방을 찾아왔다.

"야. 너한테 이 문제 좀 풀어달라고 왔다."

그는 수학책을 내 앞에 놓고는 뜻밖에도 잔잔한 미소를 지었다.

"너. 수학은 최고잖아. 나 좀 가르쳐다오."

극구칭찬이었다. 나는 이런 그의 태도에 한편 으쓱해지기도 하고 한편 불안하기도 했다. 무슨 꿍꿍이속이 있어 이럴까 은근히 걱정이 돼서였다.

146

아니나 다를까 준태는 수학 풀이엔 건성이다가

"야. 너 내 심부름 좀 하나 해주렴."

하고 편지 봉투를 내놓았다.

"이게 뭔데."

"자세히 알건 없구. 이걸 순희에게 전해줘."

"순희라니."

"야. 너 순희 몰라? 샛말 청기와집 애."

사실 내가 순희를 모를 리 없었다. 등교 때나 하학 길에 가끔 만나는 그 여학생은 마치 실버들이었다. 나는 그녀를 볼 때마다 괜히 가슴이 뛰었다. 그래 그녀를 앞질러 가거나 멀찍이 뒤로 쳐져 그녀의 뒷모습을 몰래몰래 훔쳐보곤 했다. 그런 순희에게 편지를 전하라니 난감했다. 하지만 준태의 명령이니 어쩔 수 없었다.

다음날 아침 나는 등굣길에 그녀의 집 근처서 서성대다가 그녀가 나오자 잽싸게 달려가 편지를 건네주었다.

"야. 잘했다."

멀리서 그 광경을 보았던 준태는 내 등을 치며 신나 했다. 그리고 그는 이튿날부터 그녀의 답장을 기다렸다. 하지만 며칠이 지나도 감감소식이었다. 그러자 그는 나에게 답장을 받아오라 성화였다.

며칠 뒤 나는 그의 안달에 못 견뎌 그녀의 집을 몇 번이고 맴돌다 겨우 만났다.

"답장이 없어서…"

처음으로 마주 서 본 그녀가 너무도 화사해서 나는 말이 제대로 나오지 않아 어물거렸다.

“공부나 하라고 해요!”

그녀는 퉁명스럽게 쏘아붙였다. 그리고

“남의 심부름하지 말고 제 일이나 하지….”

매섭게 쏘아보았다.

나는 그만 머쓱해져 돌아섰다. 준태에게 그녀의 말을 전하자 금박
사색이 되었다. 그러다 나를 노려보더니

“혹시 니가 걜 좋아하는 거 아니니?”

따져 댔다. 나는 어이가 없어 피식 웃었다.

“새끼 너 정말이구나.”

그는 억지를 부렸다. 그리고 끝내는

“첩 새끼라 달라. 나쁜 새끼.”

나의 가슴을 쓰라리게 옭아매는 소리로 매질을 가했다. 나는 순간
몸이 부르르 떨렸다. 당장 대들어 그의 멱살을 잡고 싶은 심정이었다.
하지만 나는 잠자코 있었다. 그건 어느새 왔는지 새어머니가

“너희들 왜 그러니.”

하며 나를 노려봤기 때문이었다. 그와 나는 갑작스런 어머니의 출현
에 당황했다. 혹시나 순희의 일을 엿들었을까 봐서였다. 그도 나도
전전긍긍이었다. 그런데 준태가 불쑥 내뱉은 말에 나는 오싹했다.

“쟤가 연애한대요.”

“뭐?”

“지금 계집애 만나고 왔대요.”

“계집앨? 아이고 웬 벼락같은 소리야.”

새어머니는 나를 쏘아보며 어쩔 줄을 몰라 했다. 나는 어처구니없는

그의 고자질에 기가 차 멍하니 있기만 했다.

"이놈아. 그게 정말이냐."

"………."

"나원 참. 대가리에 피두 안 마른 놈이 벌써부터 계집 꽁무니 따라 다니구. 어이구. 지 에미 닮아서…."

혀를 차는 새어머니의 끝말에 나는 울컥 울음이 치밀었다.

"처음이니 용서해주세요."

어느새 온 영순이 누나가 새어머니를 말렸다. 그러자 새어머니는 '에밀 닮아서' 연신 중얼거리며 밖으로 나갔다. 나는 한시름 놓으며 영순이 누나가 한없이 고마워했다.

사실 누나는 늘 내 편이 되어 주었다. 그녀는 준태로부터의 행패, 집안 어른들의 구박, 동네 애들의 경멸에서 항상 나를 감싸 주는 방패였다. 감미로운 눈길로 나에게 용기를 북돋아 주고 아린 상처를 매만져주는 나에게 자상했던 죽은 어머니였다. 나의 위안이었고 힘이었다.

한데 그런 누나의 고운 웃음과 말속에 독기를 품고 있다는 걸 모르고 있었다.

그날 그녀가 나서는 바람에 잠잠해진 것에 나는 아무래도 누나에게만은 사실대로 알려야겠다는 마음으로 그녀의 방으로 갔다.

누나는 방에 없었다. 그래 그녀의 책상에 앉아 기다리던 나는 무심코 책상 위 노트의 낙서를 읽다가 깜짝 놀랐다.

'난 남자가 밉다. 아니 아버지가 밉다. 아니 형태가 더 밉다. 눈치나 살살보는 그 자식이 징그럽다. 왜 그 애가 내 동생이란 말인가.'

나는 언뜻언뜻 눈에 들어오는 글귀를 읽다가 황급히 그녀의 방을
나왔다. 그리고 내방으로 가던 나는 부엌에서 들려오는 새어머니와
영순이 누나 목소리에 멈칫했다.
"어이구 전생에 무슨 죄를 졌다고…. 내 팔자야…."
"첩 새끼라 어쩔 수 없어요. 준태까지 물들면 어떻게 해…."
나는 더 이상 들을 수가 없었다. 누나가 밖으로 나왔기 때문이었다.
"아니…. 니가…. 웬일이니…. 여기에…."
누나는 당황한 듯 더듬거렸다. 그러나 그녀의 입가엔 여전히 상냥
스런 미소가 흐르고 있었다.

후배인 최영식이 계장으로 진급될 거란 동료들의 귀뜀에 나는 멍해
졌다. 도무지 믿을 수 없는 일이었다.
더욱이 이번 진급엔 김선배밖에 없다고 야살을 떨던 그가 승진운동
에 열을 올렸다는 소문엔 기가 찼다. 그보다도 장담을 하던 부장이
그를 적극 밀었다는 애기엔 아연했다.
"비겁한 놈들…."
나는 이복 준태나 영순이 누나처럼 탈을 쓴 그들의 얼굴에 침을
뱉고 싶었다. 하지만 나는 이런 배반을 삭여야 하는 무능한 동물이었
다.
"차 한 잔할까."
사장실에서 돌아온 부장이 최영식을 불러 뭔가 한참동안 애기를
한 뒤 나에게로 와 부드러운 미소를 지으며 말했다.
다방에서 나와 마주 앉은 부장은 좀체로 입을 열 생각을 안했다.

레지와 실없는 농담을 주고받기만 했다. 그러다 문득 생각이 난 듯

"참. 안됐어. 최영식이가 계장이 됐어. 전무가 밀더군⋯. 자식 언제부터 높은 놈들하고 붙었지⋯."

지나가는 말처럼 휙 던졌다. 대수롭지 않은 일 가지고 쩨쩨하게 오만상 찌푸리지 말란 투였다. 아니 네깐 녀석 하나쯤 짓밟기로서니 세상이 변할 줄 아느냔 식이었다.

"이 사람아. 세상이 다 그런 거 아닌가. 괜히 신경 쓸 거 없어. 잊으라구. 내년이 있잖아."

"괜찮아요."

나는 부장이 나오는 대로 내뱉는 위로에 나도 모르게 불쑥 나온 말에 와락 울화가 치밀었다. 커피를 얼굴에 뿌리든지. 멱살을 잡든지. 내년엔 죽어도 승진시켜야 한다 엄포를 놓기라도 해야 할 것 아니냔 것이었다.

만취가 되어 퇴근한 나에게 펄쩍 뛰었다. 처남을 만나 설득도 않고 술 퍼마시다니 자길 뭘로 보고 하는 짓이냐며 딱딱거렸다.

나는 그러는 아내가 몹시 한심했다. 제 남편이 어떤 처지에 빠져 있는지도 모르고 아침부터 내내 처남 타령인 게 한심스럽고 답답했다.

"어머니 가슴에 못 박은 첩 자식이 우리 집에 들어오는데 당신은 뭐가 살판났다고⋯. 에이구 원수야 원수⋯."

아내는 마치 새어머니가 나에게 했듯이 혀를 끌끌 찼다. 나는 이런 아내를 멍하니 바라보다가 그녀의 얼굴에 자꾸만 .겹쳐 오르는 얼굴들에 그만 분통이 터져 와락 소리를 질렀다.

“그래 난 첩 새끼야. 그러니 마구 짓이기라구…”
　갑작스런 내 말에 아내는 눈이 휘둥그래졌다. 나는 어안이 벙벙해하는 아내를 보면서 벌렁 자리에 누워버렸다. 그리고 코를 골기 시작했다.

빈 뜰 저편

어머니 산소에 다녀오다 들른 초등학교 꽃밭에, 흐드러지게 피어있는 하얀 수국을 보던 나는 문득 옛날 일이 떠올랐다.

있는 힘을 다해 봐도 꿈쩍 않는 대문을 땀 뻘뻘 흘리면서 밀고 들어갔을 때, 안마당 모퉁이 우물가에서 목욕을 하던 그녀의 모습이 아른거린 것이다.

그녀는 어머니가 끼얹어 주는 물로 긴 머리를 목에 잔뜩 휘어 감은 채 나를 보자 몸을 움츠리는 듯 씽긋 웃어주었다. 나는 살구만한 그녀의 알몸을 보다가 화단의 수국을 짓밟고 부리나케 밖으로 뛰어나왔다. 그리고 괜히 콩닥거리는 가슴을 달래느라 탱자나무 울타리 아래 강아지풀 잎을 뜯으면서 '퐁당 퐁당 돌을 던져라. 누나 몰래 돌을 던져라…' 노래를 불러댔다.

"상수야."

거푸 두세 번이나 부르고, 그늘이 유난히 넓은 미루나무 아래 앉아 땅바닥에 그녀의 이름을 썼다 지우고, 그것도 싫증이 나 작은 돌을 마당가 연못에 던져 파문을 만들고 있을 때 대문 앞에서 그녀가 불렀다.

　목욕을 마친 그녀의 목소리는 어느 때보다 맑았다. 눈망울도 더욱
까맣게 반짝였고, 코도 유난히 오뚝해졌으며 하얀 손가락은 너무 길
어 금실을 주렁주렁 매달아 주고 싶을 정도였다.

"엄마가 수박 먹으래."

　나는 뜻밖의 말에 이젠 살았구나 숨을 내쉬었다. 사실 노래를 부르
고 땅바닥에 이름을 쓰면서 꽤나 불안해 했다. 그녀가 알몸을 본 나
에게 비록 웃기는 했지만 미워하고 거들떠보지 않으면 어쩌나 걱정
을 했다. 한데 그 일을 까맣게 잊었는지 오히려 전보다 더 정겹게
대해주는데 한시름 놓은 것이다. 게다가 아직도 밖에 있는지 어떻게
알고 수박을 먹자며 불렀을까 날아갈 듯한 기분이었다.

　신바람이 난 나는 육중한 대문을 가볍게 밀고 들어가 시원한 대청
마루에 앉아 그녀의 어머니가 썰어주는 수박을 먹었다. 수박은 단연
코 꿀맛이었다. 발갛게 익은 속살이 사각거리며 단물이 입안으로 흠
뻑 고여 들었다. 나는 한없는 행복감에 젖어들며 마냥 흡족해 했다.
하긴 수박맛보다 바로 앞에 앉아 오물거리며 씨앗을 발라 뱉어내는
그녀의 앙증맞은 입에 넋을 잃고 있었다.

　정말 그녀는 어느 누구보다도 빼어나게 예뻤다. 몸가짐도 단정하며
누구에게나 상냥스럽고 특히 나에겐 더욱 다소곳하고 다정했다. 그
래선지 나는 그녀와 늘 어울렸다. 질경이가 질펀하게 자라는 햇살
좋은 농협 창고 뒤편에서 소꿉놀이를 하고, 나른해 졸음이 오면 반은
부둥켜안고 깜박 잠이 들기도 했다.

　이렇게 소꿉놀이하던 우리는 초등학교 입학 후에도 틈만 나면 함께

어울렸다. 하교 땐 반이 달라도 기다렸다 귀가하곤 했다. 집으로 가는 길엔 거의가 나지막한 학교 뒷산을 야생초 꽃 꺾으며 올랐다. 그리곤 산등성이 잔디밭에 앉아 눈 아래 펼쳐진 넓은 들 너머 멀리 흐르는 흰 돛단배와 가끔 하얀 연기를 길게 뿜으며 사라지는 지렁이 같은 까만 기차를 아렴풋하게 보며 손뼉을 쳤다. 그러다 벌겋게 익은 해가 겹겹이 접힌 산등성이로 숨기 시작하면 부랴부랴 집으로 달려갔다.

또 어쩌다 들려오는 산 아래 교회 풍금소리에 홀려, 측백나무 울타리를 헤집고 들어가 창문으로 찬송가 연습하는 갈래머리 중학생 누나의 고운 자태를 넋 빠지게 훔쳐보다 그녀에게 이끌려 아쉽게 집으로 올 때도 있었다. 나는 집에 와서도 그 누나가 왜 그렇게 예쁜지 한동안 머릿속에 떠나지 않아 나를 잡아채어 끌고 온 그녀를 야속해했다.

이렇듯 우리는 늘 신바람이 나 있었다. 봄이면 물 출렁이는 논가에서 빈 껍질 우렁이를 건져 목걸이를 만들었고, 비 오는 날 마을 앞 도랑에서 피라미 잡느라 옷 적시곤 어머니로부터 된통 야단을 맞기도 했다.

가장 마음이 평온하고 흡족했던 것은 하얀 눈이 펑펑 내리는 날, 화로에 고구마를 구워 먹으며 그녀가 읽어주는 동화를 듣던 때였다. 고소한 냄새에 사탕처럼 단 맛, 그녀의 낭랑한 목소리에 춤추는 함박눈. 그것은 우리의 티 없는 마음들이 쌓이는 안마당이었다.

"엄마 괜찮지?"

그녀의 어머니가 단물에 푹 빠져있는 나에게 어머니의 안부를 물었다. 나는 그 말에 산통이 깨졌다. 그녀의 어머니가 늘 습관처럼 묻는 말인데도 나는 와락 짜증이 났다. 언제부터인지 시름시름 앓는 어머니는 툭하면 자리에 눕고 좀 나았다 싶으면 외출이다. 살림 팽개치고 식구들 끼니나 빨래는 모른 척이다. 정말 한심스럽기 짝이 없는 어머니다. 한데 이상하게도 식구들 그 누구도 어머니의 이런 행태에 불만을 말하지 않았다. 모두가 무심한 채 어머니가 하는 대로 내버려두었다. 참으로 이해가 가지 않는 일이었다.

그런데 어느 날 나는 어머니의 본 모습을 알게 되었고 식구들의 태도를 이해하게 됐다. 간밤부터 추적추적 비가 오는 그날 낮, 집안 아니 동네가 발칵 뒤집어졌다. 며칠을 앓는 듯 누워 내처 잠만 자던 어머니가 알몸으로 그녀의 집 앞 연못으로 뛰어든 것이다.

어머니는 가슴팍까지 차는 연못에서 물장구를 치며 킬킬 웃어댔다. 연못 한가운데는 한 길이 넘는 곳도 있어 자칫 목숨을 잃을 지경이었다. 동네 어른들이 달려왔으나 냉큼 물속으로 들어가는 사람이 없었다. 벌거벗은 어머니가 보기 민망해선지 빨리 나오란 고함을 지를 뿐 발을 동동 구르기만 했다.

마침 하굣길에 이 광경을 본 나도

"엄마, 빨리 나와."

소리를 지를 뿐 연못 속으로 들어가지 못했다. 작은 키론 턱도 없지만 그보다 비에 젖어 헝클어진 머리칼로 뒤덮인 어머니의 얼굴이 소름끼치게 흉물스럽고, 하얗게 돋뵈는 예쁘기만 한 젖무덤이 왜 그렇게 징그러워 보이는지 구역질이 나 그 자리에서 떠나고 싶을 뿐이었다. 더구나 옆에 있던 그녀의 어머니와 그녀가 나를 측은하게 보고 있어 어머니가 무슨 심사로 저러는지 원망스럽고 창피하기만 했다.

그러다가 나는 동네 어른들이 쑤군대는 말에 충격을 받고 털썩 주저앉은 채 끝내는 울음을 터뜨렸다.

"소문보다 중증이구먼."

처음 이 말을 들었을 땐 무슨 뜻인 줄 몰랐다.

"저렇게 빨개 벗구 지랄하믄 증말 못 고친댜."

"어이구. 엄마가 미쳐 저 지랄이니 어린 상수만 불쌍허지… 쯔쯔…."

동네 어른들의 말은 청천벽력이었다. 어머니가 미쳤다는 얘기였다. 가끔 학교 앞에 나타나 샐쭉샐쭉 웃으며 춤추는, 그래서 친구들과 치맛자락을 잡아당기며 놀려대던 그 여자처럼 미쳤다는 것이다. 도저히 믿을 수 없는 일이었다. 나는 미친 여자의 모습을 떠올리며 멍하니 앉아 있었다.

"저러다 감기 들어 죽겠어. 날씨가 찬디. 어서 누가 들어가 끌고 나와야 하는디."

동네 어른들의 걱정에 나는 다시 어머니를 보았다. 먼발치에서도 어머니는 바들바들 떨고 있었다. 이젠 킬킬대지도 않고 춤도 추지 않으며 굳어가고 있었다. 금박 숨이 멈출 것 같았다. 나는 그런 어머니의 모습에 나도 모르게 연못으로 뛰어들었다.

"오마나! 재 좀 봐 저러다 줄초상나겠네. 상수야! 그냥 나와."

깜짝 놀란 어른들이 다급히 소리를 질렀다. 나는 아랑곳하지 않고 어머니에게로 다가갔다. 물이 목까지 차오르자 나를 빤히 바라보던 어머니가 황급히 달려왔다.

"상수야."

어머니의 목소리는 뜻밖에도 뜨거웠다. 나는 울컥 울음이 치올랐다.

"그만 와. 내가 갈게… 거기 가만히 있어."

어머니가 나를 달래며 달려왔다.

"춥지?"

잠시 후 나는 어머니의 포근한 목소리를 들으며 품에 안겼다. 나의 손에 느껴지는 어머니의 살결이 고드름처럼 매끄러웠다.

동네 어른들이 우리 모자를 끌어내고 담요를 덮어주었다. 나는 담요 속에서 따스해지는 어머니의 젖무덤에 볼을 비비대며 울었다.

"불쌍한 것!"

어머니는 나의 볼을 쓰다듬으며 중얼거렸다. 나는 가슴속으로 스며드는 어머니의 간절한 말에 더욱 서럽게 흐느꼈다. 어머니의 목소리가 어느 때보다 너무도 보드랍고 따스해 감정이 복받쳐 오른 것이다. 아니 그보다는 자신을 자책하며 한탄하는 목소리가 너무도 애잔해 가슴 에이어서였다.

"불쌍한 것! 쯔쯔."

수박의 단물에 빠져 있는 나를 보며 그녀의 어머니가 혀를 찼다.

"불쌍한 것! 쯔쯔쯔."

그녀의 어머니는 연신 중얼거렸다. 그녀의 어머니는 나를 보면 늘 머리를 쓰다듬어주며 혀를 찼다. 나는 그럴 때마다 다소곳이 있었지만 속으론 치밀어 오르는 화를 참고 있었다. 그건 어머니의 처참하고 애끓는 처지가 일깨워지기 때문이었다.

그러나 나는 그녀의 어머니에게 전혀 내색을 보이지 않았다. 되려

나는 결코 불쌍하지 않다, 어머니는 가련하지 않다, 아니다 어머니는
미치지 않았다. 우리가 놀려대던 학교의 미친 여자가 아니다, 마음을
다잡곤 했다.

 하지만 나는 그녀의 어머니가 걱정하듯 역시 불쌍한 놈이었다. 남
으로부터 손가락질을 받는 미친 여자의 자식이었다. 어머니의 광기
가 흐를 것이라며 쑥덕대고 심지어 경계의 눈초리를 보내는 처량한
놈이었다.

 그러나 얼마 안 돼 나는 어머니의 증상을 대수롭지 않게 넘겼다.
크게 낙심하지 않고 단지 부끄럽고 창피하다는 정도였다. 머잖아 나
을 것인데 괜한 걱정하지 말자는 것이었다. 그래서 어머니가 거울
앞에서 이 옷 저 옷 갈아 입으며 실실 웃어댈 때도 그러려니 했고,
어느 땐 황당스럽기 짝이 없는 어머니의 화장을 도와주기도 했다.
연지도 발라주고 눈썹도 짙게 그려주었다.

 그럴 때마다 어머니는 천진스럽게 웃었다. 그 모습이 그토록 아름
다울 수가 없어 어머니가 미쳐 있다는 걸 깜박 잊기도 했다.

 이런 나의 태도는 어찌 보면 미친 어머니로부터의 탈출이며, 마음
을 울적하게 만드는 주위에 대한 반항이기도 했다. 아니 무엇보다도
집안 식구들에 대한 화합의 몸짓이며 나를 안도케 하는 알궂은 발버
둥이었다.

 그것도 어머니가 재취이며 형과 누나들이 이복형제라는 충격적인
사실을 안 뒤론 더욱 비참하리만큼 비굴하게 주눅이 들어버렸다. 그
리고 어머니의 치료 여부는 그들의 의중에 달려 있다는 것도 알게
되었다.

사실 그들은 마지못해 병 치료에 나섰지만 적극적이지 않았다. 하긴 시골에선 정신병원 입원은 상상도 못할 일이었다. 그러나 무엇보다도 어머니에 대한 그들의 자세가 너무도 냉담해 엄두도 못냈다. 한마디로 어머니는 그들에겐 남이었다. 그들은 우리 모자를 썩 유쾌하지 않은 식구로 대했다. 어머니는 가문에 먹칠한 여자. 상처한 아버지가 실수하여 재취로 맞아들였지만 용납할 수 없는 여자. 아버지에게 치욕을 준 요부였다.

또 나는 동생이라곤 하지만 핏줄 믿을 수 없는 사생아로 자신들 가문과는 아무 관련 없는 아이였다. 그들은 단지 한때의 아버지 여자로 적선하는 셈치고 침식 제공해 줄뿐 객식구로 여겼다. 더욱 놀란 것은 아버지마저도 그들과 같은 생각으로 우리를 감지덕지 쥐죽은 듯 처신하라고 했다.

나 역시 이런 대접 감수해가며 그들을 어려운 형들, 동네 형들보다 좀 가까운 사이란 생각으로 닭장 옆 창고 같은 딴 채에서 살았다. 그러면서 모든 걸 포기하고 울분 삭이며 평온히 지내려 애를 썼다.

한데 주변 사람들이 나를 가만 두지 않았다. 불쌍한 모자, 형들을 못된 자식 운운하며 참견이었다.

특히 그녀의 어머니가 매사 앞장을 서 나를 감싸고 관심을 가졌다. 공교롭게도 같은 해 시집을 와 서로 의지하며 시집살이를 한 처지에다, 재취로 겪는 어머니의 마음고생을 뼈저리게 알고 있고, 정신질환의 원인이 전처 자식 때문이라고 굳게 믿는 터라 혹시라도 내가 어머니와 같은 꼴이 되지 않을까 하는 염려로 그러는 듯싶었다.

정말 어머니는 불행했다. 한량 끼 있는 아버지의 감언이설에 시집을 와 전처 자식들의 냉혹한 홀대, 전 며느리와 비교하며 구박하는 시어머니, 남편의 무심함을 묵묵히 감내해야 하는 고통들이 어머니를 쓰라리게 하고 지치게 했다.

이렇듯 처절하게 파괴된 어머니는 발버둥 치다 결국 꽁꽁 얼었던 얼음판이 녹아나는 그녀의 집 앞 연못에 빠져 세상을 떠났다. 한데 어머니는 이틀이 지나서야 발견되었다. 식구들 아무도 모르게 가출한 걸로 안 집안과 온 동네가 발칵 뒤집어졌고 연못 위로 시체가 떠오르고 나서야 죽음을 알게 되었다. 아마도 빙판을 걷다가 얼음이 깨진 모양이었다. 꽁꽁 굳은 어머니의 몰골은 정말 보기 흉했다. 나는 이 끔찍한 모습에 충격을 받아 어머니가 차가운 땅속에 묻힐 때까지 슬픔보다 두려움과 창피함에 빠져 있었다.

그런데 그녀 어머니가 애통해 하는 모습은 차마 볼 수 없을 정도였다. 구구절절 어머니의 한을 읊어댔다. 어머니를 이 지경으로 만든 건 모두가 남편이요, 매정한 자식들이라며 원망도 하고 푸념도 해댔다. 그리고 나를 끌어안고 불쌍한 것이며 흑흑거렸다. 끝내는 하관 때 기절까지 했다.

이런 소름끼치고 곤혹스런 어머니의 죽음은 한동안 나의 뇌리에서 지워지지 않았다. 또한 정신병에 대한 공포가 문득문득 나를 옥죄였다. 어머니 꼴이 될 거란 불길한 예감이 나를 괴롭혔다.

하지만 나를 짓누르던 어머니의 잔상은 해를 넘기면서 차츰 사라졌다. 그리고 나는 여전히 그녀의 집을 드나들며 여느 때처럼 보냈다. 그녀의 어머니도

"쯔쯔, 불쌍한 것. 쯔쯔"

혀를 찼다. 그런데 얼마 지나면서부터 어머니가 살아있을 때처럼 간절하지 않았다. 나를 대수롭지 않게 여기며 건성으로 대했다. 나를 꺼리는 듯 했다. 나는 이런 대접에 서운했지만 그래도 그녀의 어머니에게 의지하며 따르려 했다.

그렇게 어정쩡히 지내던 중학교 졸업할 무렵, 충격적인 일이 벌어졌다. 얼토당토않게 시장통의 사진관 집 아들이 그녀와 나 사이에 끼어든 것이다. 어이없고 한심스런 일이었다. 초등학교 때부터 항상 콧물을 달고 다녀 별명도 '굴통'으로 놀림 받는 지저분한 녀석이 감히 그녀를 넘본 것이다.

녀석은 머리엔 늘 기계충이 번져 폭탄 맞은 꼴로 흉했다. 얼굴도 가무잡잡한데다 볼때기와 목덜미에 종기가 나 고약을 붙이고 다니는 너절한 놈이었다. 거기다 공부도 시원찮아 꼴찌에서 맴돌았다.

그런데 놀라운 일은 그런 꼴에도 정구는 꽤나 잘해 도 체육대회에 출전 우승을 하곤 했다. 그때마다 그를 부러워하고 운동하는 모습에 홀딱 녹아든 여학생들도 많았다. 아무튼 녀석은 정구 이외는 눈길 하나 받을 수 없는 내세울 것 없고 품위 없는 지질이 못난 놈이었다. 그런 녀석이 어찌 황당한 짓을 벌렸는지 무식한 것이 배짱 한번 기차다 혀를 내둘렀다.

어찌됐던 이 사실을 알게 된 나는 너무도 어이없고 믿어지지 않아 귀띔을 해준 친구에게 나와 무슨 철천지한 있어 당치도 않은 소리를 전한다며 되려 모략 꾼으로 몰아치기도 했다.

화가 치민 나는 당장 녀석을 만났다. 그리고 당당하게 경고를 했다.

"임마! 너 개와 놀면 죽어. 집적거리지 말고, 만나지 말고, 멀찌감치

떨어져! 알았어? 자식아!"

다짜고짜 엄포를 놓았다. 녀석은 눈을 멀거니 뜬 채 무슨 객쩍은 소릴 하느냔 투였다. 나는 그 꼴에 자존심 상해

"야 임마! 내 말 몰라? 걔와 사귀지 말란 말이야! 이 굴통 새끼야!"

별명을 붙여가며 쌍스런 말로 쏘아댔다. 그리고 속으로 이쯤 해두면 겁이나 물러나겠지 으쓱거렸다.

한데 무덤덤하게 나의 하는 꼴을 보던 녀석이 피식 웃었다. 그리고 느릿느릿 말을 했다.

"니가 뭔데…. 콩 나라 팥 나라야…. 너나 걔에게 침 흘리지마…. 우린…우린 말이야. 연애하는 사이야!"

"뭣? 연애?"

"그래. 우린…. 승희와 나는…. 서로 죽어라 좋아한다구. 너나 빠져…. 이 병신아."

그는 그 나이에 입 밖에 내기도 쑥스런 연애란 말을 당당히 내뱉으며 나를 완전히 무시했다. 더구나 그녀의 이름을 정겹게 부르기까지 했다. 그 바람에 와락 화가 치민 나는 따질 것 없이 주먹으로 녀석의 얼굴을 힘껏 가격했다. 이내 코피가 쏟아졌다. 나는 승리의 기분으로 으쓱댔다. 그런 나를 녀석의 주먹이 아프게 가슴을 강타했다. 그 뒤로 우리는 엎치락뒤치락 뒹굴며 치고받고 난타전을 벌였다.

얼마 뒤 싸움에 지친 우리는 땅바닥에 널브러졌다. 등으로 차가운 습기가 스며들었다. 나는 옆에 늘어져 있는 녀석에게 조용히 물었다.

"야! 연애한다는 거 거짓말이지?"

"정말이야."

"진짜?"

"그렇다니깐."

"걔도 오케이했니?"

"으응."

".........."

나는 할 말을 잃었다. 끝장났다는 생각이 퍼뜩 들었다. 순간 녀석도 녀석이지만 그녀의 행동에 기가 막혔다. 갑자기 배신을 당한 기분에 더 할 수 없는 서글픔을 느꼈다.

녀석과 헤어져 집으로 온 나는 얻어맞은 곳이 얼얼하기도 하고 마음이 한량없이 공허했다. 또 그녀가 원해서 벌어진 일이 아닐까 하는 생각도 들어 증오가 부글부글 끓어 오르기도 했다. 참담해지고 초죽음 상태로 혼란까지 왔다.

그러면서도 나는 사실이 아니길, 제발 절망의 잔이 나와 무관하길 빌었다. 지금까지의 관계로 보아 그녀는 결코 나 빼곤 어느 누구와 사귈 수 없는 여자다. 아마도 녀석이 일방적으로 소문을 냈을 것이다. 아니면 잠시 녀석의 꾐에 넘어갔을 것이다. 곧 나에게로 돌아 올 것이다. 한낱 허튼 꿈이길 바랐다.

그러나 다음 날 일요일 실낱같은 나의 기대가 깡그리 무너졌다. 산산이 부서지고 말았다. 종일 방안에서 뒹굴다 학교 뒷산에 올랐다. 산 아래 넓은 들을 보며 마음을 달래기 위해서였다. 그리곤 그녀와 가끔 들렀던 풍금 소리가 아름다운 교회로 갔다. 하느님께 괴로움을 하소연하려는 심사로 그랬던 것이다.

교회에선 저녁 예배가 한창이었다. 나는 슬금슬금 들어가 맨 뒷줄에 앉아 남들이 하듯 애타게 주어, 그녀가 나를 버리지 말게 하여 주소서 기도를 했다. 그러나 속이 풀리기는커녕 더욱 답답하기만 했다.

얼마 지났을까. 예배가 끝났다. 나는 밖으로 나오다 멈칫했다. 뜻밖에도 그녀와 녀석이 함께 걸어 나오는 것이었다.

'엇! 쟤들이…'

나는 그들이 함께 교회에 다닌다는 사실에 충격 받았다. 그보다 장승처럼 서 있는 나에게 다가온 그녀가 대뜸 내뱉는 말에 크게 낙망을 했다. 앞이 캄캄해지고 어찔했다.

"너 깡패냐? 사람 죽사발나게 치고…. 으응? 무슨 자격으로 쟬 패구 야단이야."

질책을 하는 것이었다. 동네 애들에게 매맞은 자식 역성드는 엄마처럼 녀석을 감쌌다. 어이없고 기가 찰 일이었다. 여태껏 싫은 소리 한번 안하던 그녀가 녀석의 편을 들며 모질게 꾸짖다니 문득 실성하지 않았나 갸우뚱했다.

"치사하게 여기까지 쫓아오고…. 또 붙자는 거니? 난 싫어! 너 같은 왈패 몸서리쳐져. 이젠 끝장이야."

결별을 선언하는 거칠고 싸늘한 그녀의 말이 대못이 되어 나의 가슴에 몹시도 얼얼하게 박혔다. 나는 천둥소리 같은 목소리와 위세에 눌려 아무 말을 못하고 손을 정답게 잡고 떳떳하게 가버리는 그들의 뒷모습을 멍하니 바라보기만 했다.

그날 이후 나는 완전히 찬밥 신세가 됐다. 그녀는 나를 본 척도 안했다. 기가 팍 죽어 사는 맛이 안 났다. 거기에다 미칠 지경인 것은 녀석의 노는 꼴이었다.

 녀석은 기고만장이었다. 그녀와 연애한다는 걸 공공연하게 퍼뜨렸다. 또 내가 그녀에게 야단맞고 손이 발이 되도록 빌었다, 하는 꼴이 너무 측은해 용서를 해줬다는 둥 꾸며댄 말로 치사하고 유치하게 소문내 망신을 주었다. 그리고 부러워하는 친구들에게 둘러싸여 사랑의 승리자임을 한껏 과시했다. 나는 여지없이 볼품없고 지저분한 패배자로 몰락하고 말았다.

 날이 갈수록 그들의 관계는 공고해졌다. 그럴수록 나는 천덕꾸러기 신세가 됐다. 고등학교 진학한 뒤엔 나는 그녀로부터 완전히 남이 되었다. 또한 그녀의 어머니도 나를 찾는 일이 없어 그녀의 식구들과도 발을 끊은 상태가 돼버렸다.

 그 뒤로 나는 절망과 고통으로 나날을 보냈다. 거기에 아버지와 이복형들의 냉대와 질시에 완전히 외톨이 되어 암담한 생활을 했다. 결국 나는 고향을 원망했고 급기야 저주까지 했다. 학교만 마치면 이곳을 떠날 결심을 했다.

 지긋지긋한 학교를 졸업하자마자 군에 자원입대했다. 그녀와 고향으로부터 탈출을 시도한 것이다.

 군대는 분명 도피처가 돼주었다. 놀랍게도 그녀를 잊을 수가 있었다. 물론 가슴속 깊이 가라앉은 그녀가 도사리고 있었겠지만 머릿속에선 떠나갔다. 때론 그들의 일이 궁금하기도 했지만 그건 단연코 남의 일이다 과감히 지워버렸다.

 2년이 지났다. 제대한 나는 귀가하지 않고 곧바로 상경을 했다. 그녀에게 어떤 귀띔도 없이, 친구들에게 아무 연락도 않은 채 고향에서 사라져 버린 것이다. 가족에겐 취직돼 상경한다고 전화만 했다.

상경한 나는 군 복무 때의 상사 도움을 받아 출판사에 취직했다. 혈혈단신 고통이었지만 고향을 잊는 방법은 이것뿐이라며 오지게 마음먹었다 그리고 몇 년 지나 고아처럼 외롭게 지내는 나를 동정하던 여직원과 수년간 연애를 하다가 결혼을 했다.

결혼식은 조촐했다. 직장 동료들과 사회에서 만난 사람들, 군복무한 전우들, 동창들 몇몇, 그런대로 적잖은 하객들의 축하를 받으며 행복한 결혼식을 했다. 고심 끝에 고향의 집에도 소식을 전했다. 그런데 이복형만이 참석했다. 그러나 형은 몇 년 전 아버지의 죽음을 나를 질타하는 듯 불쑥 내뱉곤 가버렸다. 나는 아버지의 죽음 충격보다 즐거운 날 그런 소식을 전하는 형의 심사에 울화가 치밀었고, 역시 상종할 수 없는 남과 다를 바 없는 사람들이다. 다시는 만나지 않겠다 다짐을 했다.

직장과 가정을 가진 나는 지난 날 모든 고통과 회한 떨치고, 특히 그녀나 이복형제를 잊은 채 평온한 나날을 보냈다.

한데 어느 날 우연히 알게 된 그녀의 근황으로 다시금 혼란에 빠지게 되었다.

한동안 등졌던 초등학교 동창회에 참석했다가 그녀의 소식을 들었다. 순간 긴장이 되었고 놀랍게도 당황해졌다. 나는 이런 태도에 실망을 했다. 까마득히 잊은 줄 알았던 그녀가 아직도 가슴에 자리 잡고 있다니 어이가 없었다. 한편 흔적이 남아 있다는데 화가 치밀기도 했다.

예상대로 녀석과 결혼을 한 그녀의 생활은 그리 순탄치 않았다. 녀석이 한동안 사업에 성공하여 지역 유지로 활동했으나, 정치판에 뛰어들어 군의원이나 도의원에 출마했지만 그때마다 낙마하여 많은 재산을 날렸다. 그 때문에 녀석은 폐인이 다 되어 끝내 고향을 등지고 가족과 함께 상경했고, 동창들과도 발길 끊은 채 칩거 상태로 외롭게 지낸다는 것이다.

이런 그녀의 소식은 솔직히 말해 차라리 모르는 게 나을 뻔 했다는 생각이 들었다. 그들의 불행이 통쾌하거나 좋은 기분이 아니었다. 결국 잠시 호기심과 애절한 감정에 빠져 번민하던 나는 흔들리는 감정 추스르려고 안간힘을 썼다.

그 뒤 몇 개월이 지났다. 그녀에 대한 감정이 서서히 지워질 때 충격적인 전화를 받았다.

녀석이 타계했다는 소식이었다. 나는 잠시 멍해졌다. 나의 삶을 흐트러뜨렸던 그가 사라지다니 갑자기 허망해졌고 다시금 화가 치밀었다. 염치없는 놈, 무책임한 자식, 저주해도 아깝지 않은 녀석, 원망을 했다. 그러면서 녀석의 빈소에 갈 일이 걱정되었다. 선뜻 나서고 싶지 않았다. 왠지 그녀를 만나는 게 두렵고 망설여졌다.

그날 저녁 고심 끝에 녀석의 빈소에 갔다. 먼저 하얀 상복을 입은 그녀가 눈에 띄었다. 한데 그녀는 정말 낯선 여자였다. 헤어진 지 수십 년 된 그녀는 완전 남이었다. 다만 어릴 때 모습인 까만 큰 눈과 갸름한 볼이 그녀일 뿐이었다. 그것도 한참을 눈여겨보고서야 알아낸 것이다. 그녀 역시 나를 알아보지 못했다. 문상 때 가볍게 눈인사를 할 뿐 형식적이었다. 나와 함께 있는 동창들 좌석에 가끔 들러 음식을 챙기곤 했으나 나와는 여전히 남이었다.

나는 그녀와 이런 애매한 분위기 속에서 밤샘을 했다. 다음날 장지인 고향에 가기 위해서였다. 친구들에게 떠밀리기도 했지만 갑자기 고향을 찾아보겠다는 충동이 일어서였다. 그곳이 그냥 그리웠다.

녀석은 우리가 물놀이하던 개울 너머 봄이면 진달래꽃 따먹던 높지 않은 산중턱 양지바른 곳에 묻혔다. 그녀와 자녀들의 애끊는 울음을 덮고 흙속으로 사라졌다. 친구들의 탄식도 외면한 채 멀리 가버렸다.

산에서 내려와 고향집을 들를 친구들은 남고 나와 서넛은 상경했다. 나도 이복형 집이나 어머니의 산소를 들러볼 생각했으나 내키지 않아 차를 탔다. 왠지 나의 집이 두렵고 끔찍했다. 그보다 여태껏 말 한마디 나누지 못했지만 그녀와 함께 있어줘야겠다는 생각 때문이었다. 나는 앞자리에 앉아 졸고 있는 그녀의 뒷모습을 보며 옛일을 떠올리기도 하고 무덤 같은 고향을 잊으려 애를 썼다.

영구차는 저녁에 출발지에 도착했다. 차에서 내릴 때 그녀는 동창들에게 인사를 했다. 그런데 그녀가 눈인사를 하고 돌아서는 나의 옷깃을 잡았다. 나는 깜짝 놀라 그녀를 돌아보았다.

"정말 오랜만에…."

나지막하게 말하는 것이었다.

"이러잖아도 되는데…. 뭘하러…."

나는 그녀의 깊은 눈을 바라보며 그저 멍하니 서 있었다. 그녀는 무언가 말을 하려다 돌아섰다. 나는 그녀의 뒷모습에서 황량함을 느꼈다.

이렇게 그녀와 헤어진 뒤 다시 만나지 못했다. 그녀가 동창회에 나오지 않았고 나도 그녀의 뒷소식 하나 알려고 하지 않았다. 간간히 녀석이 떠오르기도 했지만 떨쳐버렸다.

 그 뒤 1년 가까울 무렵이었다. 뜻밖에 그녀에게서 전화가 왔다. 그녀는 몇 마디 안부를 묻다가 더듬거리면서

“언제… 쉬는 날…. 만나고 싶은데…. 하루 잡아….”

 예상치도 못한 제의를 해왔다. 나는 대답을 못하고 멍하니 있었다. 그러자

“안되면…. 곤란하면…. 말구….”

 크게 실망한 듯한 투로 힘없이 말했다.

“아냐. 아니야…. 시간…. 그래 시간 내지….”

 그녀의 제안을 들어 주지 않으면 무슨 일 벌어질 것 같아 다급하게 응했다.

“고마워…. 정말…. 그럴 줄 알았어…. 고마워….”

 그녀의 목소리가 갑자기 밝았다. 수화기를 놓은 나는 한참을 묘한 기분에 빠졌다. 왜 만나자는 걸까. 만났을 때 어떻게 대해야 하는가. 그녀가 방황하는 거 아닌가. 온갖 생각이 떠올랐다. 왠지 그녀가 남편 잃은 후유증으로 심하게 앓고 있다는 느낌도 들었다.

 한데 며칠 후 만난 그녀는 생각과는 달리 병색은 눈에 띄지 않는 평온한 얼굴이었다. 그녀는 만나자마자 어색해하는 나에게

“긴장 풀어…. 촌스럽다….”

 농을 해가며 자연스런 분위기를 만들려 했다.

“자꾸 떨려서….”

 나는 그야말로 촌스럽게 어눌하고 멋없는 대꾸를 했다.

“오늘은 내가 하자는 대로…. 옛날처럼….”

나는 고개를 끄덕였다. 이것저것 묻고 따질 것 없이 선선히 따르기로 했다. 솔직히 말해 그녀의 뜻에 따라 어린 시절로 완전히 돌아가고 싶었다.

그녀는 나를 이끌고 버스 터미널로 갔다. 그리고 거침없이 고향의 차표를 샀다. 나는 친척들이 떠올라 꺼림칙했으나 말없이 그녀가 하는 대로 내버려두었다.

버스를 탄 우리는 처음엔 서먹서먹해 했으나 그녀는 누렇게 물든 들판 한복판을 헤치고 달리자

"저기…. 메뚜기 잡던 기차네…. 개가 보고 싶네…."

가볍게 손뼉을 치며 활짝 웃었다. 순간 스스럼없는 그 시절로 돌아갔다. 고구마를 삶아 준 순배네, 알사탕 가끔씩 나누어 주던 구멍가게, 방바닥이 늘 따끈해 아이들이 끊이지 않는 정숙이네가 버스 창으로 스쳐 지나갔다.

버스가 터미널에 도착하자 나는 그녀에게 물었다.

"어디로?"

목적지가 궁금했다. 그러자 그녀는 말없이 앞장을 섰다. 잠자코 따라오란 것이었다. 나는 그녀의 뒤를 쫓아갔다. 시내를 벗어나자 그녀가 뒤를 돌아보며 말했다.

"남편 산소!"

"엉? 산소?"

뚱딴지같은 장소에 갸우뚱 했다. 하필 녀석의 산소에 나를 끌고 가는가. 그녀의 의중이 궁금했다.

"왜?"

"기일 얼마 남지 않았는데…. 혼자 가기가…. 아니 그냥 함께 가고 싶었어. 정말이야. 누구 다른 사람 있어?"

그녀는 나와의 동행에 무언가를 말하려고 했다. 그러나 망설이는 것 같았다. 두서없는 몇 마디로 얼버무리는 것이었다.

우리는 묵묵히 녀석의 무덤을 향해 걸었다. 한 삼십분쯤 지나 도착했다.

녀석의 무덤은 일 년이 다 됐는데도 황폐했다. 잔디가 몸살을 앓으며 겨우 자라고 있었다. 그녀는 무덤에 절을 하고 잠시 묵념을 했다. 그런 뒤 나의 곁으로 와

"처음엔 못 알아보았지. 수십 년만이니까."

장례식 때 이야기를 했다.

"……"

"내가 싫어 고향을 떠났다는 거 알고 있었지."

불쑥 옛날 일을 끄집어냈다.

"제대하면 귀가할 것이다, 아니다. 의견이 분분했지."

그때의 상황을 알려주었다.

"나는 온다고 했지."

"왜?"

그러자 그녀는 피식 웃었다.

"그저 그럴 것 같았어. 그런데 안 오더라. 꼭 올 줄 알았는데. 독하다 했어."

"그땐 이미 남이었으니까."

"남? 우리가?"

“교회에서 절교했잖아.”

“교회? 아…. 기억나…. 그랬었지. 으응 그래서… 그랬군.”

“……”

“어쨌든 그땐 순간 미워졌어. 풀죽은 모습이… 짜증났어. 하지만 꼭 그런 것만도 아니었어.”

나는 머리가 갑자기 복잡해졌다. 수십 년 전 일을 밝히는 그녀의 심정에 당황하기도 했다.

“이런 얘기 기분 나쁘지?”

그녀는 나의 눈치를 보면서 무언가 아쉬운 듯 또 미안한 듯 물었다.

“다 지나간 일인데.”

“그래도 왠지….”

“……”

“정말 미웠을 거야.”

“……”

그녀는 말 없는 나를 한참 바라보다 중얼거렸다. 그리고 그 뒤론 잠자코 있었다.

얼마 후 우리는 산에서 내려왔다. 버스 터미널까지 온 그녀는 시간표를 보다가

“참! 들를 데가 있는데….”

“어디?”

“저기…. 옛날에 우리가 놀던 곳…. 있지? 거기 가고파!”

“놀던 곳?”

나는 그녀의 제안이 마땅찮아 볼멘소리로 물었다. 어린 시절 보낸

곳이 한두 군데 아니고, 여러 곳을 찾아 다니다보면 아는 이들의 눈에 띌 게 뻔했다. 그렇게 되면 수십 년 고향 등진 사정 늘어놔야 하는 게 부담스럽고, 그보다 이복형 식구나 친척을 만나 겪을 수모가 진절머리 나서였다.

"잠깐씩. 한두 어군데만⋯."

그녀는 난처해하는 나에게 사정했다. 그녀의 간절한 애원에 나는 고개를 끄덕였다.

주변 눈치를 보면서 찾아간 곳은 소꿉놀이하던 농협 창고 뒤쪽 질경이 밭이었다. 그러나 풀은 없고 콘크리트 바닥이었다.

"다 사라졌네."

그녀는 안타까워했다. 실망의 기색이 역력했다. 질경이 풀 위에서 뒹굴던 우리 모습이 잠깐 스쳐갔다. 예뻤던 얼굴들이 가물가물 떠올랐다. 킬킬거리던 웃음소리가 참새 소리와 함께 들리기도 했다. 하지만 이내 주위는 조용하고 콘크리트가 하얀 햇빛에 눈부실 뿐 고즈넉하기만 했다.

"다른 데로 가자."

그녀가 발걸음을 옮겼다. 우리가 간 곳은 동네 너머 잔디가 제법 넓게 퍼져있던 밀밭 등성이었다. 그때 파란색이 예쁜 제비꽃, 괭이밥, 명아주, 건들이면 움츠러드는 간지럼 풀, 벼룩나물들이 흐드러지게 펴 바람에 산들거렸다. 또 잔디에 앉아 저만큼 연꽃이 무성한 방죽을 바라보며 밀껌을 만들어 씹었다. 한데 지금은 주택들이 들어 앉아 있고 잔디밭은 귀퉁이로 밀려 자투리땅이 되어 쓰레기들이 쌓여 있었다.

"에이! 다들 변했어. 모두 없어졌어!"

그녀는 노골적으로 신경질 부리며 소리쳤다. 사라져버린 옛 모습에 짜증을 냈다.

결국 우리는 도망치듯 그곳을 떠나 벌써 남에게 팔린 그녀의 집 앞에 멈췄다.

"아니!"

그녀는 탄식을 했다.

"이럴 수가…."

나도 혀를 찼다. 무겁고 큰 대문이 썩고 부수어져 한쪽 기둥에 겨우 매달려 있었다. 빠끔히 안을 들여다보니 분명 빈집이었다.

"어떻게…. 그냥…. 갈까."

나는 충격을 입어 멍하니 서있는 그녀에게 물었다. 그러자 그녀는 단호하게 말했다.

"들어가자!"

우리는 허물어진 대문을 비켜 집안으로 들어갔다. 마당의 꽃밭은 시멘트 블럭으로 깔려있고 한가운데에 제법 큰 감나무가 서 있었다. 그녀가 목욕하던 우물은 폐쇄되어 낡은 나무 뚜껑으로 덮여 있고, 주변엔 깨진 항아리며 그릇들이 나뒹굴고 잡초만이 무성해 있었다. 우물가 담을 등지고 서 있던 은행나무는 아름드리로 자랐고 그늘은 무겁게 마당을 덮고 있었다. 수박을 맛있게 먹던 대청은 흙먼지에 마루가 썩고 가라앉아 올라갈 염두도 못나게 황폐한 모습으로 변해 있었다.

"너무해! 이렇게 팽가쳐 놓다니."

그녀는 폐허가 된 집 꼴에 울부짖었다. 흉가로 만든 집주인에게 화를 냈다. 그녀는 한동안 마당에서 서성거렸다.

"정말 너무해. 그 큰집을 괴물이 되도록 내버려두다니…."

그녀는 연신 중얼거렸다. 그리고 무너져 가고 있었다.

기운 없이 집을 나온 우리는 마당가 연못 나무 그늘로 갔다. 그때도 아름드리였던 미루나무는 여전히 웅장하게 서 있었다. 연못은 맑은 물 품고 잘랑거렸다. 변하지 않은 것은 나무와 물이었다.

연못을 보던 나는 문득 어머니가 떠올랐다. 발가벗은 어머니가 물 속에서 나를 기다리던 모습이었다. 추위에 바르르 떨면서도 체온은 따뜻했던 어머니. 나는 지그시 눈을 감고 훈훈함에 빠져들었다. 그러다 그녀의 느닷없는 말에 눈을 번쩍 떴다.

"아주머니가 저곳에서 돌아가신 날. 엄마와 부둥켜안고 울었지. 한데 너는…. 눈물 한 방울 안 흘리면서 울고 있는 우리를 노려보고 있었지. 그때 난 소름끼치고…. 갑자기 네가 무섭고…."

"……."

"싫어졌어."

"……."

"그런데다 얼마 지나 어머니가…. 아주머니 병을 유난히 두려워하신 어머니가…. 글쎄! 유전이라며…. 너를…. 참! 어머니도…."

"……."

"엄마는 아주머니를 보내시면서 작심한 모양이야. 너희 집과 단절하겠다고 불행의 씨앗인 너를 거절하겠다고…. 생존 땐 너무 가여워 애써 동정을 했지만 비참한 아주머니를 보곤 다짐을 했는가봐. 거기에 나까지… 나 원 참!"

 나를 거부한 동기가, 녀석을 택한 게 어머니 때문이라는 것이었다. 또한 어머니를 따른 것이 후회스럽다는 투로 혀를 찼다.

 나는 또박또박 과거를 말하는 그녀의 모습을 보다가 섬뜩한 기분이 들었다. 그리고 깜짝 놀랐다. 그녀가 새파랗게 굳은 어머니의 모습이어서였다. 그녀는 어머니와 너무도 닮아 있었다. 그녀는 이글이글 타오르는 눈으로 연못을 노려보다가

 "미쳐있는 아주머니는 만날 때마다 날 안아주었지. 꼬옥…. 따뜻하게…. 그리고 늘 웃어주었어. 나도…. 그게 좋아 품에 안겨 웃었지."

 그녀는 포옹하는 시늉을 했다. 그러면서 나를 보면서 빙그레 웃어주었다. 초롱초롱 깊은 그녀의 눈에 아스라이 안개가 덮여 곱게 보였다. 순간 나는 움찔했다. 그녀는 나를 안고 웃던 어머니 모습과 꼭 같았다. 나는 어머니 닮은 그녀의 얼굴을 보다 나도 모르게

 '이 여자가 미쳐가고 있다.'

 중얼거렸다. 그리고

 "그럼 나도?"

 무심코 뱉은 내 말에 화들짝 놀랐다.

팔랑개비

1

그날 출근시간 늦게 사무실을 들어선 김현수 부장은 방안 낌새가 전 같지 않아 움찔 했다.

먼저 늘 원추리꽃처럼 해맑게 한들대던 윤양은 누군가와 한바탕 해댄 듯 반주그레한 얼굴이 온통 꾸겨져 있고, 항상 솟구쳐 나올 기세인 박군은 벌레 씹은 상이었다. 최과장도 그랬다. 부장이 나타나면 자리에서 벌떡 일어나곤 했는데 엉거주춤할 뿐 그대로 자리를 지키기만 했다.

아니 이들뿐만 아니었다. 이군, 조군, 이양, 한계장 모두가 얼음 덩어리를 입속에 담고 있는 꼴이었다.

김부장은 이런 짓눌린 분위기가 자기 때문임을 이내 알아차렸다.

"사장님이…. 몇 번이고…."

얼굴 찌푸려 있던 윤양이 어눌하게 전하는 말로 직감을 한 것이다.

'어지간히 설쳐댔군. 저렇게 잔뜩 주눅 들어 있는 걸보면…'

회사 다니다보면 좀 늦을 때도 있는 걸 가지고 애꿎게 부하들 들볶

아댄 사장이 꽤나 좀스럽다 생각하며 자리에 가 앉았다.

그리고 하필 오늘 같은 날 첫새벽부터 남편에게 강짜 놓은 아내가 쥐어박고 싶도록 미웠다. 집에서 그러니 이런 일이 꼭 생기지 않느냔 것이다. 암탉이 울면 어쩌고 하는 말을 그 여편네는 아는지 모르는지 혀가 절로 차졌다.

"예. 나오셨어요."

그때 걸려온 인터폰에 윤양이 그를 힐끔 쳐다보며 대답했다.

"알았습니다."

그는 윤양이 자기에게 전할 뻔한 말을 듣기도 전에 지리에서 일어났다.

'당장 올라오라고 해. 해가 중천에 떴는데 겨우 나와 자리에 버티고 앉아 있으면 어떻게 해. 회살 이웃집 마을 가는 것으로 여길 거야? 밥 얻어먹는 주제에 무슨 배짱이냔 말이야.'

분명 이렇게 퍼부을 것이다. 그리고 네가 사장노릇 다 해쳐먹어라 욕해댔을 것이다.

김현수 부장은 귓바퀴서 맴도는 사장의 카랑카랑한 목소리들을 애써 흘리며 사장실로 들어갔다.

사장은 전무와 무언가 이야기를 나누고 있었다. 둘의 이야기는 들을 수 없지만 전무의 굳은 태도로 봐 틀림없이 심각한 일이 벌어졌단 예감이 들은 그는 오늘 일진이 썩 좋지 않은가 보다 했다.

'젠장. 마누라가 꽥꽥댔으니 될 일이 있겠나.'

그는 새삼스레 아내의 얼굴을 떠올리며 탓해댔다. 정말 아내는 얼토당토하지 않았다.

"여보. 어서 일어나 봐요."

새벽 곤한 잠에 떨어져 있는 그를 마구 흔들어 댔다.

"뭐야."

그는 느닷없는 아내의 호들갑에 놀라 눈을 떴다. 그러자 아내는 볼 멘 목소리로 입을 열었다.

"당신 언제 승진해요?"

"승진이라니?"

그는 뚱딴지같은 말에 어처구니가 없어 반문했다.

"승진이란 말 몰라요? 부장을 오래했으니 상문가 뭔가 할 게 아녜요."

"이 여편네가 새벽부터 웬 헛소리야."

그는 가당치도 않은 생각을 하고 있는 아내를 나무랐다.

"누가 할 일 없어 괜한 소리 하나봐. 친구들 창피해서 못 살겠어요."

"창피하다니."

"흥. 남들 남편은 이사다 전무다 뻐기는데 당신은 뭐예요. 겨우 부장 것도 만년에다 봉급도 쥐꼬리만 하니…."

"……"

그는 아내의 생각지도 않은 심통에 할 말이 없었다. 부장된 것만 해도 대견스러워할 남편인데 투정을 부리다니 철딱서니도 어지간히 없는 여자다. 한심스럽기 짝이 없다.

동창횐가 뭔가에 갔다 왔다더니 고작 남편 출세에 이러쿵저러쿵 떠들기만 했다는가. 그래 겨우 부장인 남편이 부끄럽고 수치스러워 새벽부터 강짜를 부리는 건가.

그는 좀 엉뚱한 데가 있는 아내와 더 이상 말하고 싶지 않아 눈을 감고 잠을 청했다. 그러자 아내는

"전생에 잠 못 잔 귀신하고 친구했나. 남들은 출세하느라 아등바등 하는데 맨날 곯아떨어지기나 하고…. 쯔쯔…."

혀를 차며 중얼거렸다.

그 뒤 아내는 출근하는 그를 붙잡고 내내 왜 승진을 못하느냐 따져댔다.

이윽고 이야기를 마친 전무가 그를 힐끗 쏘아보고 나갔다. 그런 뒤 사장이 몹시 언짢은 눈길로 그를 쳐다보는데 꼭 쥐를 노리는 고양이 기세였다.

"김부장 이리와 봐."

그는 사장의 반말투로 봐 일이 터져도 크게 터졌다고 생각했다. 뭔가 잘못되었을 때 으레 취하는 태도였기 때문이었다.

"이거 한 번 봐."

사장은 책상 앞에 서 있는 그에게 봉투를 내동댕이치듯 휙 던졌다. 그는 제법 두툼한 봉투 속의 내용이 뭐길래 사장이 저토록 저기압인가 싶어 주춤거렸다.

"빨리 꺼내 보란 말이야."

사장은 사뭇 위압적으로 내뱉었다. 그는 떨리는 손으로 봉투를 집었다. 그리고 여러 장으로 된 양면괘지를 꺼내 폈다.

〈 연판장 〉

그는 첫장에 쓰인 뜻밖의 글자에 어리둥절했다. 그러다 이게 자기와 무관하지 않다는 걸 깨닫고 철렁 내려앉는 가슴을 진정하느라

깊게 숨을 내쉬었다.

〈사장님. 이런 행위가 결코 도덕적이 아니란 걸 십분 알면서도…
우리는 회사의 발전과… 만부득이 연명했습니다. 우리 부서의 책임
자 김현수 부장은….〉

그는 몇 구절 넘어가지 않아 자신의 이름이 나오자 눈앞이 캄캄했
다.

"아직 다 읽지 않았나?"

사장은 벌써부터 매섭게 재촉했다. 이제 겨우 서두를 읽는 둥 마는
둥했는데 더구나 제정신이 아닌데 매정스럽게 다그치는 것이었다.

〈그의 비리를 열거할 것 같으면

　① 10월 1일 김부장은 하청업자로부터 거액의 금품을 받고 가격
을 낮게 책정해 회사에 막대한 재산 손실을 보게 했고,

　② 12월 4일엔…〉

그는 열거한 10여 가지 내용을 더 이상 읽을 수가 없었다. 자신이
그들이 밝힌 대로 그런 일을 했는지 기억도 잘 나지 않으려니와 무엇
보다 비위가 드러났다는데 심한 수치감을 느꼈다. 더구나 사장이 자
신의 변명 한마디 듣지 않고 일방적으로 몰아치는데 충격을 받았다.

"빨리 읽어."

사장은 역시 냉혈동물이었다. 남 난처하고 진땀나는 사정 봐줄 것
없이 가혹하게 채찍질만 해댔다.

〈이런 점으로 볼 때 그의 애사심은 지극히 가식적이고… 개인적인
영달에 눈이 어두워 부하의 공을 가로 챈… 배신자요 위선자이며…
탐욕적인 인간 밑에서 우리는 더 이상 근무하기에… 아픈 마음 삭이

면서… 현명하신 사장님의 판단으로… 결단을 해 그를 퇴사토록….〉

그는 댓 장이나 되는 자신을 축출하라는 욕설을 다 읽고 다음 장을 넘겼다. 거기엔 직원들이 날인한 이름들이 주욱 나열되어 있었다.

"아니…."

그는 연판장을 보다가 다시 한 번 질겁했다. 그곳 맨 위에 있는 이름이 윤양이었기 때문이었다.

"이제 갓 들어온 계집애가…."

나에 대해 무얼 안다고 겁도 없이 첫 바람으로 날인했는지 기가 찼다. 매일 샐샐거리며 웃음 날리던 여리여리한 애가, 오빠처럼 아저씨처럼 우러러보며 다소곳하던 아가씨가 흉악한 모함과 배신의 무리 속에 앞장서 끼어들었다는 데 경악스러웠다. 과연 여자란 속모를 독한 동물이라더니 이런 경우 보고 하는 말인가. 그는 설레설레 머리를 흔들었다.

그리고 다음으로 서명한 박군의 이름에선 순간 분노를 느꼈다.

'고얀 놈. 이놈이….'

그는 박군이 결코 자기에게 이렇게 나올 수 없다고 치를 떨었다.

'그렇다. 누가 뭐래도 이놈만은 나에게 이래선 안 된다.'

어떤 협박을 받았는지 몰라도 박군은 당연히 서명을 한사코 거절했어야 할 처지였다. 뿐만 아니라 이런 음모가 있는 걸 알았을 때 재빨리 귀띔이라도 해야 할 작자였다. 한데 나 몰라라 남의 집 불구경하듯 꿀 먹은 벙어리가 돼 잠자코 있었다니 배신감에 울화가 치밀었다.

‘못 믿을 놈. 개만도 못한 놈…’

그는 입에서 나오는 대로 욕을 했다. 자신에게 행한 짓이 너무 했다 싶어 분통이 터졌다.

박군은 시쳇말로 김부장의 오른팔이었다.

공적이든 사적이든 사사건건 끼어드는 그의 심복이었다. 출근 때부터 퇴근 이후까지 그러니까 온종일을 부장 언저리서 맴도는 그의 그림자 같은 존재였다. 그리고 부장에게 늘 붙어 다니면서 사무실의 분위기, 직원들의 됨됨이를 낱낱이 고해바치는 염탐꾼이었다.

또 부장과 거래처의 관계도 은밀히 주선해주는 중개인이었다. 너름새도 유별나 그에게 맡겨놓는 일마다 거뜬히 해치우는 위인이었다.

그것만이 아니었다. 그는 부장의 집안일에도 없어서 안 될 존재였다. 세간살이 마련 등 대소사를 그가 도맡아 처리했다. 심지어 부장의 부인은 물론 아이들 생일까지 챙겨주는 상머슴이었다.

김부장은 그런 박군이 냉큼 날인한 사실에 현기증을 느꼈다.

한계장이나 이군, 조군은 그래도 이해가 갔다. 그들은 항상 자기에 대해 불평이요 적대시했다. 괜한 일 가지고도 뒷전에서 꼬집어대며 비웃었다. 사장이나 전무에게 책잡히면 고소해 하고 골탕 먹는 꼴 보면 흡족해 했다.

한데 그들로부터 외면당하던 박군이 무슨 마음먹고 동참했는지 심히 불쾌했다.

“이제 다 읽었나.”

곤혹의 표정을 짓고 있는 김부장을 역겨운 눈길로 쏘아보던 사장이 입을 열었다.

"거기 적힌 것들이 뭔가."

"글쎄요. 전 뭐가 뭔지⋯."

그는 뭐라고 변명할 마땅한 말이 얼른 떠오르지 않아 어물거렸다.

"이봐, 사실을 털어놔봐."

사장은 다짜고짜로 날카롭게 추궁했다. 이미 다 알고 있는 것들을
왜 치사스럽게 발뺌하려 드느냔 것이었다. 연판장의 내용을 시인하
고 어떤 처분이라도 달갑게 받을 각오를 하란 강요였다.

"저는 그 내용들이 전혀 뜻밖이어서 그저 놀랄 뿐입니다."

"그럼 사실과 전혀 다르단 말인가."

"그렇습니다."

"연도며 일자를 낱낱이 적어 밝혔는데도?"

"그거야 그들이⋯."

"그럼 자넬 모함하려 꾸며댄 것들이란 말인가?"

"그런 것 같습니다."

"하지만 뭔가 잡히는 것이 있지 않고서야 무고한 사람을 이렇게까
지 할 수 있을까."

"요즘 젊은 것들은 버르장머리가 없어서⋯."

"젊은 것들?"

"맨날 회사에 대해 불평불만이구⋯ 나태하구⋯."

"⋯⋯."

"그래 주의를 주거나 박차를 가하면 발끈해져서⋯."

"반발한단 말이지?"

"예. 저희들 생각만 옳다고 박박 우겨댈 뿐⋯."

186

"그래? 마구 대든단 말이지."

사장은 중얼거리며 소파에 깊숙이 몸을 기대곤 지그시 눈을 감았다.

김부장은 사장이 자기 말에 수긍하는 것 같아 그들을 깎아내리는 절호의 기회다 싶어 열을 올려 흠을 잡기 시작했다.

그러면서 그는 이래 봬도 이 김현수 부장은 십수 년 온갖 고초 겪으며 잔뼈가 굳은 놈이다. 어떤 수모 시련 속에서도 굴하지 않고 살아남은 놈이다. 세상 물정 하나도 모르는 햇병아리 네놈들이 아무리 까불어 대도 눈 하나 깜박하지 않는 놈이다. 떼로 몰려와 날 밀어내려고 하더라도 쉽게 넘어갈 줄 알았느냐. 나는 결코 부숴지지 않는다. 결코 허물어지지 않는다. 그는 불끈 주먹을 쥐었다. 그때였다. 눈을 감고 있던 사장이 자리에서 부스스 일어났다.

"이봐. 난 그들이 모함했다고 보지 않아."

"예?"

"그들 말을 묵살할 수 없어."

"허나…. 그건…."

"그렇게 알고 나가 있어."

사장은 더 이상 네놈 따위와 말 나누기 싫다는 듯 손으로 문 쪽을 가리켰다. 어서 꺼지란 것이었다.

"사장님…."

그는 뭔가 이야기해야겠다고 간절하게 불렀으나 사장은 아예 못 들은 척 창가로 가 등을 보이고 섰다.

사장실에서 나온 김부장은 비칠비칠 걸어 사무실로 향했다. 그리고 문을 열려고 하다가 되돌아섰다.

그는 자신의 비참한 몰골을 직원들에게 보이고 싶지가 않았다. 그보다도 자신을 이렇게 난도질해 놓은 그들의 얼굴 보기가 두렵고 무서워서였다. 치욕을 안겨준 그들이 한없이 미워서였다. 또 순식간에 자신을 이토록 내팽개친 회사에 대한 실망이 크게 가슴으로 메어와서였다. 특히 사장이 해도 너무한다고 생각했다. 회사 창립 이래 당신처럼 유능하고 애사심 강한 사람 없었다며 극구 칭찬하던 사장이 저렇게 냉혹하게 나오는데 울분까지 들끓었다.

회사 현관을 나온 김현수 부장은 한동안 갈 곳을 정하지 못하고 망연히 서 있었다. 그러다 택시를 세워 탔다.

"어디로 갈까요."

그의 기분을 모르는 운전기사는 미소를 지으며 말했다.

"가긴 가야 할텐데."

그는 마땅한 곳이 떠오르지 않아 망설였다. 집으로 가 마음을 진정시켜볼까 생각도 해보았다. 그러나 승진 투정을 하는 아내의 얼굴에 머리를 가로저었다.

그러다 그는 몰인정한 도시에서 벗어나고 싶은 생각이 문득 들었다.

'그러자 . 여길 떠나자. 날 짓누르는 모든 것을 외면하자.'

그는 쫓기는 사람처럼 성급하게 서울역으로 가자고 했다.

2

서울을 벗어난 기차가 멀리 산등성이를 등에 진 파란들판을 헤치며 달릴 때 김현수 부장은 좀은 개운해진 가슴을 술잔에 담고 있었다. 얼마 전의 아린 마음이 한결 아문 것 같았다.

그래 그는 옆자리에 앉아있는 젊은 승객에게 억지로 술을 권하기도 하고 허튼 소리 몇 마디 건네 기분을 돋우기도 했다.

그러다 젊은이가 간잔지런해지더니 차창에 얼굴을 대고 코를 골기 시작하자, 갑작스레 엄습해오는 적막감에 기차타기 전 울적한 기분으로 되돌아갔다.

그리고 냉랭한 사장의 얼굴, 윤양, 박군의 입가에 맴도는 희열에 가득 찬 미소에 미리를 감쌌다.

더욱이 아내의 비웃는 모습이 떠오르자 그는 더욱 절망감에 빠져들었다.

'결국 난 외톨이군,'

그는 가끔 쇳소리 내며 마구 달려가는 기차가 자신을 인간 세계에서 멀리 유배시킨다는 생각에 더없이 외로움을 느꼈다.

그리고 순간 이 기차에 몸을 실어 더 이상 인간과 결별해선 안 된다는 강한 충동에 초조하기 시작했다.

그는 그렇게 내닫던 기차가 어딘지 서서히 멎으며 긴 숨을 내쉴 때 부리나케 뛰어내렸다.

그곳은 사람 몇몇이 한가롭게 타고 내리는 역이었다. 플랫폼에 심어져 있는 나이 먹은 무궁화나무엔 봉오리들이 잔뜩 매달려 하느작거렸다.

그는 역사를 나왔다. 역 앞엔 대폿집, 구멍가게, 다방 그리고 울타리도 없는 집들이 미루나무가 양쪽으로 늘어선 한길이 길게 뻗어 있었다.

그는 그곳을 바라보다가 문득 고향과 흡사한 데 야릇한 흥분을 느
꼈다.

그제서야 그는 기차를 탄 것이 자신도 모르는 고향을 향한 마음
때문이란 걸 새삼 깨달았다.

그는 서둘러 그곳으로 향했다. 거기엔 그의 고향보다 좀 번잡한 시
장이 있고 한 가게에선 요즘 인기 있는 가수의 노래가 흘러나오고
있었다. 그는 거리를 거닐며 가게들을 하나하나 눈여겨보았다.

그리고 장터 끝 측백나무로 울타리 쳐진 곳에서 걸음을 멈추었다.

그곳은 면사무소였다. 그는 그곳으로 들어갔다. 면사무소 건물 앞
마당 한가운데 손바닥만한 정원이 있는데 거기엔 소나무가 허리를
꾸부리고 있고 해묵은 단풍나무도 있었다.

그리고 정원을 안고 있는 면사무소 옆으로 길게 사철나무로 가리워
진 저편에 지붕만 보이는 건물이 어른거렸다.

'관사구나.'

그는 자신도 모르게 소리쳤다. 그건 어렸을 적에 자랐던 일본식으
로 지은 관사였다.

그는 그곳으로 갔다. 그리고 사철나무를 비집고 그 안을 들여다보
았다. 집안엔 채소밭이 있고 한켠엔 우물이 있었다. 그의 옛집과 똑
같은 현관문은 깨진 유리창을 종이로 때웠고 벽을 둘러친 판자때기
는 군데군데 너덜거렸다.

한참을 들여다보던 그는 집안이 너무 고즈넉하고 을씨년스러워 순
간 소스라쳤다. 아니 그보다는 그가 어렸을 때 겪었던 일이 퍼뜩 떠

올라서였다.

‘안 돼.’

그는 엉겁결에 소리를 지르곤 사철나무 가지를 움켜잡았다. 그리고 자꾸만 떠오르는 그때의 그 일에 가볍게 몸부림을 쳤다. 그러면서

‘악몽이었다.’

중얼거렸다.

그가 다섯 살 때였다. 그날도 꽤나 더운 바람이 일고 있었다. 그는 아버지가 근무하는 면사무소 뒤쪽 으슥한 곳에서 언제나 그랬듯이 계집애와 소꿉놀이를 하고 있었다.

옆집에 살고 있는 그 애는 제법 단정하게 빗은 머리에 매단 리본이 무척이나 예뻤다. 또 까맣고 못생긴 그의 손에 견주어 보면 그 애의 손은 어찌나 하얗고 고운지 자꾸만 만지작거리고 싶을 지경이었다.

그는 그 애가 뜯어 주는 수염풀이 그토록 시건만 얼굴을 찡그리면서도 잠자코 먹어 주곤 했다. 그 애는 그의 모습이 재미있어서인지 깔깔대고 예쁜 손으로 박수를 치기도 했다.

그렇게 그 애와 한창 소꿉놀이에 정신 팔고 있는데 어머니가 황급하게 그를 불러댔다.

“너 엄마가 찾는다. 그만 놀자.”

그 애가 자리에서 일어나려고 했다. 그때 그는 그 애의 어깨를 꾹 눌렀다. 그리고 강압적으로 말했다.

“가만히 있어.”

“왜?”

“우리 더 놀자.”

"엄마가 알면 혼난다."

"괜찮아."

그는 호기롭게 말했다.

"현수야."

어머니가 집에서 나와 면사무소와 관사 통용문까지 나와 이곳저곳
을 돌아다녔다. 그는 어머니에게 들킬까봐 그 애를 꽉 감싸 안고 숨
을 죽였다. 그러자 그 애는 두려운 낯빛이 되어 바들바들 떨었다.
어머니는 몇 번이고 그를 불러대다가 집으로 사라졌다. 그는 기가
질려 있는 그 애를 풀어주고 킥킥 웃었다. 그 애도 안심이 됐는지
방그레 웃었다.

"재미있다."

그는 아직도 가슴에 남아 있는 그 애의 온기를 소중히 간직한 채
다시 소꿉놀이를 시작했다.

"현수야."

얼마 후 부르는 소리에 그는 또다시 찔끔했다. 이번엔 어머니가 아
니라 아버지였다. 그는 아까처럼 몸을 움츠렸다.

"이놈이 어디 갔지. 미치겠네."

아버지는 연신 그의 이름을 부르며 헤맸다. 그러다가 숨어있는 그
를 발견했다.

"이놈의 새끼 여기 있으면서 대답도 안 해? 세상 어떻게 돌아가는
줄도 모르고…."

그의 목덜미를 매섭게 움켜쥐었다. 그는 이렇게 화를 내는 아버지
를 처음 봤다. 그래 금세 울음이 터져 나올 것 같았지만 그 애 앞에서

192

눈물 보이는 것이 창피해 꾹 참았다.

"개가 뭘 알아요. 얼른 가요."

어머니는 그를 이끌고 면사무소 뒷문으로 향했다.

"빨리 와."

앞장을 선 아버지가 뒤돌아보며 어머니를 재촉했다. 그는 허둥지둥하는 아버지와 어머니의 모습에서 공포감으로 떨며 끌려갔다. 그러면서 영문 모른 채 서 있는 계집애를 자꾸 뒤돌아보았다.

그리고 그는 뒷문을 나와 얼마 못 가 끔찍한 일을 보아야만 했다.

그들이 논길을 막 건너 철뚝길을 올라섰을 때였다.

그가 그 계집애가 지금도 거기에 있는지 궁금해 뒤돌아보았을 때 그곳엔 한떼의 사람들이 있었고 이직도 그들을 바라보던 그 애가 이쪽을 가리키고 있었다.

"저기다."

동시에 사람들이 고함을 지르며 우르르 논둑길을 달려오기 시작했다. 그러자 아버지는

"빨리 달려."

고함을 치곤 철길을 마구 뛰었다. 그와 어머니는 아버지에 뒤질세라 온힘을 다해 뛰었다. 그러다

"에그미니니…."

어머니의 비명과 함께 그는 철길 아래쪽으로 나뒹굴어 논두렁 풀숲에 처박혔다.

"빨리 와."

아버지는 소리 지르며 쏜살같이 내달았다.

그와 어머니는 논두렁 풀숲에 넘어진 채 숨을 죽이고 있었다. 철둑 길로 들어선 사람들은 그들을 못 보았는지

"저놈 잡아라."

고함치며 아버지만을 쫓았다.

결국 아버지는 얼마 가지 못했다. 그는 멀리서 아버지가 한사람에게 잡히자마자 내동댕이쳐지는 걸 보았다. 그리고 뒤따라온 사람들에게 마구 짓밟히는 것이었다.

"죽어라. 이 역적 놈아. 우리 것 빼먹은 도적놈아."

"어이쿠."

사람들의 아우성과 아버지의 비명이 범벅이 돼 들려오고 있었다. 어머니는 귀를 막고 흑흑 흐느꼈다. 그도 덩달아 으앙 울음을 터뜨렸다. 그러자 어머니는 그의 입을 막으며

"울면 안 돼. 울면 우린 죽어. 이를 악물고 참아야 돼."

윽박질렀다.

얼마 후 아버지가 사람들에게 질질 끌려 면사무소 쪽으로 가자 어머니는 풀숲에서 일어났다. 그리고 철둑 건너 숲길로 들어섰다.

그는 숲길로 들어서자 어머니가 어디로 간다는 걸 알았다. 산너머엔 외갓집이 있었기 때문이었다.

숲길은 어슬어슬해지는 저녁놀에 벌써 어둠침침했다. 하늘로 치솟은 아름드리나무들로 따가운 햇볕도 식어 서늘했다. 또한 아까 보았던 광경에 놀란 가슴 아직 가라앉지 않아 식은땀이 났다. 더욱이 아버지가 도둑이란 그들의 고함이 귓가에 맴돌아 그를 혼란에 빠지게 했다.

그가 외갓집에 도착하자 할아버지와 할머니가 맨발로 뛰어나왔다.

"결국 당했구나. 어이구 이게 무슨 변이더냐."

"오빠 어디 있어요. 애 아빠 손 좀 써달라고 달려왔는데…."

"못 만났니? 네 남편 만나보겠다고 나갔다."

"어머니. 우린 망했어요. 그인 사람들에게 끌려갔어요. 죽일 거예요."

어머니는 할머니를 붙잡고 펑펑 울었다.

"진정해라. 설마 죽이겠냐. 이런 때일수록 정신 똑바로 차리고 처신 잘해야 한다."

할머니는 어머니를 위로했다.

며칠 뒤 저녁 때 아버지는 외삼촌의 부축을 받으며 돌아왔다. 아버지는 온몸이 피멍투성이었다.

"어이구. 당신이 무슨 죄람. 시대가 그래 어쩔 수 없었는데 이렇게 사람을 개패듯 해놓고…."

어머니는 넋두리를 길게 늘어놓았다.

"저 놈들도 일본 놈 눈 밖에 나지 않으려 별별 짓 다 했으면서… 이이가 무슨 큰 죄를 졌다고…."

어머니는 못내 억울하다는 얘기였다. 일본 놈들 앞에서 꼼짝 못하기론 우리와 다를 바 없는데 무슨 낯짝으로 몰아치느냐는 것이었다.

고향 떠나지 않고 독립운동 안 하고, 일본말 쓰며 아첨하며 살기론 제 놈들이나 우리나 매한가진데, 유독 내 남편만이 역적질했다고 당해야 되느냐는 것이다.

서당 출신으로 면사무소에 취직되었을 때 부러운 눈길로 장한 일했다며 칭송을 아끼지 않던 저희들이 이렇게 나올 수가 있느냔 것이다. 저희들도 그런 처지였다면 마다했겠냔 것이었다.

어머니의 길고 긴 사설에도 아버지는 아무 말을 하지 않았다. 단지 아버지는 그를 쳐다보며 하염없이 눈물을 흘리기만 했다.

그 후 아버지는 1년이 좀 지나 저세상 사람이 되고 말았다.

아버지는 그 동안 두문불출 집에서만 말을 잃은 사람이 되어 지내기만 했다. 면사무소에서 다시 나와 일을 해달라고 몇 번이고 사람이 오곤 했지만 거절을 했다. 그리고 시름시름 앓다가 숨을 거뒀다. 사람들은 이런 아버지를 두고 속죄양이라고 했다. 그간의 잘못을 진정 뉘우치고 괴로움에 발버둥 치다가 죽어갔다고 했다. 자신의 잘못을 잊은 채 뻔뻔스럽게 애국자연하는 뭇 철면피들에게 경종을 주는 죽음이었다고 했다.

그러나 그는 아버지의 죽음을 그렇게 보지 않았다. 어렸을 적엔 몰랐지만 어른이 되어서야 그걸 알았다.

아버지는 속죄양도 뭣도 아니었다. 뉘우침도 아니었다. 아버지의 죽음은 단순히 울화병이었다. 다수의 횡포에 희생된 것뿐이었다. 그저 침묵으로써 자신을 발기발기 찢어버린 것이었다. 폭력에 짓눌려 한 품은 채 죽은 것이다.

"현수야. 나처럼 당하지 말고 살아야 한다."

그는 임종 때 아버지가 남긴 말로 그 속마음을 헤아린 것이다.

"누구 찾아 오셨수?"

측백나무를 잡고 부들부들 떨고 있는 그에게 뒤에서 물었다. 뒤돌아보니 나이가 든 남자였다.

"우리 집인데 누구신지요."

"예. 그러세요. 그냥 지나다가…."

"그래요?"

남자는 그의 몸 위아래를 훑어보았다. 낯선 그를 의심하는 눈치였다. 그래서 그는 얼른 대꾸했다.

"어렸을 때 살았던 집과 똑같아 보고 있었습니다."

"아. 그래요."

"타향살이하다 보면 가끔 고향이 그리워질 때가 있지요."

"그렇죠."

남자는 알만 하다며 고개를 끄덕였다.

"그럼 어른께서 면사무소에 근무하셨던 모양이죠."

"해방될 무렵에 주사로 일하셨어요."

"고향이 어딘데…."

"……."

그는 더 이상 말하고 싶지가 않았다. 그건 다시 아버지에 대한 상념에 빠져들어 괴로움을 겪기가 싫어서였다. 그보단 지금 자신의 처지와 아버지의 처지가 너무도 비슷한 걸 문득 깨달아서였다.

'이건 우연이 아니다.'

아버지와 자식이 겪는 일 이렇게 같을 수가 있을까.

그리고 그는 순간 아버지가 침묵을 지킨 데 강한 반발을 했다.

'난 그래선 안 되지. 결코 도피해선 안 돼.'

아버지의 전철을 밟지 말자고 그는 다짐했다. 너나 나나 할 것 없이

한마디씩 하며 사는 세상인데 왜 바보처럼 물러서야 하느냔 것이었
다. 왜 당하며 살아야 하느냔 얘기였다. 더럽게 사는 건 누구나 마찬
가지인데 발버둥쳐 보잔 것이었다.

3

 김현수부장이 다시 사무실로 돌아왔을 땐 퇴근 가까운 시간이었다.
"아니…."
 아침과 전혀 다른 싱그런 얼굴빛으로 동료들과 호호대던 윤양이
얼른 웃음을 감추고 가늘게 신음을 했다.
 그리고 박군은 그를 쓰윽 보고는 아직도 일을 다 끝내지 못했는지
책상에 엎드려 뭔가를 열심히 썼다. 부장석 옆 소파에 길게 앉아 있
던 최과장은 겸연쩍게 부스스 일어나 자기 자리로 가 담배를 물었다.
 그를 경원하던 이군과 조군은 아직도 그가 못마땅한지 본 척도 않
고 태연스럽게 나누던 이야기를 계속하고 있었다.
 누구 하나 그를 의식하려 들지 않았다. 그는 이런 기세로 보아 자기
가 없는 한나절 동안 일어난 일이 뭐였던가를 익히 알 수 있었다.
사장은 그가 나간 뒤 이내 사무실로 들어와선
 "김부장은 자네들 뜻대로 추방이야. 이제 불만덩이가 축출됐으니
더욱 진취적으로 일을 해. 그가 망쳐놓은 곳을 복구하란 말이야."
 호탕하게 너스레를 떨고는 직원 하나하나의 등을 두들겨주었을 것
이다. 그리고 부장 자리가 비어 곧 승진 인사가 있게 될테니 이런
호기를 놓치지 말라고 잔뜩 풍선을 띄웠을 것이다.
 그래 그들은 부푼 가슴 애써 가라앉히면서 죽을 둥 살 둥 일해댔을

198

것이다. 그런 들뜬 그들이 이미 퇴물이 된 그를 반길 턱이 있겠는가. 이제 남남이 될 처지인데 뭐가 아쉬워 야살을 떨겠는가.

그는 마치 이방 지대에 온 것처럼 어색한 표정이 되어 자리에 앉았다.

"사장님 지금 계신지 알아봐줘."

윤양이 시큰둥하게 인터폰을 들었다. 그동안 퇴근 시간이 지났는데도 그들은 나갈 생각 없이 윤양에게로 눈길을 모았다.

"지금 계신데요."

"알았어."

그는 자리에서 일어났다. 그들은 호기심 가득 찬 얼굴로 그를 응시했다.

김현수 부장이 사장실에 들어가자 사장은 그를 소파에 앉게 했다. 그리고 심히 괴롭다는 표정을 지으며

"난 김부장을 믿고 일 맡겨왔는데…. 알아보니 그들 얘기가 사실이더군요."

점잖게 나왔다.

"그래서 만부득이 해고하기로 결심을 했는데…."

사장은 그의 눈치를 보며 말했다.

"사장님. 심려를 끼쳐 죄송합니다. 하지만 절 해고하신다는 건 고려해 주시기 바랍니다."

"뭐?"

사표를 낼 것으로 예상했던 사장은 뜻밖의 말에 당황하고 있었다.

"아니 그런 비리를 저질렀는데 무슨 염치로 사표를 못 내겠다는

거요.”

사장은 언성을 높였다. 이런 날도둑 같은 놈 봐라. 법적으로 처리할 수 있는 일인데도 사정 봐 주는 건데 한다는 소리가…. 이거 영 형편없는 친구 아닌가. 어이없어했다.

“사장님. 전 분명 비리를 저질렀습니다.”

“그렇지. 그걸 인정하는군.”

“하지만 그것 때문에 회사를 그만둔다는 게 억울합니다.”

“아니 뭐가 억울한가. 잘못을 저질렀는데….”

“그 잘못을 왜 제가 짊어져야 합니까.”

“뭐야? 자네가 한 일인데 누가 책임진단 말인가. 이거 괜히 강짜 놓는 거 아닌가.”

“아닙니다. 억지 부리는 게 아닙니다. 연판장에 열거된 비리는 저만 저지른 것이 아닙니다.”

“그럼 누가 했단 말인가.”

“그건 제 선임부장, 지금 상무도 한 짓입니다. 아니 그 전 부장 전무도 한 일입니다.”

“뭐라고? 상무도 전무도?”

“그렇습니다. 저도 그들에게서 인계를 받았습니다.”

“인계를?…. 허어 참 이거 봐라.”

사장은 안절부절 못했다.

“그런데 왜 제가 그 죗값을 받아야 합니까. 전 그게 억울해 사표를 낼 수 없습니다. 또 우리 회사비리가 그것뿐입니까? 전 혼자 당할 수 없습니다.”

"……."

사장은 회사의 비리란 말에 흠칫하더니 잠자코 있었다. 그러다 한참 만에 말했다.

"이제 남을 모함하는 거 아닌가."

"아닙니다."

"그럼 협박인가."

'아닙니다. 사실을 말했을 뿐입니다."

"흐음…."

사장은 한숨을 길게 내쉬었다. 그리고 뭔가 골똘히 생각하는 듯하다가

"자네 방에 가 있어. 퇴근하지 말고 기다려."

말하곤 창가로 갔다.

그가 사무실로 돌아왔을 때 드디어 끝장이 났군 하는 표정으로 직원들은 아무도 퇴근하지 않고 있었다. 그리고 부장이 책상 정리하기를 기다렸다.

그는 그들의 표정쯤이야 염두에 두지 않고 실내인데도 담배를 피워 물고 연기를 뿜어댔다. 꽁초가 되자 다시 새 가치에 불을 붙였다.

그렇게 담배를 몇 대 피워 물었고, 화장실을 몇 번 들락날락하고, 술렁대던 직원들도 의사에 잃아 졸이데도 사장실에선 아무런 여락이 없었다.

그는 이런 긴 시간에 짜증이 났다. 사장실로 가 마지막 인사를 하고 회사를 나갈까 생각도 했다. 그러나 이쯤에서 끝내기가 싫었다. 그래 끈질기게 버텨보자. 아버지처럼 무조건 죄를 인정하고 포기하지 말자.

그가 단단히 마음먹고 있을 때 사장이 전무와 함께 사무실로 들어
왔다.

"어…. 왜들 퇴근 안 했나."

사장은 직원들이 남아있는 데 놀란 표정을 지었다. 그러더니

"으음. 마침 잘 됐군."

말하곤 직원들을 한곳으로 모이라 했다. 그리고

"여러분들의 연판장을 묵살하기로 했소. 김부장이 잘못을 시인했
고 다신 그런 일 없기로 약속했소. 지금은 김부장 같은 유능한 인물
이 있어야 할 때요. 앞으로 이런 불상사가 없도록 서로 이해하고 돕
기를 부탁해요. 특히 여러분들의 충심어린 애사심 감사해요. 자….
화해의 악수들을 하시오."

직원들은 전혀 의외의 사장 말에 한동안 어안이 벙벙해 있다가 재
촉하는 사장의 눈길에 최과장이 먼저 손을 내밀었다. 이군, 조군 그
리고 한계장이 손을 잡았다. 이어 윤양이 가냘픈 손을 가늘게 떨며
내밀었다. 또 박군이 머리를 긁적이며 어렵게 그의 손을 잡았다. 그
리고

"한 잔하실까요."

멋쩍게 말했다.

"아니야. 약속이 있어서."

그는 박군의 제의를 거절했다. 그리고 사무실을 나왔다.

밖은 어느새 어둑어둑해 있었다. 그는 마치 불쑥불쑥 나무가 눈앞
으로 다가오는 고향의 숲 길 같은 거리를 천천히 걸어갔다. 그러면서
그는 내일 아침 일찍 사표를 제출해야겠다고 마음먹었다.

그날의 깃발

내가 그를 만난 건 막 퇴근하려던 회사 현관 앞이었는데 담배를 뻐끔뻐끔 피우면서

"아니 자네가…."

전혀 우연이기라도 한 양 슬며시 다가왔다. 나는 느닷없는 그의 출현에 순간 당혹감 같은 기분을 느껴 엉거주춤했다. 그러나 그는 이런 나에게

"한 대 피우지."

구겨진 담뱃곽에서 한 개비를 꺼내 대짜로 권하더니 라이터 불을 불쑥 내밀었다.

"괜찮네."

나는 얼떨결에 손을 저었지만 곧 그가 권하는 대로 담배를 받아 입에 물고는 불을 붙였다. 한데 그가 내민 손은 여전히 앙상했고 역시 바르르 떨고 있었다.

"어떻게 지내나?"

나는 담배를 한 모금 빨고 어설픈 웃음을 지었다.

“누구 만나기로 했지.”

그는 나의 물음에 아예 못들은 척하곤 자신이 여기에 나타난 이유를 확인이라도 해줄 셈인지 주위를 연신 둘러보았다.

그러나 나는 그가 어떤 제스처를 부리더라도, 이렇게 부닥뜨린 것이 결코 계획된 것이 아님을 밝히려고 애쓰는 짓에 지나지 않는다는 걸 이미 알고 있었다.

아니 설사 그가 정말 이곳에서 누구와 약속을 했어도 나는 믿지를 안았다. 그건 지금까지의 경우에 비춰 그는 분명 나를 만나기 위해서 왔고, 그래서 퇴근 시간까지 내처 서성거렸을 게 분명한 일이었기 때문이었다.

사실 나는 요즘 그가 불원간 내 앞에 나타날 것이란 막연한 예감에 문득문득 움찔하곤 했다.

그는 1년에 한두 번 찾아오는데, 대개가 반년 꼴로 늦여름과 추위가 아직도 몸속으로 스며드는 이른 봄, 으스스한 모습을 한껏 감춘 채 나타나는 것이었다. 그리고 다방에서 뜨거운 차를 단숨에 마시고 한참을 머뭇거리다

“일전에 시골 가봤지…”

마치 남의 일을 전하듯 풀썩 내뱉고 괜히 곤혹스런 표정을 지어보이는 거였다.

“어떤가…”

그때 나도 그가 금방 꺼낸 시골을 지목하는 건지, 그의 현재 처지를 궁금해하는 뜻인지 어정쩡한 물음을 내던지고, 나 또한 그처럼 우거지상이 돼버리는 것이다.

"괜찮네…"

그는 건성인 듯한 말로 대꾸했고 나는 별로 개의치 않고 호주머니에 손을 넣어 2, 3천원을 꺼내

"요기나 하게. 난 약속 때문에…"

그의 앞에 놓고 얼른 일어서는 거였다.

"가보게. 나도 만날 사람 있어서…"

"찻값 내가 치루지."

"아니야. 관두게. 번번이…"

그는 두 손을 저었지만 나는 빨리 그에게서 떠나야겠다는 생각 때문에 그의 만류를 들은 척도 않고 서두르는 것이다.

나는 이때쯤 그가 무척 고통스런 표정이 되어

"아주머니 잘 있는가."

으레껏 묻는 이 말을 듣지 않기 위해서였다.

아주머니, 그러니까 나의 아내 윤희에 대한 안부이지만 그의 입에서 오르내리는 것이 싫었다. 아니 두려웠던 것이다. 그래, 애써 그를 외면하려드는지 몰랐다.

중학 동창인 그를 졸업 후 처음 만난 건 몇 년 전 늦가을이었다.

그때 겨울을 재촉하는 차가운 비가 추적추적 내리고 있던 어느 날이었다.

퇴근을 해 현관에 나온 내가 동료들과 함께 비를 피할 궁리를 하고 있는데, 어둠이 깔리기 시작한 밖에서 비를 흠뻑 맞은 사내가 회사 간판을 확인하고는 현관문을 밀고 들어섰다. 그리고 경비실로 비칠비칠 걸어갔다. 나는 그런 사내를 무심코 바라보고 있는데

"혹시 여기 정현우씨라고 계십니까?"

나를 찾는 바람에 나는 움찔 놀라 슬금슬금 그에게로 다가갔다.

"누구신지. 내가 정현우인데요."

사내는 뒤돌아 나를 보았다. 어디선가 본 듯도 싶은 얼굴인데 전혀 알지 못하는 사람이었다. 사내도 나의 얼굴을 바라보며 머뭇거렸다.

"저…. 사발포 정현우?"

"사발포? 아…. 예. 그런데요."

그러자 사내는 나의 손을 덥석 잡고는 반갑게 웃었다.

"나야. 김건수."

"어! 자네가."

나는 그제서야 그가 중학 동창이요, 바로 옆집에서 살던 친구임을 알았다. 머리칼이고 옷이고 온통 비에 젖은 그는 그저 후줄근해서 학창시절의 환한 모습은 도무지 찾아볼 길이 없었다.

입은 옷이 너무 후져 천상 거지꼴이요, 꽤나 시달려 벌써 얼굴에 그려진 주름들이 측은했고, 더구나 덥수룩한 수염에 아직도 질질 매달려 있는 빗물인지 분간 못 할 물방울들로 더욱 추접하게 보여 왈칵 구역질이 나올 지경이었다.

하지만 모양새야 어찌됐건 그는 실로 오랜만에 만난 동창이었고 고향 사람이었다.

"가세!"

나는 공연스레 들떠 냅다 그를 끌고 비오는 거리로 나왔다. 한잔 술을 나누며 옛정을 풀어보자는 심사였다.

"어디 사나?"

가까운 술집에 마주앉은 나는 그에게 잔을 권하며 물었다.

"서울 있지."

그는 빙그레 웃으며 대꾸했다.

"자식…. 연락도 않고…."

"너도…."

"아참 그러네. 누구 탓할 게 아니군."

우리는 한잔 술에 곧바로 옛날로 돌아가 '야! 자! 했다. 그리고 여기 저기 흩어진 동창들, 은사들 얘기며 학교시절 있었던 자질구레한 일 들로 한참을 신나게 열 올렸다. 한데 가만히 보니 열을 올린 것은 나였고, 그는 그랬지, 응응하면서 나의 말에 마지못해 응할 뿐 나처 럼 그렇게 흥나는 눈치가 아니었다.

그때서야 나는 그가 몹시 지쳐있는 삶에서 허덕이고 있다는 걸 깨 닫고, 좀 전 첫 대면 때의 모습이 떠올라, 이 자리가 결코 유쾌하지만 은 않으리란 생각이 퍼뜩 들었다.

"요즘 뭐하니."

"……."

"회사 나가니?"

"나 같은 게…."

이런 주제꼴 보면 빤히 알 텐데 무슨 소리냔 두였다.

"놀고 있나?"

"응. 그저…."

나의 지나치다 싶은 물음에 그는 순순히 대답을 했다.

"자식들도 있을 텐데…. 뭔가 해야지."

"얼마 전…. 서울로 와 아직 자릴 못 잡구….”
"그럼 시골서 죽 살았나.”
 비록 3,4년밖에 살아보지는 못했지만 바다와 들, 온통 벼가 널려진 고향 사발포에 그가 여태껏 살았다는 데 부러움 같은 게 울컥 솟구쳤 다.
 그러나 이내 사발포를 한사코 증오하던 어머니의 모습이 떠올라 움찔했다. 고향땅은커녕 그곳 사람들마저 미워하던 어머니가 아니 었던가. 그래 그곳이 고향인 아내와의 결혼을 극구 말렸고, 끝내는 아내를 며느리로 보지 않고 세상을 떠났지 않은가.
 그런 고향에 대한 상념을 떨치려고 나는 술잔을 들었다.
"자, 들지.”
"이젠 난 됐네.”
"겨우 한 병도 안 했는데.”
"그만 하겠어.”
그는 사양을 했다. 그리고 입을 비죽거리다 말했다.
"실은 부탁이 있어서….”
"뭔가.”
"돈 좀…. 꿔주게.”
"돈?”
나는 순간 얼굴이 찌푸려졌다. 고등학교나 대학동창들에게 가끔 겪 는 일이었다. 나는 어떤 부푼 감정이 깨지는 듯한 기분에 실망을 했 고 배신감 같은 느낌에 휩싸였다.
"얼마나.”

“한…. 5천원만….”

나는 그의 요구 액수가 적은 데 화가 치밀었다. 아니 어머니가 그랬듯이 그가 사발포 사람이란 데 짜증이 났는지도 몰랐다.

나는 호주머니에서 돈을 꺼내 그 앞에 내던지듯 놓았다. 그는 갑자기 얼굴이 환해졌다. 나는 그 꼴이 보기 역겨워 자리에서 일어났다. 그러자 그가

“아니 벌써.”

하곤 나의 옷깃을 잡았다.

“한 잔 더하지.”

“그만 하겠다면서….”

“이렇게 헤어지기 서운해.”

나는 자리에 주저앉았다. 그리고 그가 권하는 대로 마셨다. 자꾸만 치미는 울화를 술로 달래는 것이었다.

“야. 더러운 땅에서 태어난 치사한 놈아.”

나는 주정을 했다. 그는 나의 행동에 어리둥절하는 것 같았다. 나는 그게 속 시원했다.

얼마나 마셨는지 몰랐다. 정신을 차리고 보니 어느새 우리 집 앞까지 와 있었다. 더구나 나는 그와 어깨동무를 한 채 그에게 질질 끌려가고 있었다.

“임마. 네놈이 왜 여기까지 따라왔지? 끈질긴 녀석아.”

나는 그에게 욕설을 퍼부었다. 하지만 그는 가누지 못하는 내 몸을 부추겨주느라 진땀을 흘리고 있었다.

“어딘가. 자네 집이.”

"바로 여기야. 이제 네놈은 꺼져버려."

"알았어. 어서 들어가게."

그는 벨을 눌러주곤 돌아섰다.

"야. 임마. 어딜 가. 집에 들어가 한 잔 더하자."

나는 그를 잡았다. 이왕 내 집까지 온 녀석을 그냥 보내고 싶지가 않아서였다. 아니 그를 오래도록 붙잡아 놓고 패대기를 쳐주고 싶어서 그랬는지 모르겠다.

"여보. 귀한 손님이 왔소."

대문을 열어 주는 아내에게 큰소리로 말했다.

"당신이 몽매에도 못 잊어 하는 사발포 사람이야."

"사발포요?"

"그래. 우리 옆집 살던 코흘리게."

"누군데?"

아내는 어둠속의 그를 찬찬히 바라보다 멈칫했다. 나는 이런 아내의 동요에 낄낄거렸다. 한동네 살았던 사이로 나이 들어 만나니 놀랄 만도 하다고 생각해서였다. 그리고 그가 아내를 알아본 뒤

"아니…. 윤희씨가…."

하며 깜짝 놀랄 때

"자. 이렇게 대문 밖에서 어정쩡하지 말고 들어가 옛날 얘기나 실컷 하자."

하곤 그를 안으로 들이밀었다. 그러자 그는

"늦었어. 난 가야겠어."

말하곤 뒤돌아 후딱 달려갔다.

"이봐. 건수!"

그는 나의 목소리를 못들은 척 달려갔다. 나는 갑작스런 그의 행동에 어이없어 혀를 끌끌 찼다.

그 뒤로 나는 그를 전혀 만나지 못했다. 연락도 없어 그를 잊다시피 했다. 다만 가끔 몇몇 동창들이 그가 완전히 폐인이 돼 동창 찾아 구걸행각을 벌인다는 소식을 전해 올 때마다 아직도 서울 어느 곳에 머물고 있구나 하는 정도였다. 그리고 그날 그가 뺑소니 친 이유를 알만하다고 동정을 하기도 했다.

그런데 1년이 지났을까. 흰 눈이 펑펑 날리는 날 퇴근 무렵 구내전화가 왔다. 현관에 와 있다는 것이다.

내가 현관에 가보니 그는 여전한 차림으로 경비실 앞에 서 있었다.

"지나다가…."

그는 뭔가 변명을 늘어놓으려 애를 썼다. 1년 전보다 더욱 형편없는 꼴이 돼 있었다.

"한 잔 할까."

"글세."

그는 마지못해 응하는 듯 어물거리다 따라나섰다.

"어찌 지내나."

"그저 그렇게…."

"에이…. 좀 대차게 해야지…."

"노력은 하지만…."

그는 영 자신이 없는 자세였다. 나는 역정이 났다. 친구 찾아 기천원 구걸해가며 살아가는 그런 태도가 몹시 못마땅했다.

그래 이번엔 따끔한 말로 타일러 아예 발을 끊게 해야겠다고 마음 먹었다. 나는 몇 푼 쥐어주고 한마디 충고를 하려고 했다. 그런데 그는 갑자기 진지한 표정이 되더니

"나 자네에게 꼭 할 말이 있네."

했다.

"뭔가."

나는 그가 무슨 뚱딴지같은 소릴 하려나 시큰둥하게 물었다.

"저…. 말이야."

"어서 말해."

나는 머뭇거리는 그를 재촉했다. 그는 내 재촉에도 좀 뜸들이다 어렵게 입을 열었다.

"실은 말이야. 윤희씨…. 아주머니 말일세…."

"내 아내가…. 어째서…."

나는 뜻밖의 아내 이름에 몹시 궁금하고 잔뜩 긴장됐다. 또한 가슴이 두근거렸다. 덥수룩한 수염에 덮인 지저분한 그의 입에서 어떤 말이 나올지 몰라 귀를 곤두세웠다.

"이런 말해야 될지 모르겠네만…."

그는 술을 거푸 몇 잔을 들이키고는 더듬더듬 말하기 시작했다.

"자네 부인…. 윤희씨는…. 나와 결혼할 사이였네…."

"뭐?"

나는 너무도 의외의 말이라서 경악을 했다. 나는 잘못 듣기라도 했나 내 귀를 의심했다. 또 그가 술김에 나온 허튼소리가 아닌가 해서

"무슨 소리인가."

212

짐짓 못 알아들은 척 되물었다.

"중학교 때부터 사랑했지. 첫사랑이야. 하지만 염려 놓게. 내 짝사랑이었으니까."

나는 이 말에 다소 안도감이 들었다.

"윤희씨는 모르지. 내가 결혼까지 마음먹은 걸. 윤희씨가 졸업할 무렵 짓궂게 편지질을 했지. 물론 허탕이었어. 또 윤희씨가 서울로 이사해 진학한 뒤에도 여전히 편지를 했어. 감감소식이더군."

나는 그의 긴 말에 불쾌하기만 했다. 그러나 잠자코 있었다. 한편 생각해보니 수 십 년 지난 옛날 철없는 연애담이요, 그가 나와 철천지원수진 일 있어 일부러 가정파탄 노리는 심사도 아닌 것이어서 지나치게 신경 쓸 일이 아니란 판단 때문이었다.

"용서하게. 기분 상해도. 난 자네 부인이 아무런 상관없기 때문에 한 얘기야. 이해해주게."

그는 말 중간 중간 이런 사과를 몇 번이고 했다.

"난 결혼을 결심했지. 그래 아버님께 말씀드렸지 결사반대하시는 거야."

"자네 부친이?"

"응. 펄쩍 뛰셨어. 그래…. 색시 쪽에선 무반응, 집안에선 반대라 그냥 포기했지."

여기서 그는 한숨을 폭 쉬었다. 그러면서

"아버지가 왜 그렇게 반대하셨는지 아직도 모르겠어. 아버지와 윤희씨 부친은 절친한 친구였다는데…."

그는 연신 고개를 갸우뚱했다.

"그야. 윤희가 마음에 안 차 그랬겠지. 그래서 내가 횡재를 했고…."

나는 더 이상 그의 애기를 듣고 싶지 않아 일부러 농담을 했다. 또 그의 아버지가 반대했건 말건 굳이 따져볼 일이 아니었기 때문이었다. 그러면서 속으로 이 친구를 다시 만나지 않겠다고 마음먹었다.

그날 집으로 온 나는 아내에게 절대로 말 않겠다 다짐하면서도 끝내 그 애기를 꺼냈다.

"오늘 사발포 김건수와 술 마셨는데… 당신을 짝사랑했다더군."

"뭐예요? 별 미친 사람 다보겠네. 학교 때도 추근덕거리더니 아직도 그 버릇 못 버리고 뭐가 신난다고…. 주착이야. 할 일없이 그런 소리 전하는 당신도 한심하고…."

아내는 화를 버럭 냈다. 그런 작자는 다신 상종도 말라고 오금을 박기까지 했다.

이런 일이 있은 뒤 나는 정말 그를 잊고 있었다. 아니 잊으려고 의식적으로 애를 썼다.

하지만 나의 의도를 알 길 없는 그는 때가 되면 여전히 찾아왔다.

그때 나는 일부러 냉대를 했다. 2, 3천원을 주곤 노골적으로 싫은 표정을 지었다. 그러나 그는 나의 박대야 어쨌든 돈을 받고는 예의 비굴한 웃음을 짓고

"아주머니 잘 있는가."

하며 뭔가 할 말이 있는 듯 머뭇거리다 비실비실 사라지는 것이었다. 그때마다 나는 달려가

'이 새끼야. 다신 내 앞에 나타나지 마. 더러운 놈아.'

쥐어박고 싶었지만 참았다. 그리고 그러지 못하는 내 자신에게 화

가 나기도 했다.

그런데 또 그가 찾아왔다. 나는 전처럼 돈을 주기 위해 주머니에 손을 넣었다. 그러자 그는 내가 무얼 하려는지 이미 알고

"잠깐 술이나 한 잔 하세."

나의 손을 잡았다.

"안 돼. 약속이 있어."

나는 그에게서 속히 벗어나려고 그의 청을 완강히 거절했다.

"웬만하면 깨게나. 꼭…. 할 말이 있어. 한 잔 살게."

그는 나의 형편쯤은 무시한 채 일방적으로 나왔다. 그까짓 돈 몇 푼 던져주고 재지 말라 책망하는 투였다. 나는 전과 다른 그의 당당한 태도에 당황했다. 이건 분명히 주객이 전도된 상황이었다.

나는 어이가 없지만 결국 그의 청에 못 이겨 술집으로 갔다. 그러면서 이참에 결별을 선언하겠다고 결심을 했다.

"무슨 얘기인가. 나 바쁜데."

"알았어. 한 잔하고 말하지."

그는 소주를 유리컵에 따라 쭉 들이켰다. 그러고도 성이 차지 않는지 다시 한 잔을 더 마시고는 나를 빤히 바라보았다. 그러다

"그만 두겠네."

자리에서 벌떡 일어났다. 나는 피식 웃있다. 시시껄렁한 첫사랑타령이나 늘어놓고 술 한 잔 얻어 마시려는 수작이 아니꼬와 비웃는 것이었다.

"왜. 우리 집사람 얘긴 이젠 시시한가."

나는 비꼬아댔다.

“아니야. 자네 부인 얘기가 아니야.”
“그럼 뭔가. 자네 집안 얘긴가.”
“아니네.”
“그렇담?”
나의 재촉에 그는 망설이기만 했다. 그는 곤경을 피하려는지 담배를 피워물곤 푸욱 내뿜었다. 연기는 공중에서 한참을 하늘거리다가 긴 꼬리를 거두었다.
“말하지. 다른 게 아니구.”
“……”
“자네 장인 말이야.”
“장인?”
나는 생각지도 않은 사람에 적이 놀랐다. 장인은 내가 결혼하기 수십 년 전에 타계했고 아내마저도 기억조차 가물가물하는 어른이었다.
“갑자기 장인이라니. 새삼스럽게 무슨 말인가.”
“자네 장인이 어떤 사람인 줄 아는가.”
“모르지. 세상 떠난 지 오래 돼나서 알 수 있겠는가. 또 안들 무슨 소용인가.”
사실 그랬다. 그가 예수를 판 유다 같은 사람이었던 지금에 와서 나와 무슨 상관이 있단 말인가.
“글쎄. 괜히….”
“도대체 무슨 일인데.”
“그게….”

그는 망설였다.

"어서!"

재촉했다. 그러자 내동댕이치듯 내뱉었다.

"빨갱이였어."

"빨갱이."

나는 그의 말에 좀은 섬뜩했으나 크게 충격적으로 느껴지지 않았다. 어린 시절, 피난 땐 분명 가슴 서늘하게 하는 단어였다. 그건 무서움이고 미움이었다. 그건 증오이기도 했다.

하지만 지금은 그 족속들이 북쪽에 웅크리고 있지만 요즘 같은 세상에 그게 큰일처럼 느껴지지 않았다. 더구나 장인은 흙이 된 지 오래인데 그가 붉은 사상을 가졌다는 게 심각하지 않았다.

"그래서 어떻다는 건가. 아버지가 빨갱이어서 그 딸도 공산주의자란 말인가. 그래서 남편인 나도 공산당이 돼 있다는 건가."

나는 어찌 보면 농 같기도 한 말로 핀잔을 주었다.

"그게 아니네. 내 얘기를 들어보게. 사실 이 말은 절대로 입 밖에 내지 않으려고 했지만…. 나도 모르겠네. 이 말을 안 하고는 내가 미치겠어. 난 어쩔 수 없는 놈인가 봐."

뜻밖에 그는 괴롭게 말했다. 아니 울부짖었다.

"자네 장인은…. 자네 아버지를…. 죽인…. 살인자야."

"엉?"

"6,25 때, 자네 아버지를…. 학살했단 말이야."

"……."

나는 덥수룩한 그의 수염을 보았다. 가늘게 떨고 있었다. 그의 눈은 지긋이 감겨져 있고 때 절은 손가락 사이의 담배는 꽁초가 되어 실낱같은 연기를 뿜고 있었다.

나는 그 연기 속에서 사발포 강 건너 툇마루 야산 속 구덩이에서 비참하게 죽은 아버지 시체를 부둥켜안고 몸부림쳤을 어머니의 모습이 아련히 떠올랐다. 그리고

"빨갱이 놈들, 갈기갈기 찢어죽일 원수놈들….”

울부짖음이 귓가에 맴돌았다.

이렇게 어머니의 가슴에 깊은 한을 심어놓았던 장본인이 다름 아닌 장인이라니 어리벙벙할 뿐이었다.

"이 애긴 아버지가 나에게 들려줬던 거야.”

"……."

그의 아버지와 장인 그리고 나의 아버지는 동갑내기로 죽마고우였다. 대대로 지내온 토박이인 그들은 단지 가세가 서로 달라 그 윗대부터 장인과 그의 아버지는 지주인 아버지의 논을 부쳐먹는 소작농으로 주종 관계였다. 그러나 당사자들은 그런 것 떠나 늘 함께 어울렸다.

물론 나이가 어려 그랬겠지만 초등학교를 졸업하던 해 나의 집이 서울로 이사해 헤어진 뒤에도 그들의 우정은 계속되었다.

뿐만 아니라 어른이 되어서도 변함없이 정을 나누었다. 나의 아버지는 중학교 교장이 되었고, 장인은 여전히 남의 농사깨나 지었다. 그의 아버지는 나루터에서 사공을 했다. 셋의 신분이 천지차이였지만 아버지가 방학이 되어 잠시 들를 때면 강으로 나가 천렵도 하고 주막에서 밤새도록 술 마시기 일쑤였다.

그런데 6·25가 발발하자 공무원을 숙청한다는 소문에 나의 아버지는 피난할 곳이란 친구들이 있는 고향밖에 없다고 서둘러 식구들을 몰고 시골로 내려왔다.

유난히 기승을 부리던 7월의 태양이 툇강으로 산과 들을 머금고 숨어들 때 우리는 나루터에 도착했다.

"아니 자네가…."

나루에 앉아 있던 그의 아버지가 기진맥진 늘어져 걸어오는 우리를 보고 반기었다.

"피난 오는 길일세. 반동이라고 몰아대는 바람에 도망쳐…."

"잘 왔어. 그러잖아도 이리로 올지 모른다 기다렸어."

"고마워. 여긴 어떤가."

"별일 없지. 한데…."

머뭇거렸다.

"뭔데."

"실은 그 친구가… 내무서원인가 뭔가 하고 있네."

"그래?"

아버지는 장인이 빨갱이의 주구가 됐다는 데 다소 찜찜한 기분이었다. 하지만 친구간인데 무슨 일이 생기겠는가. 도리어 도움을 받을지 모르겠다는 생각도 했다. 그보다 지금 그런 거 따질 때가 아니다. 허기졌고 지쳐있어 얼른 쉬고 싶을 따름이었다.

"자. 얼른 우리 집으로 가 몸이나 풀지."

아버지는 그의 집으로 가 피난 보따리를 풀었다. 그리고 식구들은 이내 곯아떨어졌다.

저녁 식사가 끝날 무렵 장인이 헐레벌떡 뛰어 들어오면서 호들갑을 떨었다.

"누가 왔다구? 죽마고우가 왔다구?"

그는 단짝 아버지를 끌어안고 펄쩍 뛰었다. 반가와 죽겠다는 시늉이었다. 그러면서 자신의 팔에 찬 붉은 완장을 아버지가 보도록 자꾸만 추켜올렸다. 그것은 일부러 그러는 행동이었지만 이미 어둠이 깔려 그가 원하는 대로 아버지는 쉽게 알아보지 못했다. 그는 그걸 제대로 못 본 게 꽤나 서운한 모양이었다. 끝내는 완장을 가리키며

"자네 이거 뭔지 아는가."

하고 묻는 것이었다. 아버지는 느닷없는 그의 물음에 당황을 했다. 그리고 뭐라고 해줘야 할텐데 적당한 말이 선뜻 떠오르지 않아 잠자코 있었다.

그러자 그는 좀 멋쩍었는지 어설프게 웃고는 어머니와 나에게 얼마나 고생했느냐는 둥 몇 마디 말을 던지곤

"나 바쁜 일 있어 이만 가봐야겠네. 내일 또 봄세."

횡하니 가버렸다.

"자식 요즘 뵈는 게 없어."

옆에서 그의 하는 짓을 보던 그의 아버지가 중얼대며 퉤퉤 침을 뱉었다. 그리고 등성이 너머 외딴 빈집을 손보고

"함께 있긴 뭣하고. 임시로 여기서 머물게. 다시 마땅한 집 마련할게."

밖으로 나오지 말고 숨듯 지내라고 했다.

그런데 그렇게 잠깐 들렸던 장인은 며칠이 돼도 얼씬거리질 않았

다. 아버지는 그런 그를 서운해 했다. 아무리 일이 바빠도 멀리서 온 친구를 이렇게 박대하는가 싶었다. 그러나 한편 오지 않는 게 다행이다 생각하기도 했다. 공산당이 싫어 피난 온 공무원인 자신의 처지론 그를 만나는 왠지 찜찜하고 두렵기도 했다. 차라리 나타나지 말았으면 했다. 또 그의 아버지도 발길이 뜸해 무슨 일이 생기지 않을까 불안하기까지 했다.

 그런 상태서 며칠을 보내다 저녁 무렵 그의 아버지가 있는 나루터로 갔다.

"그 녀석 아직도 나타나지 않았지?"

"응."

"자식 너무해. 친구가 왔는데 한번 빠끔히 얼굴 비치곤 코빼기도 안 뵈니…."

 그의 아버지는 뜸했던 자신을 커버하려는 듯 툴툴거리며 그를 탓했다.

"사정이 있겠지."

"사정은 무슨 개뼉다귀 같은 사정…. 선량한 사람들 들들볶는 사정? 요즘 정신 나갔어. 아무것도 모르는 무식장이가 감투를 쓰더니…. 거들먹거리는 꼬락서니 못 봐주겠어."

 마구 욕을 해댔다. 아버지는 유유히 흐르는 깅물을 보며 고향이 전과 다름없는데 울컥 설움이 치밀어 오르고 일말의 불안감이 엄습해 와 영 기분이 개운치 않았다.

"술이나 한 잔…."

 가슴이 답답해 청했다.

“그럴까.”

그들은 주막으로 갔다. 밤새 마시며 시시덕거리던 주막은 그냥 을 씨년스럽기만 했다. 술꾼도 보이지 않아 삭막하기 이를 데 없었다.

“세상 더럽게 돌아가네. 모두가 두려워서 벌벌 떨며 눈치만 보고 있으니….”

“…….”

“통일이니 뭐니…. 잘 사는 나라 어쩌구 하지만 이거 개판이여.”

술이 거나해지자 마구 뱉어댔다.

“말 조심하게.”

“어때서…. 내 무서운 친구 됐는데. 설마 날 어쩌지 않겠지.”

“그들은 친구고 뭐고 없어.”

“흥. 그래도 우리는 죽마고우야. 내가 아무리 나쁜 짓 했더라도 발 벗고 나설 거란 말이야.”

그는 완전히 취했는지 나오는 대로 퍼부었다. 그는 괜히 조마조마 해 안절부절이었다.

그때였다.

“야. 내가 있는데 널 잡아 가두겠냐.”

어느새 왔는지 장인이 씨익 웃으며 주막으로 들어왔다. 한참 욕을 퍼붓던 그의 아버지는 깜짝 놀라더니

“임마. 내가 언제 뭐라고 했다구. 학질 떼는 소릴 하고 야단이야.”

눈치를 보았다.

“너 많이 취했구나. 저 방에 가 잠이나 자구 술이나 깨.”

건넛방으로 쳐 밀었다. 그리고 돌아와서는 아버지에게 술을 따랐다.

"바빠 꼼짝 못했네 미안해."

"괜찮아."

"회의다, 동원이다 정신없어. 다 인민을 위한 일이다보니 눈코 뜰 새 없어."

완장을 찬 팔을 들어 손으로 머리를 쓱 쓰다듬고는 엄살이었다. 그리고 아버지에게 불쑥 물었다.

"앞으로 무얼 할 건가."

"……."

예기치 않은 물음에 어리둥절했다. 피난 온 처지에 무얼 하겠는가. 더구나 농촌에서…. 아니 남한의 공무원 주제에…. 드디어 올 것이 왔구나.

"자넨 서울서 교장을 했어. 그건 1등 반동분자야. 그러니 당장 감옥감이야. 더구나 인민공화국이 싫다고 피난까지 했지."

"그럼 어쩌란 건가. 여기서 떠나란 말인가. 아니면…."

"자넬 어떻게 내쫓겠는가. 며칠 생각해봤는데 아무래도 우리에게 협조를 해야겠어."

그의 제안에 다행이다 싶었다. 추방이니 체포니 끔직한 일 당하는 것보다 낫다는 생각이 들었다. 그러나 마음이 참참했다. 피난 와서까지 그들에게 동조해야겠는가 망설여졌다.

"읍내 중학교 어때? 거기 가서 일해 주게. 내가 다 길을 터놓을 테니…."

"……."

"선생이 부족되네. 학생들의 열화 같은 사상욕구에 철통 같은 가르

침이 절실한데 자네가 딱이야.”

제법 문자를 섞어가며 열변을 토했다. 아니 일방적인 강요였다. 그리고 드디어

“만약에 내 우정어린 권유를 받아들이지 않는다면 어떤 일이 생겨도 책임 못지겠네. 그때 날 원망하지 말고 잘 생각하게.“

그는 간곡히 그러면서도 은근히 협박까지 했다.

“생각해 봄세.”

그는 어서 이곳을 떠나야겠다고 생각하며 말했다.

“생각이고 뭐고 당장 대답을 해.”

그는 서둘렀다. 아마도 상부에서 어떤 지시를 받고 온 게 분명했다.

“내일까지 말미를 주게. 너무 뜻밖이어서 벙벙하네.”

시간을 벌 셈으로 어물거렸다. 그러자 그는 잠시 무언가 생각하더니

“내일이네. 꼭 따라주게. 그게 사는 방법이야.”

하고는 훌쩍 주막을 떠났다.

그가 나루터를 감싸고 있는 미루나무 아래서 한 사내와 뭔가 얘기를 나누는 듯하더니 함께 사라지는 걸 보며 한숨을 쉬었다. 위기가 곧 닥쳐올 것임을 깨달았던 것이다. 그때 건넛방에서 자는 줄만 알았던 그의 아버지가 엉금엉금 기어 나오더니

“어쩔 텐가. 그놈 말을 들을 텐가.”

긴장을 해 물었다.

“글쎄.”

그는 이미 거절하겠다는 마음은 먹었지만 이 친구에게 밝혀야 할지

망설였다. 그러다 단호히 말했다.

"아무래도 여길 떠나야겠어. 피난 온 처지에다, 난 공산당에 협조할 수 없어."

"어디로?"

"정처 없이…."

다음날 새벽 고향을 떠날 차비를 했다. 그러다가 들이닥친 웬 청년들에 이끌려갔다.

그리고 며칠 뒤 나타난 장인은 어머니에게 아버지가 끌려갔다는 사실을 전혀 모르고 있었다는 듯 깜짝 놀라더니

"내가 그렇게 말렸는데 이놈들이 엉뚱한 짓을 했군."

심히 화난 표정을 짓고 자기가 알아서 할테니 아무 걱정 말라고 큰소리치고 갔다.

그러나 아버지는 돌아오지 않았다. 아버지의 친구들도 발길을 끊었다. 어머니는 이곳저곳 찾아다니며 아버지 소식을 알아보았으나 군 내무서에서 조사받고 있으니 곧 풀려날 것이란 풍문을 들었을 뿐이었다.

그 뒤 2개월쯤 지나 놈들이 패전해 도망치기 전날 밤 십여 명의 읍내 유지들이 굴비 엮듯 새끼줄로 묶여 툇말 으슥한 골짜기로 끌려갔다. 갑자기 풀벌레 울음도 그쳤고, 장인이 이끄는 행동대원들이 들고 있는 죽창이 서늘한 달빛 아래 유난스럽게 번뜩이었다.

다음날 아침이었다. 빨갱이들이 순식간에 자취를 감춘 뒤 태극기가 지서 망루에 나부끼면서 만세를 불렀다. 그런데 얼마 뒤 한 무리의 사람들이 다급히 나루터로 달려가 툇말 산속으로 내달았다.

그들은 으슥한 골짜기에서 칼과 죽창으로 찔리고 찢겨진 채 죽어 있는 읍내 유지들을 발견했다. 그리고 아버지도 맨 끝 줄에 비참하게 죽어 있었다. 어머니는 뻣뻣해진 시체를 부둥켜안고 울부짖었다.

"몇 년 전 시골에 갔을 때 아버님께 자네가 윤희씨와 결혼했다는 걸 말씀드렸더니 깜짝 놀라시는 거야. 그리고 사실을 밝혀 자네 부친의 혼백이라도 평안케 해드렸으면 하시는 듯했어. 그래 당신이 못한 말 나에게 하라는 것 같아서…."

긴 얘기 끝에 끔찍한 사건을 들춰낸 처지를 변명하는 듯했다.

"하지만 그 애길 할 수가 있어야지. 그래 찾아왔다간 그냥 돌아가곤 했지."

"모른 척 해두지. 그걸 왜 밝혀…."

"모르겠어. 내 마음 왜 그런지… 난 더러운 새끼인가 봐."

그는 무척 후회스러운 모양이었다. 수십 년 입을 다물고 있던 걸 발설했다는 데 자책을 느끼는 것 같았다. 더구나 첫사랑과 직접 관계가 되는 아픈 얘기를 왜 했던가 괴로워하는 것 같았다.

그런 그의 모습을 보는 나도 역시 고통스러웠다. 실로 상상도 못할 일을 어떻게 받아들여야 할지 갈피를 잡을 수가 없었다.

이건 너무도 당치 않은 악연이 아닌가 했다. 그들과 무슨 원수 진 일 있다고 이렇듯 가혹한 시련을 하필이면 나에게 주는가. 아무리 카인이 아벨을 쳐 죽이는 게 인간이라곤 하지만 이건 너무 치졸한 하느님의 심판 아닌가. 나는 부아가 났고 막막하기만 했다.

"이만 가겠네."

한참을 번민에 빠져있던 그는 벌떡 일어나 걸어 나갔다. 나는 그런 뒷모습을 바라보다가 슬며시 일어났다. 머리가 어찔하고 다리가 후들거렸다.

집으로 돌아온 나는 아내를 보기가 두려웠다. 당장 장인이 한 짓을 심판할 수 없지만 아무것도 모르는 아내, 아니 아무런 죄 없는 아내를 어찌 대하야 할지 몰랐다. 얼굴도 모르는 아버지의 일을 왜 그녀가 짊어져야 하는가. 숱한 남자 중에 하필 나를 만났는가. 그녀가 서울에 진학했을 때 아버지의 친구 집이라서 찾아와 사귀게 된 것이 잘못인가.

거기에 응어리진 삶으로 살다가 세상을 떠난 어머니의 한을 누구에게 풀어 달래야 하고 보상을 받아야 하는가. 그리고 누구에게 팔매질을 해 어머니와 형제들, 이웃에게 대가를 줘야 하는가. 나는 허우적거렸다. 갈팡질팡했다.

그러다가 나는 이 괴롭고도 원망스러운 끔찍스런 일들을 어느 누구, 아니 아내에게만은 결코 말하지 않겠다고 다짐을 했다. 나 혼자만의 고통으로 겪어보자는 것이었다.

이렇게 며칠을 지냈다. 그건 아픔의 연속이었고 혼란이었다.

그러던 어느 날이었다.

퇴근해 집에 들어와 보니 아내가 지리에 누워 있었다.

"어디 아픈가."

"아네요."

출근할 때만 해도 아무렇지 않던 아내가 얼굴이 사색이었다.

"대단한 모양이지."

나는 아내의 이마를 만져보다 머리맡에 놓인 편지봉투를 보곤 화들짝 놀랐다. 아내가 그일 때문에 이러는가 하는 생각이 퍼뜩 떠올랐다. 김건수. 그 녀석이 아내에게 편지를 한 게 분명했다.

"악마 같은 자식."

나는 이를 부드득 갈았다.

그러나 편지봉투를 본 나는 의아해했다. 편지를 보낸 사람은 뜻밖에도 그의 아버지였기 때문이었다.

<현우군. 우선 자네에게 속죄하네. 건수가 엄청난 사실을 애기했다더군. 나는 녀석을 야단쳤지. 이건 우리 대에서 끝날 일이지 자네들에게 넘겨 줄 것이 아니란 생각 때문이었어. 하지만 이왕 밝혀진 마당에 사실이 아닌 것이 있어 펜을 들었네.>

그날 아버지는 반동분자들과 함께 산으로 끌려갔다. 그리고 살육전이 벌어졌다. 아버지 차례가 되었다.

"반동새끼!"

욕설과 함께 무참히 죽창과 칼에 찔려 쓰러졌다.

<차마 아들에게 말은 못했지만 난 살인자야. 자네 아버질 내가 죽였어. 자네 식구가 피난 왔을 때 나는 너 잘 걸렸다. 세상이 바뀐 걸 신나했다. 친구가 공포에 전전긍긍하는 모습에 통쾌했다. 그때 이미 나는 죽일 정도는 아니지만 고통을 줄 마음이었어.>

그는 할아버지와 아버지로부터 대대로 이어오는 소작농의 한을 뼈저리게 들어왔다. 그는 자신도 모르게 지주에 대한 증오심을 가슴에 쌓았다. 비록 친구이지만 늘 언젠가는 부모의 한을 풀겠다는 마음을 버리지 않았다. 또한 같은 처지의 장인과도 합세해 그런 마음 숨긴 채 지주 아들과 교분을 쌓았다.

한데 기회가 온 것이다. 빨갱이 세상이 되었을 때 친구가 피난 온 것이다. 그들은 의기투합하여 친구를 파멸시키기로 했다. 친구가 받아들이기 어려운 교사를 제안했고 이를 피해 고향을 떠나려하자 체포했다.

그러나 실은 친구를 체포하는 데 앞장을 선 자는 장인이 아니고 그의 아버지였다. 장인보다 더 친구에게 원한을 갖고 있는 그가 장인을 부추겼다.

그러나 철수할 때 반동분자들을 처형한다는 지시에 그들은 당황했다. 자칫 친구를 잃게 된다는 사실에 혼란이 왔다. 양심의 가책을 받기도 했다. 하지만 일은 벌어졌다. 그들은 친구를 죽음의 현장으로 끌고 갔다. 끌려간 수십 명이 죽어갔다. 친구 차례가 되었다. 그들은 주춤했다. 선뜻 나서지지 않았다. 서로 먼저 나서길 미루는 것이었다.

"뭣들 하는 거야. 시간 없다. 빨리 해치워."

인민위원장이 주춤거리는 그들에게 고함을 질렀다. 그러자 기세에 눌린 그가 머뭇거리는 장인을 제키고 친구의 가슴을 찔렀다. 장인도 깜짝 놀란 듯하더니 쓰러진 친구의 등에 깔을 꽂았다.

"으윽 너희들이…."

친구는 괴롭게 울부짖으며 숨을 거뒀다.

<정말 죽일 생각은 없있네. 이쩔 수…. 우리를 용서해주게. 아니 그럴 필요 없네. 장인은 이미 죽었고, 나도 곧 죽을 용서받지 못할 동물이니까. 그러나 자네 아내는 미워 말게. 그 일과 아무 상관없는 사람이야.>

나는 더 이상 편지를 읽을 수가 없었다. 아니 읽을 필요가 없었다.

나는 그걸 발기발기 찢었다. 그리고 불살라버렸다.

 그런 며칠 뒤였다.

 나는 비참하게 죽어 있는 아버지를 끌어안고 어머니가 몸부림치는 꿈을 꾸다가 소스라쳐 깨었다. 그리고 옆자리의 아내가

 '어머님. 아녜요. 우리 아버지가 아녜요.'

 손을 허우적거리며 헛소리를 하는 걸 망연히 내려 보다가 두 손으로 눈을 가렸다.

<견군기> 조동민(문학평론가) 건국대 교수

동물들이 그리는 인간상

74년 <견군기>로 〈 한국문학 〉 신인상을 받고 등단한 김청은 동물들을 등장인물로 내세워 인간사회를 경쾌하게 풍자해주고 있다.

우선 동물들의 눈을 통해서 바라보는 현실이 재미있고 동물들의 생리와 특성이 매우 발랄하게 묘사되고 있는 남다른 점이 흥미를 끌게 한다. 또 이 부면의 전문적인 작가가 희소하다는 점에서 크게 기대되고 있으며 그에 의해서 한국의 동물소설의 막이 크게 올려질 가능성도 보여 지고 있다.

동물의 세계를 들여다보는 눈은 신의 눈이 아니라 인간의 눈일 수밖에 없다. 비록 그것이 신의 창조물이라 할지라도 인간은 구태여 신의 눈을 빌리지 않고 자신의 눈으로 보아버리고 만다. 여기서 우리는 인간 세계와 동물 세계가 서로 마주 볼 수 있는 통로를 발견하게 된다.

<견군기>로써 첫출발을 내디딘 김청의 많은 동물소설을 통해서 우리가 심심찮은 우의(寓意)와 인간의 우스꽝스런 모습을 읽을 수 있는 것은 바로 이 때문이다. 실로 이 작가의 소설을 읽는 재미는 바로 여기에 있다.

<제 명>

오만과 간교한 인간들

<제명>에서보다 적극적으로 인간을 풍자하고 있다. 여기 주인공은 쥐, 곧 '서공(鼠 公)'인데, 사건의 중심이 「세계식량절약운동협회 동물분과 위원회 아시아지부 한국분회」의 모임이고 보면 서공은 철저히 수난당할 수밖에 없는 숙명을 안고 있다.

사건의 역시 이 모임의 회의석상에서 일어난다. 곧 협회 목적과 어울리지 않게 상다리가 부러지게 차린 요릿집 ＸＸ옥에다 정한 회의석부터가 문제가 되고, 회의 도중에 자문위원이 된 인간의 성희(性戲)와 그 추태는 가관이다. 게다가 "우리는 만물의 영장이다. …머지않아 식량도 만들어 낸다. …그때를 위해 …그때까지만 참아다오…." 따위로 연설을 늘어놓기도 한다. 이런 데서는 우리 사회의 한 단면을 보는 느낌이 들기도 한다.

무엇보다도 사건의 가장 직접적인 계기는 서공에 대한 작부의 모멸적인 태도에 있었다. 서공은 자신에 대한 모욕에 항거한다. 작부를 물어뜯는다. 그러나 이는 결과적으로 자신에 대한 제명처분과 「쥐 박멸 결의」를 자초하게 된다는 비극적 내용이다. 마지막, 서공이 집에 도착했을 때의 상황은 매우 인상적이다.

이러한 우화적 동물 이야기를 통해서 작가는 인간의 오만과 인간에 동조한 동물들(개, 고양이)의 간교함을 풍자하고 있다. 그리고 약자의 처지인 서공의 입장이 철저히 봉쇄되었다든지 「세계식량…」의 기구가 철저하게 인간의 시녀노릇을 하고 있는 것 등은 의미 있는 상징으로 받아들일 수 있다.

<슬보기>

인간의 값을 어디서 찾을까

<슬보기>는 슬보(이)의 한살이를 통해서 인간의 추한 단면을 그려내고 있다. 첫머리에서 작가는 슬보의 소망을 "이까짓 짧은 한세상 한번쯤 터져라 먹어대고, 늘어지게 처자고, 신나게 놀아대는 게 우리네 슬보들의 바람이건만, 그게 뜻대로 되기란 하늘의 별따기다."라고 말하고 있다. 이 슬보가 집중적으로 관찰하여 그려낸 것은 질이 좋지 않은 레지 출신의 「미스 윤」의 생태다. 충청도 태생인 슬보는 주인 아들 건달 녀석이 바람피운 덕에 미스 윤에게 옮아 살게 되고, 거기서 슬보년과도 만나 더욱 자세하게 미스 윤을 알게 된다. 한때 미스 윤과 헤어졌지만 서울 삼류 여관에서 다시 만나게 되는데 이때 미스 윤은 여관 주인의 정부가 되어 있다.

한마디로 말해서 슬보들의 눈에 비친 미스 윤은 더러운 여자다. 사람의 값에 부응하지 못하는 존재, 너무도 무궤도한 불륜, 그것을 슬보들은 공격해 가는 것이다. "우리는 미스 윤의 몸을 향했다. 나도 남에게 뒤질세라 열심히 기었다. 미스 윤의 뻔뻔스럽고 더럽기 짝이 없는 짓에 울화가 치민 것이다. 우리네 미물보다도 나을 데 없는 인간들을 조소하면서 달리는 것이었다."고 슬보는 술회하고 있다.

우리는 슬보의 이 말에 깜짝 놀라야 한다. 이만도 못한 인간! 그리고 마지막 장면 미스 윤의 넋두리에서 슬보의 푸념과 차이점이 있는가 눈여겨보아야 한다. "난 불쌍한 녀석이라구 이까짓 짧은 한 세상 한번쯤 터져라 먹어대고…."하는 것이 미스 윤의 넋두리이기 때문에….

이처럼 작가는 슬보의 눈을 통해서 인간이 지닌 더러운 구석을 들추어 보여준다. 이러한 더러운 구석이 잔존하는 한 인간이 어찌 오만만을 피울 수 있겠는가. 미물의 세계와 한 치의 차이도 없다면 인간의 값을 어디서 찾을 것인가를 이 작가는 묻고 또 묻는다.

<꽃뱀의 미소>

인간이 보여주는 추함

<꽃뱀의 미소>는 뱀의 눈을 통해서 또 하나의 인간의 추한 단면을 보여준다. 뱀과 가장 가까이 있는 사람은 역시 땅꾼일 수밖에 없다. 뱀장사 아저씨는 뱀약(정력제)을 팔면서도 자신은 정력이 없어 마누라에게 구박맞고 종내에는 아내의 간부(차력사) 사주에 의해서 뱀에게 물려 독살 당한다. 그런데 자기 남편을 죽이게 한 그 아내는 차력사만으로 만족을 못해 다시 젊은 놈에게 눈독을 들인다는 이야기다.

여기서 뱀약장사 이야기답게 성행위가 많이 노출되고 있으며, 특히 '젊은 아주머니'는 그야말로 정욕의 화신이라 할 수 있다. 그러기 때문에 그녀의 불륜적 성행위는, 우리에게 사람이라고 저주받는 뱀으로부터도 저주를 받는다. 뱀은 그 주인아저씨의 죽음을 이렇게 걱정한다. '나는 아저씨의 음모와 배신의 죽음에 치를 떨었다. 그리고 간악하고 잔혹스런 아주머니에 대하여 증오심으로 불타고 있었다'고 이것 역시 <슬보기>에서와 똑같이 인간의 추한 단면을 뱀이 그려준 인간상이다.

<우울한 삽화> 박동규(문학평론가) 서울대 명예교수

현대인의 왜소화 추적

김 청의 <우울한 삽화>는 오늘의 우리가 겪는 우울한 심연을 극명하게 드러내 보여주고 있다. 인간이 그 성장과정에서부터 사회에 진입하여 하나의 사회적 인간으로서 살아가기까지 겪을 수 있었던 정신적 상흔이 그 삶의 진로에 영향을 미치어 우울의 그늘을 빚어내는 점을 그의 소설에서 보여주고 있는 것이다.

<우울한 삽화>에서는 '나'라는 주인공이 귀향하여 어머니 집에서 기르는 도둑고양이를 몽둥이로 쳐 죽이는 극히 단순한 이야기가 담겨 있다. 스토리 라인의 단순성을 생각하면서도 우리가 주목하여 보아야 하는 조그마한 작가의 의도적 장치들이 있다.

그 첫째로 인간을 속박하고 왜소화하게 하는 근거 없는 혐의에 의한 협박의 문제이다.

오늘의 우리는 산업화의 사회구조 안에서 우리의 삶에 대한 장적 확인이 어렵고, 그리고 그것의 틈새에서 삶의 진정한 자유를 지닐 수 없음을 가끔 느끼게 된다. 이러한 인간의 왜소화현상이 자아를 왜소화시키는 과거의 구체적 사건들을 통해서 밝혀지고 있는 것이다.

어렸을 때 자기가 훔치지 않은 사탕으로 해서 도둑고양이라는 별명을 얻게 된 주인공 '나'는 구슬사건을 통해서 상처를 더욱 깊게 가지고 결국 출판사의 출고 담당이 되어 다시 도둑고양이의 허울을 뒤집어쓰게 되는 것이 그것이다.

이러한 일련의 사건들이 결국 한 인간의 원형적 심령에 상흔을 남기게 되는 것이다. 이 상흔은 인간의 왜소화현상의 형사적 상징으로서 도둑고양이의 이미지로 표상되어지는 것이다. 그러나 그것은 자아의 본질에 대한 성찰의 경우 흔히 볼 수 있는 몽환적 낙관주의처럼 논리적 보편성보다는 인간의 목소리로서 구현되어 있는 것이 이 소설에서는 우리를 감동하게 하는 것이다.

둘째로는 작가가 어머니가 살고 계신 고향을 귀향하게 되는 배경의 문제다.

주인공 '나'의 귀향은 어머니와 추억으로 색칠된 고향의 방죽둑까지 미려하게 묘사되어 있다. 마치 어렸을 때 어머님의 품에 안겨 지내던 시절처럼 고향의 산천은 이 소설에서 가장 아름다운 필치로 다듬어져 있는 것이다.

그러면서도 그의 귀향은 아무러한 구체적 동기를 담고 있지를 않다. 오히려 그의 독백적인 진술만이 드러나고 있을 뿐이다. 회사에서 당한 자기 모멸의 탈출구로 선택한 고향 그것은 '나'라는 주인공이 갈 수 있었던 귀소본능의 것 이상은 아닌 것이다. 그러나 독자는 그의 귀향을 단순화할 수 없는 것으로 생각하게 되는 것이다.

그것은 그의 고향집에 기거하고 있는 도둑고양이 탓이다.

따라서 그의 귀향에 감추어진 의미가 있다는 생각을 가지게 된다.

그것의 단서는 고양이의 등장으로 해서 그의 지나간 삶의 행적이 되살아 나오는 것에서 찾을 수가 있다. 그의 삶은 언제나 유약하고 제약받으며 비주제적이었음을 알 수 있다. 그것은 그의 삶에 대한 과오가 아니라 항상 의재적인 결과의 원인으로서 삶의 지향으로 삼고 있는 그의 원초적 선의 현실이 왜곡당하고 있었음을 의미하는 것이다.

셋째로는 소설에 등장하는 컷백방식의 시간구성 장치이다.

작가는 귀향 첫날에 일어난 사건의 밤을 이용하여 과거의 '나'의 행적을 삽입하고 있다. 실제로 그것은 '갑자기 어머니가 보고 싶었던' 동기와는 상관없는 우연의 일이다.

그러면서도 도둑고양이로서 표상되어지는 이 소설의 원형적 구조는 우리에게 과거와 현재의 미래라는 시각적 배열을 거부하게 하는 것이다.

언제 어디서나 다발적으로 산재되어 일어날 수 있는 일들을 평면상에 배치시켜 놓고 있는 듯한 환각을 가지게 하는 것이다.

그것은 사건의 절대성보다도 사건의 내용이 가지는 의미 혹은 분위기나 암시의 것이 더욱 두드러져 보이게 하는 효과를 지닌 것이다. 앞서 제시한 작가의 이러한 의도적 장치는 결국 우울한 하루의 이야기가 아니라 우리의 삶 도처에 산재해 있는 어두운 것들에 대한 조심스러운 조명이 되고 있는 것이다.

일반적으로 오늘의 소설들이 산업화되어 가는 시대에 인간이 마멸되고 붕괴되어 가는 것에 대해 관심을 두고 있다고 할 수 있을 것이다.

김 청의 <우울한 삽화>는 산업화의 문제보다도 인간이 인간끼리 살아나가는 동안 서로를 마멸시키는 관념들을 추적하고 있음을 보여준다.

김 청의 미려한 감각으로 해서 선뜻 읽힐 수 있었던 작품이면서도 때려 죽인 고양이 밑에 새끼고양이가 깔려 있었던 사실에 대한 여운은 우리가 살아감에 있어 무엇이 우리를 괴롭히는 것인가에 직설적 문답을 회피하게 하면서 마치 가을날 태양의 잔열이 쌀쌀한 저녁바람에도 지붕에 남아 있는 듯한 느낌을 갖게 하는 것이다.

그의 소설은 목청을 돋우어 울음 우는 소리를 지니지는 않았으나 고양이 울음처럼 음산하고 야박스러운 인간 내면의 울음을 알려주고 있는 것이다.

<우울한 삽화>는 작가의 의도적 장치에 의해서 우리는 고양이 울음과 인간의 울음 및 그것이 빚어내는 삶의 교향곡을 메시지가 아닌 소리매체에 의해서 다시 한번 음미해 보게 하는 것이다.

즉 자아를 생각하고 자아의 생성을 꿈꾸는 어린시절의 자아 몽환의 상흔이 삶에 우울한 그늘을 남기듯이 인간끼리의 부딪침 속에서 인간은 왜소화되고 있는 것을 확인할 수 있는 깃이다.

<빈 뜰 저편> 강상대(문학평론가) 단국대 문예창작과 교수

고향 상실의 슬픔과 우울

김청의 단편소설 <빈 뜰 저편>은 과거의 기억과 현실의 일상이 변주되고 있는 작품이다. 화자인 '나'의 기억 속에서 어머니는 한량 끼 있는 아버지의 감언이설에 속아 재취를 했고, 전처 자식들의 냉혹한 홀대, 구박 심한 시어머니, 남편의 무심함을 감내해야 하는 고통으로 얻은 광기 때문에 마침내는 집 앞 연못에 빠져 세상을 떠났다. "이런 소름끼치고 곤혹스런 어머니의 죽음은 한동안 나의 뇌리에서 지워지지 않았다. 또한 정신병에 대한 공포가 문득문득 나를 옥죄었다. 어머니 꼴이 될 거란 불길한 예감이 나를 괴롭혔다"라고 하는 행간에서 보이듯 화자에게 있어 유년의 기억은 광기에 대한 고통과 불안으로 훼손되어 있다. 그런 까닭에 화자에게 고향은 더 이상 안락한 모성의 공간이 될 수 없으며, 화자가 군 입대를 계기로 '고향으로부터의 탈출을 시도한 것'은 그의 삶을 얼룩지게 한 불행한 가족사로부터의 탈출이기도 하다.

 이 작품이 보여주고 있는 고향 상실, 모성 결핍의 서사는 사실 우리가 일반적으로 고향이라고 하는 공간에 대해 기대되고 있는 보편적인 심리를 전복시키는 것이다. 흔히 고향이란 일상의 번잡함과 도시적인 삶에서 벗어나 자연에 깃들도록 하는 향수 모티브를 구현하기 마련이다. 인간에게 자연 지향은 풍요로운 현존, 원형적 세계의 행복하고 조화로운 경험을 느끼게 하는 이미지를 환기시킨다. 그러나 이 작품에서 고향은 가족사의 불행에 의해 훼손된 채 다시 회복되지 않는다. 탈향 이후 오랜 시간이 지났을 무렵 화자는 어린 시절 사귀었던 '그녀'와 함께 고향을 다시 찾지만, 그들이 보는 것은 '상실된 고향'의 모습이다. 그들이 소꿉놀이하던 농협 창고의 뒤쪽의 질경이 밭은 콘크리트 바닥이었고, 동네 너머 잔디가 넓게 퍼져 있던 밀밭 등성이는 주택들이 들어앉아 있고 잔디밭은 자투리 땅이 되어 쓰레기들이 쌓여 있으며, 그녀의 옛집은 마루가 썩고 가라앉은 황폐한 모습의 빈집이었던 것이다.

 이 소설에서는 이렇듯이 화자의 고향이 기억속에서도, 그리고 현실 속에서도 철저하게 훼손되고 있는데, 이것은 오늘날의 우리가 자연에 대해 갖는 의식의 한 국면을 드러내는 서사로 받아들여진다. 앞서 소설이 근대 이후의 삶의 양상을 반영하는 것임을 말했지만, 그러한 논지와 관련하여 인간이 자연에 대해 갖는 태도에도 변화가 있음은 널리 이야기되고 있다. 즉 산업 발달과 도시화 때문에 인간은 자연과 분리된 삶을 살 수밖에 없게 되었으며, 자연 속에서 살아가는 주체가 아닌 관조자로서 자연을 보게 되었다. 다시 말하면 자연의 바깥에서 자연을 바라보는 관찰자가 되어, 자연을 단순히 하나의 풍경으로 인식하게 된 것이다. 이전의 인간은 자연 속에서 함께 살며 체험을 공유하고 있었다. 그러나 현대인은 자연의 바깥에서 단지 자연을 바라보고만 있으므로 그것을 공유할 수 있는 경험을 갖지 못하며, 이 경우 자연이나 고향은 더 이상 우리가 돌아가야 할 시원의 세계가 되지 못한다. 도시 공간의 낡아가는 건축물과 마찬가지로 고향의 자연 역시 시간의 흐름에 따라 퇴락하고 사라지는 일회성의 공간일 따름이다.

 이 작품에서 확인하게 되는 훼손된 자연, 상실된 고향의 모습을 통해 모성의 공간을 잃어가는 우리의 자화상을 만나는 일은 슬프다. 소설의 결미 부분에서 화자는 "그녀가 새파랗게 굳은 어머니의 모습에서." 깜짝 놀라게 되는데, 이는 그녀를 통해 화자 어머니의 광기를 초래했던 삶의 고통을 반추시키는 의미로 다가와서 우울하다. 이와 같이 부박한 일상의 현실에서 우리가 기대어야 할 것은 소설을 통한 인식의 전환이다. 우리가 소설을 통해 확인하는 고향의 상실의 슬픔과 우울이 또한 소설을 통해 극복될 수 있기를 기대한다.